新边界 新世界

蚱蜢

游戏、生命与乌托邦

[美]伯纳德·舒兹 —— 著
胡天玫　周育萍 —— 译

重庆出版社

i. 中文简体字版©2025年，由重庆出版社有限责任公司出版。
ii. 本书由心灵工坊文化事业股份有限公司正式授权，同意经由凯琳版权代理正式授权。非经书面同意，不得以任何形式任意重制、转载。
版贸核渝字（2025）第062号

图书在版编目（CIP）数据

蚱蜢：游戏、生命与乌托邦 /（美）伯纳德·舒兹著；胡天玫，周育萍译. -- 重庆：重庆出版社，2025.7. -- ISBN 978-7-229-20309-2

Ⅰ. G80

中国国家版本馆CIP数据核字第2025G4952F号

蚱蜢：游戏、生命与乌托邦
ZHAMENG: YOUXI SHENGMING YU WUTUOBANG

[美]伯纳德·舒兹 著   胡天玫　周育萍 译

责任编辑：秦　琥　彭昭智
责任校对：刘小燕
装帧设计：李南江

▲重庆出版社 出版

重庆市南岸区南滨路162号1幢　邮政编码：400061　http://www.cqph.com
重庆出版社有限责任公司品牌设计分公司制版
北京毅峰迅捷印刷有限公司印刷
重庆出版社有限责任公司发行
全国新华书店经销

开本：890mm×1240mm　1/32　印张：10.25　字数：300千
2025年7月第1版　2025年7月第1次印刷
ISBN 978-7-229-20309-2

定价：79.80元

如有印装质量问题，请向重庆出版社有限责任公司调换：023-61520678

版权所有　侵权必究

目录

推荐序一 在游戏里放牧星辰：重访舒兹的
《蚱蜢》与我们的数字狂欢 001
推荐序二 《蚱蜢：游戏、生命与乌托邦》，
哲学史上的经典之作 009
推荐序三 游戏：存在与历史交织中的自由活动
014
导读 023
前言 045
演员表 048

1 大蚱蜢之死 001
2 追随者 011
3 定义的建构 019
4 玩笑者、欺诈者和破坏者 049
5 走远路回家 057
6 伊万与阿卜杜勒 067

7	游戏与悖论	085
8	登山	097
9	反塞球	103
10	波菲尔尤·史尼克的不凡生涯	115
11	巴舍勒密·追哥的病历	135
12	开放式游戏	149
13	业余、职业与《人间游戏》	163
14	复活记	181
15	谜底揭晓	195

附录一	山丘上的傻瓜	214
附录二	草原上的维特根斯坦	234
附录三	论"玩"	243
后记一	在游戏的界域上,窥见西方哲学的心灵	266
后记二	人生如戏,戏如人生	273
译者后记一	那些年我们一起追逐的"运动"梦	277
译者后记二	走向《蚱蜢:游戏、生命与乌托邦》的理解之途	280

一 推荐序

在游戏里放牧星辰：
重访舒兹的《蚱蜢》与
我们的数字狂欢

蓝 江①

我们今天的时代是电子游戏的时代。像素的溪流在屏幕深处汇聚成海，《塞尔达传说》的绿衣勇者攀上岩壁，像一颗不肯坠落的露珠；《星际争霸》的虫群在数据深渊里涌动，它们的复眼折射出千万个太阳；而《我的世界》的方块在虚空中生长，孩子们用光建造比积木更脆弱的永恒。我们的手指在玻璃上起舞，却触碰到电子草原的风——这些各种机器代码和算法编织的牧场上，我们既是放牧者，也是被放牧的羊群。当《黑暗之魂》的余火照亮玩家疲惫的面庞，当《动物森友会》的岛屿成为另一种故乡，我们忽然想起伯纳德·舒

---

① 本文作者为南京大学哲学系教授。

兹笔下那只固执的蚱蜢。它拒绝为冬天储存粮食,只在阳光里弹跳,把生命跳成一支过时的圆舞曲。在游戏逻辑统治一切的今天,我们比任何时候都更需要回到《蚱蜢》的寓言深处——当工作与娱乐的边界如雪融化,当虚拟世界长出比现实更坚韧的根系,舒兹的提问像一枚卡在齿轮间的金色硬币:我们究竟是在游戏,还是被游戏?

伯纳德·舒兹(Bernard Suits)是20世纪最具原创性的游戏哲学家之一。他生于美国,后长期执教于加拿大滑铁卢大学,专攻科学哲学与游戏理论。尽管他的学术生涯低调,但1978年出版的《蚱蜢:游戏、生命与乌托邦》(*The Grasshopper: Games, Life and Utopia*)却成为游戏研究领域的奠基之作。该书以寓言形式展开,借由一只拒绝劳作、执着游戏的蚱蜢之口,探讨了游戏的本质——舒兹将游戏定义为"自愿克服非必要障碍",这一简洁而深刻的定义至今仍被广泛引用。

什么是游戏?什么是玩游戏?我们是按部就班地依照固定的游戏程式来完成重复的游戏过程,还是需要在玩游戏的过程中,发掘出我们作为主体的无限潜能,对于法国思想家德勒兹和加塔利来说,当代社会犹如一个巨大的装置,"一个主体化的窒息性身体,通过禁止在主体之间进行任何区别,它就使得一种解放愈发不可能实现"①。也就是说,现代资本主义的装置,在数字化消费时代,它已经将自己妆扮成商业化的电子游戏,这种装置将主体强制性纳入其中,让主体与

---

① [法]德勒兹、加塔利:《千高原:资本主义与精神分裂》(第2卷),姜宇辉译,上海:上海人民出版社2023年版,第148页。

游戏装置的节奏进行共振，让主体接受游戏规则的规训与改造。于是，主体不再是主体，而是如同工业时代的流水线上的工人身体一样，被物化为装置的一个部分。在这个意义上，尤其是商业化的游戏，他们需要的就是这种被物化的主体，一种不断地在其中充值、完成游戏装置机械化运作的主体，为了让游戏装置不断地运行，主体不得不购买皮肤、装备、能力点数等等，他们按照一种游戏世界的消费规则塑造着主体的形态，这种不断充值氪金一族（特指花费大量金钱充值的玩家），或者不断挑灯夜战的肝帝一族（特指花费大量时间和精力在游戏中，日复一日地进行重复的任务、刷副本、练级等活动的玩家），都不断地透支着自己的身体，献祭着自己的金钱和精力，他们的货币和身体共同筑造了商业游戏的繁荣的虚幻景象，而将真正的具有生命体验感的游戏内容掩藏在无尽的网络黄沙之下。

这里实际上体现了存在于游戏之中的两种态度：一种是对装置的服从，即驯化的主体，按照固定的程式完成游戏的内容，这是一种蚂蚁式的态度。然而，我们还有另一种态度，即一种真正玩游戏的态度，我们或者可以称之为蚱蜢的态度。玩游戏的价值当然绝不是将主体掩藏在有限国度的规则之下，而是回到人作为一种存在的意义，需要激发出人类主体或玩家主体的潜能。在《蚱蜢：游戏、生命与乌托邦》一书中，伯纳德·舒兹通过颠倒了《伊索寓言》中有关蚂蚁和蚱蜢的隐喻，提出游戏不应该像是蚂蚁一样，勤勤恳恳、服服帖帖地按照有限世界的规则来行动，按照赫西俄德《劳作与时日》中的勤劳的美德而行动，仿佛玩家最终的成就就是建立在这种日复一日、年复一年的规训化的行为基础上，玩游戏就是一种对现实的有限世界的重新体会，体验到那种在欲望压抑和能力匮乏下的主体的美德，从而变成现实社会的蚂蚁一样。舒兹在他的《蚱蜢：游戏、生命与乌托邦》反过来歌颂的是在《伊索寓言》中沦为笑柄的蚱蜢，在舒兹看来，蚱蜢恰恰是游戏哲学最佳的化身，他认为那些"为了人类生存而必须从事的工作"都不是游戏，游戏是"存在之理想的一种预示，就如同我们现在在非理想世界所玩的游戏，就是未来之事的征兆……游戏是未来的线索。趁现在认真'培育'游戏，或许是我们唯一的救赎"①。游戏和世界是需要由玩家来培育的，在这个意义上，舒兹的蚱蜢隐喻，的确颠覆了千百年来的人类世界的形而上学，蚱蜢不像蚂蚁一样准备食物过冬，就如同玩家不需要经过冗长无趣的刷怪升级，直接体验到游戏之中最绚丽的快感，正如斯特芳妮·波鲁克（Stephanie Boluk）和帕特里克·勒米厄（Patrick Lemieux）同样用舒兹的蚱蜢，表达的一种深刻的游戏的含义："通过想象一个没有冬天的世界的可能性，一个蚱蜢的生命将得到洗白，而蚂蚁的生命将变得荒谬。"②于是，在蚂蚁和蚱蜢的寓言中，我们再一次看到装置和游戏的根本性分歧，蚂蚁就是按照规则来游戏的主体，他们恪守规则和律法，因为蚂蚁知道这个世界上有冬天，有残酷的自然法则，

---

① [美]伯纳德·舒兹：《蚱蜢：游戏、生命与乌托邦》，重庆：重庆出版社2022年版，第212页。
② Stephanie Boluk, Patrick Lemieux, *Metagaming: Playing, Competing, Spectating, Cheating, Trading, Making, and Breaking Videogames*, Minneapolis: Minnesota University Press, 2017, p.7.

所以蚂蚁必须储备过冬，而蚱蜢的美德在于，它敢于去设想一个不再有冬天的世界，就如同我们在游戏中，设想一个不再受现有法则约束的世界，我们可以塑造出这个世界从未有过的人物、场景、武器、功夫，甚至出现完全另类的故事情节。换言之，蚱蜢式的游戏世界才是一种面对不可能性的野蛮空间的开拓，游戏相对于主体的价值并不在于让主体学会在有限世界里像蚂蚁一样唯唯诺诺地生活，而是需要敢于设想一种新的空间、新的世界，让游戏中主体变成一个暗夜中的触手，去触及那个不可能的世界，于是，真正的游戏犹如尤金·沙克尔在无尽黑夜中的一声叹息："……脆弱而神圣，比黑暗更长的触手。"①

这里的触手解释学，让我们联想到法国技术哲学家贝尔纳·斯蒂格勒（Bernard Stiegler）曾经提出的技术是人类的外器官②（prosthesis）的论断，其目的是将人们的感知与我们身体无法接触到的世界进行链接，从而改变主体的状况，从而扩充主体的视野和认知，让主体可以面对一个更为广阔的天地。游戏也是一个外器官的世界，不过，我们并不是直接用各种物质工具去感知未知的物理世界，而是用游戏化的角色区感知一个数字化和虚拟化的空间。在这个世界中，一切都

---

① Eugene Thacker, *Tentacles Longer Than Night*, Alresford, UK: Zero Books, 2015, p.185.
② 斯蒂格勒认为："这里出现的问题是，人类这一本质上的技术性存在的进化超越了生物性，尽管这一维度是技术现象本身的一个重要组成部分，就像它的谜一样。'外器官'本身并不具有生命，但人类却因此被定义为生命体，它的进化构成了人类进化的现实，就好像有了它，生命的历史将以生命之外的方式延续。"（Bernard Stiegler, *Technics and Time 1: The Fault of Epimetheus*, trans. Richard Beardsworth & George Collins, Stanford: Stanford University Press, 1998, p.50）

成为虚拟化的外器官的触手解释学。因为我们自己身处的物质世界是有限的,我们身体和外器官的感知都只能在一个三维的连续空间和时间中来展现我们的想象力。然而,电子游戏,尤其经过修改器和mod修改过的电子游戏,给予主体按照自己的理解来改变世界的可能性,在一定程度代表着,这个世界的一切都成为我们感知未来的不可知的空间,这些空间世界组成了一个围绕着玩家而展开的自定义的宇宙,是一场在数字空间中的蚱蜢式的狂欢。经过游戏主体改造的宇宙,并不在于让世界去顺从于主体的支配,而是让主体和经过修改的游戏环境形成一种和谐的共生状况。这意味着游戏玩家的主体性是不同于传统的身体统一性的主体,不同于米歇尔·亨利和莫里斯·梅洛-庞蒂笔下的主体,这种主体,由于已经具备了在虚拟世界的外器官,他们化身出触手,去重新建构和解释不同的可能性。或许,意大利思想家罗西·布拉伊多蒂(Rosi Braidotti)的"游牧主体"(Nomadic Subject)更适合来形容在电子游戏的狂欢世界中的主体形象,她提出:"人类的主体性既是具身和嵌入的,也是游牧和流动的,既被多重的归属生态限定,又处于不断的变革之中,因而陷入了持续与嬗变之间的生产性的紧张关系。……游牧主体由生存意志或潜能所驱动———一种肯定性的本体论欲望,它会遇见外部力量和实体,也会与之发生冲突,主体则需要与之协商。"[①]游牧主体就是一种具有潜能的游戏策略,我们或许通过这种多样化和独特化的主体外在体验,可以领略到电子游

---

① [意]罗西·布拉伊多蒂:《游牧主体》,赵雅惠译,上海:上海人民出版社2025年版,第15页。

戏的真谛，玩游戏不是单纯地遵守游戏规则，也不是单纯地发泄自己的欲望，而是去创造出一个自己的游牧世界，只有在这个游牧世界里，自我与一个未曾降临的世界相遇，我们才能明白游戏是一种主体阐释学的装置，在明与暗的辩证法中实现自我-主体的涅槃。

这样，我们或许可以指向一个舒兹式的游戏无乌托邦，随着Deepseek、ChatGPT、豆包等语言大模型和图像大模型的不断涌现，我们或许可以设想一下游戏修改之外的另一种游戏的数字狂欢的可能性，即通过大模型来订制个体化的游戏场景、故事和游戏方式，例如，我们仍然可以开发一个通用的《黑神话》式模版，但具体情节如何展开，地图如何构成，武器和特技如何搭配，则按照不同的游牧的外器官身体与环境的互动来决定。这是一种在通用游戏模版下的个人订制游戏的潜能，也意味着不同的玩家会探索不同的世界，在Deepseek等大模型的加持下，这个看似遥远的梦想，或许就会在不久的将来成为现实。一旦游戏成为独特化和个体化的订制游戏，意味着游戏不再是外在于主体的客观环境和对象，而是意味着主体在玩游戏的时候，也同时在生产着游戏，游戏成为游牧主体性的化境，而不是片面的拜物教的偶像。唯有如此，游戏主体才能摆脱几百年来现代性主体的物化命运，在主体的蚱蜢式游牧中，让游戏本身和自己的生命相互契合，成为蚱蜢，而不是蚂蚁，让主体的潜能支配着游戏的规则，而不是墨守成规地按照有限世界的四时轮回而运转，让自己的生命的呼吸锁定在有限世界的磨盘之下。这是一种电子生命的游戏乌托邦的幻想，是蚱蜢式的游牧主体的游戏，它不仅完成了在有限规则下的游戏,也让游戏成为主体的外器官,让世界可以称为自己生命真正驰骋的宇宙。这或许就是人类游戏的未来,或许我们可以跟着伯纳德·舒兹的号召,让游戏成为"未来之事的征兆"。

二 推荐序

《蚱蜢：游戏、生命与乌托邦》，哲学史上的经典之作

威廉·约翰·摩根[①]

（南加州大学传播与新闻学院合聘教授）

  伯纳德·舒兹的权威著作《蚱蜢：游戏、生命与乌托邦》在1978年出版，当时在阵营尚小但处于萌芽成长阶段的运动哲学社群，视之为重大成就。但是，这本书过了一段时间之后才受到哲学社群的关注，主要原因在于这个圈子普遍认为诸如运动之类的人类活动，实在过于琐碎，根本不值得进行严肃的哲学探究。然而，伯纳德·舒兹的《蚱蜢：游戏、生命与乌托邦》最终还是被这个社群注意到了，这在某种程度上要归功于哲学家托马斯·霍尔卡，他大大赞颂这本书的精湛哲思以及作者笔下的文学风采。书中处理了棘手的游戏定

[①] 本文作者为《国际运动哲学期刊》前主编，荣获"国际运动哲学学会"杰出学者奖。

义问题，并且联结到对于美好生活的探讨；现在，普遍的哲学社群或运动哲学圈子，都视这本书为哲学历史上的经典著作。

伯纳德·舒兹的作品得到哲学界的肯定，最重要的是因为书里采用了概念分析的方法，而且选择了游戏作为主要范例来说明服从于定义的概念。就像霍尔卡在2005年版《蚱蜢：游戏、生命与乌托邦》的导读中所说的，20世纪中叶的英美哲学家以概念分析为核心任务。简单来说，概念分析就是提出必要与充分的条件，以清晰、精确的用语定义诸如知识、因果关系、良善等概念；但是，到了20世纪70年代末期伯纳德·舒兹的《蚱蜢：游戏、生命与乌托邦》出版的时候，概念分析正在遭受严重攻击。维特根斯坦是发动攻击的主力，他强烈指出，概念普遍缺乏精确的边界，因此概念分析无法构成可行的哲学探究。维特根斯坦因此认为，要为概念提出必要且充分的条件，是不可能的；而他使用来进行论述的范例，正是游戏。在他眼中，我们称某些人类活动为游戏，但实际上这些活动之间并没有共同点。反之，他敦促我们实际"观察与理解"其中是否具备共同特质，而不是单纯地假设这些共同点的存在；一旦我们这么做，就会发现这些事物其实只是松散地聚合在一起，也就是他那广为人知的"家族相似性"理论。维特根斯坦甚至坚定地指出，不仅游戏如此，其他的概念也一样。因此，维特根斯坦认定所有探寻定义的企图都是无意义的，就哲学而言那是浪费时间与精力的行为。

然而，伯纳德·舒兹指称维特根斯坦其实也没有遵守他自己那套"无例外的告诫"。伯纳德·舒兹告诉我们，如果维特根斯坦不是在未经过检视之下就认定游戏无法定义,他将会发现其中的共同特征,只要细究就能找到定义。更具体地说,伯纳德·舒兹主张游戏由四个必要元素构成:第一个即是他所谓的前游戏目标,也就是玩家想要达成的特定状态。在赛跑中,前游戏目标是第一个越过终点线,高尔夫球的前游戏目标则是让球进入地洞。第二个元素是游戏方法,伯纳德·舒兹说这是达成前游戏目标所允许使用的方法。人类大部分活动都是目标导向,在其中以特定方法达成目标,因此以上两大元素尚未具体说明游戏的独特之处。接下来第三个与第四个元素,将指出游戏与人类其他活动的差别。

伯纳德·舒兹指出建构规则是游戏定义的第三个要素。一如这个字词的意思,这些规则陈述了构成这场游戏的所有条件,包括指定玩家必须达到的前游戏目标。特别的是,这些规则并不是为了让前游戏目标更容易达成,反而是增加了难度。也就是说,这些规则排除了最有效率的手段,转而指定使用一些较无效率的方法,因此让我们追求游戏目标的过程中增加了障碍。在赛跑中把对手绊倒,或者在高尔夫球赛中用手把球放入洞里,这些都是最有用的手段,但游戏规则剥夺了玩家的这类选项。如果游戏规则允许玩家以这种最容易、最有效率的方法达成前游戏目标,那么,我们可以想象根本不会有人想要玩这些游戏。事实上,就是因为规则禁止赛跑时绊倒他人或打高尔夫球时用手把球放进洞里,这些活动才具有原本所期待的挑战性,人们才会渴望进行这些游戏。

第四个元素涉及游戏者的态度,即伯纳德·舒兹所谓的游戏态度:玩者必须具备这样的态度,才可称之为玩游戏。

他如此描述游戏态度：玩者意识到"接受规则只是为了让游戏得以进行"。游戏态度是游戏的必要元素，有了这样的态度，也能够解释为什么玩家要舍弃较好的方法，而选择较差的方法来达成某个目标。这种态度也让游戏得以从日常生活区别开来；在日常生活中的少数状况之下，我们也会选择较低效率的方法来完成目标，但那是因为某种较高效率的方法会带来灾难。例如，治疗头痛最有效的方法就是直接往头颅开一枪，但我们当然不会这么做。幸好也基于同样的考虑，在军事冲突中通常采用的是传统的武器而不是核武器，虽然后者消灭敌军的效率要高出许多。相反，在游戏中我们接受规则的限制，因为不接受的话就无法玩游戏了。

如前所述，《蚱蜢：游戏、生命与乌托邦》在哲学领域得到很高的评价，被誉为哲学历史上的经典之作，其中一个重要的原因在于伯纳德·舒兹巧妙地把他对游戏的定义联结到他的乌托邦理论，意即他所认为最理想的生命状态。游戏的建构规则禁止了某些达成前游戏目标的方法，为这些目标的追求设下原本所没有的挑战；在伯纳德·舒兹的论述中，即是这一点让游戏完全有别于日常生活。因为我们在日常生活中所做的大部分事情，都是以追求最高效率为优先考虑。大多数我们所从事的，都属于伯纳德·舒兹所谓的技术活动，也就是工作。工作的重点就是采取最容易、最快速的方法来达成目标，以满足人类的各种需求。随着科技进步，总有一日我们能轻易满足所有的需求，例如，只要按下按钮就盖好房子或创造出精致稀有的钻石，过程中不需要耗费任何时间或精力。换句话说，一旦我们解决了所有因资源、知识等条件的缺乏而产生的问题,我们也就活在乌托邦里。糟糕的是,到时就无事可做了。这或许让乌托邦的理念看来自相矛盾:人若活在这种无事可做的幸福状况中,实在不可能有丝毫感觉自己活在乌托邦。然而,就如伯纳德·舒兹透露的,我们根本不需要担心乌托邦跟我们想象中的天堂相距太远,因为在那里我们还有一件事可做,会让我们忙个不完——我们可以在那里玩尽梦想中想玩的所有游戏。因此,伯纳德·舒兹的总结是:游戏是"未来的线索,趁现在认真培育游戏,或许是我们唯一的救赎"。

《蚱蜢:游戏、生命与乌托邦》推出中文版,是件让我开心的事,因为这意味着更多读者有机会读到这本让人惊艳的著作,沉浸在哲思的美好与欣喜中。好好享受吧!

三 推荐序

游戏:存在与历史交织中的自由活动

——《蚱蜢:游戏、生命与乌托邦》关于游戏的思考

吴海清[①] 王柯月

　　游戏是古老并且始终伴随着人类的活动形式之一,也是哲学长期思考的核心问题之一。我国的《尚书》《诗经》《左传》,古希腊的《荷马史诗》,古印度的《罗摩衍那》,古巴比伦的《吉尔伽美什》等都记载了人类文明早期的游戏活动;而《西游记》《十日谈》《一千零一夜》《巨人传》等中古时期的巨著,更是将游戏作为整个作品的核心:这些游戏有些是模仿劳作的,有些是模仿战争的,有些是自娱自乐的,有些是娱乐神灵的,有些是竞技性的,有些则是以戏剧性演绎着人类的故事与希望。这种种游戏从早期一直传承到今天,尽

---

① 本文作者系北京舞蹈学院人文学院教研室主任。

管它们的形式有改变，甚至有些形式已经沉没到历史长河的深处。正是因为游戏既有漫长的历史，又具有普遍性，还是人类最基本的活动形式之一，所以历来的思想家、哲学家、历史学家、文学家时常会思考游戏。如孔子对于"冠者五六人，童子六七人，浴乎沂，风乎舞雩，咏而归"的赞赏，庄子对于"游"的思考，柏拉图在《理想国》中给游戏活动留下了位置，卢梭在《爱弥儿》中将爱弥儿在前文明状态中生存游戏化、并视之为值得过的自由生活，席勒将游戏视为人的存在的完整、自由的活动，马克思甚至以轻松的口气设想摆脱了诸多必然性约束的未来社会中的人可以自由地进行钓鱼、打猎、批判的游戏。

然而，虽然游戏是人类不可或缺的生存活动，也有思想家与哲学家对之展开认真的思考，但总体来说，各大文明时常将游戏视为消极的活动。如奥古斯丁在《忏悔录》中对于自己与游戏有关的经历就颇为忏悔，欧阳修的《新五代史·伶官传》将后唐庄宗喜好伶人、游戏等视为其王朝覆灭的重要原因之一，曹雪芹《红楼梦》中的社会也将贾宝玉所代表的游戏人生视为不符合主流的，托尔斯泰《战争与和平》一开始就将贵族沙龙的游戏看做沙俄贵族腐败的现象——中外文明在很长时间里都在游戏中获得自己的自由，却总是从道德、宗教、政治上来否定游戏。

但是，随着西方社会在第二次世界大战结束之后的高速发展，日本、韩国、新加坡、中国台湾、中国香港等东亚社会随后进入快速现代化行列，这些社会更加重视游戏，游戏也因此更加丰富，更加多样，更加普遍。比如从20世纪50年代开始起的西方以及随后的日韩等社会的电视综艺非常发达，就是游戏活跃的一种体现。再比如，旅游在这一时期也成为发达国家普通人可以实现的游戏活动。这也是为什么游戏在这一时期成为许多哲学家和思想家思考的对象之一。1978年出版的美国哲学家伯纳德·舒兹（Bernard Suits，1925—2007）所著的《蚱蜢：游戏、生命与乌托邦》一书，就是其20世纪60年代以来对于游戏问题观点的系统性总结，也是对于游戏进行专题性思考的重要成果。该书出版后对欧美学界游戏、比赛与运动哲学（或译为体育哲学）的相关研究产生了重要影响，并溢出运动哲学的分支和阵营，在整个哲学界都得到了肯定。

什么是游戏？游戏是否具有内在的哲学价值？游戏是否可以成为严肃哲学的讨论对象？是否有可能找到一个对于游戏的普遍化定义？我们为什么要玩游戏？我们有必要关注的，究竟是游戏当中的哲学（philosophy of games），还是服务游戏的哲学（philosophy for games），是作为游戏的哲学（philosophy as games），抑或者在游戏与哲学之间能够建立一种更根本性的联系（game-philosophy）？

西方古典游戏理论中的主流观点之一是游戏具有非功利性，与实现人的自由息息相关，席勒甚至指出只有通过游戏才能改变人的异化状态，重新实现人性的弥合和本体上的自由。当代荷兰学者赫伊津哈的讨论之所以为当代中国人文学界所关注，一是当代中国庞杂的与游戏相关的产品及现象的出现往往难以被单一学科尤其是奉行严格经典化的哲学门类所纳入麾下、构成可系统化处理的研究对象，另一方面可能也与当代国内人文学科建制内对文化研究范式的广泛引入有关，游戏得以在更高层面的"文化"范畴中被检视和讨论，而非仅仅是新闻热搜中家长抵制的洪水猛兽和冉冉兴起的暴利产业。赫伊津哈从文化史的视点出发，借助语言学、人类学、文学和历史的方法和例证来定义人类文化中"游戏"的概念，《人：游戏者》（1938年）一书中提出"游戏是一种自愿的活动或消遣，这种活动或消遣是在某一固定的时空范围内进行的；其规则是游戏者自由接受的，但又有绝对的约束力；游戏以自身为目的而又伴有一种紧张、愉快的情感以及它不同于日常生活的意识"①，其根本目的是试图建构起"游戏-文化"之间的内在关联，文化自始至终就具有游戏的特征，文化以游戏的形式出现，又在游戏的氛围和形态中演进，游戏甚至先于文化存在，人通过游戏创造了其文明和历史，一切文化活动都渗透着游戏的精神，并具有游戏的基本特征。我们不难看出，赫伊津哈所指称的"游戏"范畴非常宽泛，不仅包含那些常见的游戏形态，甚至可以把法律、战争、政治、文学、哲学和艺术（音乐、诗歌、舞蹈等等）都包含其中，这一宽泛性一方面提示了游戏不仅仅与个体的自由有关，也与整体性的人类文化、社会性构成在根本层面有关，但同时也遭到一些诸如概念边界上过于泛化的诟病。

舒兹《蚱蜢：游戏、生命以及乌托邦》一书则重新回到我们熟悉的那些游戏现象本身，并试图运用较为纯粹的哲学概念分析的方法建构出一个关于"玩游戏"（game playing）

---

① ［荷］约翰·赫伊津哈：《人：游戏者》，成穷译，贵州人民出版社2019年版。

的普遍性定义。舒兹指出游戏有四项要素，加在一起共同构成游戏的充分条件，这四项要素分别是：前游戏目标（prelusory goal）、达成游戏目标的方法（lusory means）、建构性规则（constitutive rules）以及游戏态度（lusory attitude），"玩一场游戏，是指企图去达成一个特定的事态（前游戏目标），过程中只用规则所允许的方法（游戏方法），这些规则禁止玩家使用较有效率的方法而鼓励低效率的方法（建构规则），而规则会被接受只是因为规则让这项活动得以进行（游戏态度）"，简而言之可以概括为"玩一场游戏，意味着自愿去克服非必要的障碍"，其中建构性规则与游戏态度是区别游戏与其他人类活动的关键。在论证其定义合理性的过程中，关于游戏与工作、目的与手段等二元对立关系逐一浮现。而自愿性、非功利性、对规则的遵守等核心要素都与赫伊津哈共享着相似的观点。

更重要的是，这一定义并非仅为回应维特根斯坦所谓的"游戏不可定义"而定义，因为其最终导向了一个更为根本性的哲学问题，即人类最理想的生活是什么样的？游戏的价值究竟在什么地方？舒兹提出一个极为大胆的观点，在以充裕为基础乌托邦世界中（对照现有的人类文化以匮乏为基础），人们只从事自己视为具有内在价值的活动，人类所有的工具性活动都已经被排除，人们无需劳动、不能管理或统治，甚至没有艺术、道德、科学、爱、友谊于性爱，人类的全部活动只剩下玩游戏，因为游戏的工具性与内在价值不可分割，而且游戏本身并不是为了达到进一步目的的工具，所以游戏成了存在之理想唯一可能的构成元素，游戏实现人的自我内在价值，游戏是人的存在方式，游戏是乌托邦的本质。舒兹也将其称为"休闲形而上学"。哲学家霍卡（Thomas Hurka）在本书2005年英文版导言中进一步指出，尽管大蚱蜢在论证游戏的价值中有些含糊其词，但其分析过程表明，"玩游戏必定涉及某个有待达成的外在目标，但这个目标的特定质量与活动的价值并没有关系，游戏目标是过程的一部分，而非成果，是旅程而非终点。相对于古典的价值观，游戏以最清晰的方式展现出现代价值观，因为现代观点是以过程的价值为核心"。

美国学者詹姆斯·卡斯的《有限与无限的游戏：一个哲学家眼中的竞技世界》又进一步将游戏区分为有限游戏和无限游戏，前者有输赢，而"有限游戏无论输赢，在无限游戏参与者眼中都只是游戏过程中的瞬间"，无限游戏的目的只是将游戏持续进行下去。"有限游戏""无限游戏"与舒兹在《蚱蜢》一书第12章所提到的"封闭式游戏""开放式游戏"也构成了呼应。细微差别在于舒兹的"封闭式""开放式"是针对游戏的方法和建构规则本身而言所进行的区分，卡斯则把无限游戏视为对有限游戏的超越与转换，更接近于舒兹对乌托邦中人类玩游戏的状态本身。卡斯的理论意图也无非在于把人从功利性的资源争夺和达成最终目标的单一向度中解脱出来，呼吁人类把重心放置于无限游戏，放置于过程本身，这种转换游戏观的呼吁，既指向对现实世界中以"有限游戏"为玩法的公共性问题如战争冲突、国际强权、环境污染等，也指向个体在现代社会中被疾病、死亡、财富、名誉、异见等缠绕笼罩造成的焦虑恐惧心理，同时似乎是对于仅能将乌托邦作为不可实现之境的现代人类的一针安慰剂。

然而不少当代学者指出，正在崛起的电子游戏由于自身媒介化、虚体化、技术化和资本化的新特征，与上述讨论中作为对象的"传统游戏"之间存在巨大的"断裂"[①]，电子游戏以攻城略地之势挑战和刷新哲学家们对于"游戏"的理解与定义。从柏拉图、亚里士多德、康德、席勒到弗洛伊德都把人视为游戏主体、把游戏精神视为自由理想的实现的核心观念，而在电子游戏世界中人的存在被算法、被庞大的数据产业链条和隐身其后的资本逻辑所操控，所谓"自愿"玩游戏是虚假的，电子游戏成为资本家劳动剥削的另一种数字形态。那么人是否还有可能在数字世界中寻回这种主体性？一种数字游戏共同体的"超结构"和基于此的"数字共产主义"游戏乌托邦想象也由此诞生，有学者设想在虚拟世界为架构游戏乌托邦里，游戏化成为根本性的生存方式，游戏重新成为人的本能，人以游戏化的方式学习、工作和生活，工作与生活的区分消失，人们得以更丰富地体现自身的价值[②]，这似乎与舒兹的乌托邦设想是殊途同归的。

随着数字时代的迅猛发展，"游戏研究"成为近十余年国内学界的热点，其中既包括在计算机、媒介传播、文化产业等社会科学学科以具体的游戏产品、游戏现象、游戏产业作为研究对象的学术讨论，也包括聚焦在游戏与文化、游戏与艺术、游戏与哲学之间的关系的讨论，不但涌现出一批由高

[①] 蓝江等：《从"逍遥游"到数字主体：当代数字游戏哲学的主体批判》，《太原理工大学学报（社会科学版）》，2022年第40卷。
[②] 同上。

校和艺术机构主办的关于游戏的专门性学术论坛，更有不少大学院校已经或正在开设关于游戏的课程，逐渐凸显其存在感。不可否认的是，这些话题的引入在一定程度上重新激活了人文学的内在活力，并呈现出显著的跨学科底色，更重要的是，与当代中国的社会现实、与被电子游戏喂养大的新世代的生命经验达成一种深刻的勾连。

在这一背景下，西方学界在纷繁复杂的具体游戏现象之上提炼出某些关于"游戏"的普遍性规律，建立"游戏"与"哲学"之间关联的种种思想尝试及其历史脉络，得到了国内学界的重新审视，甚至其影响也拓展到相当广泛的大众读者领域。除去分布在从柏拉图、亚里士多德、席勒、康德等人的西方经典哲学论著中关于游戏的论述，近年来对中国学界中产生一定影响的现当代人文学著作，包括荷兰文化史家赫伊津哈的《人：游戏者》（1938年）、美国哲学和宗教学家詹姆斯·卡斯的《有限与无限的游戏：一个哲学家眼中的竞技世界》（1987年）等等，而《蚱蜢》一书恰好在许多层面上都能与上述论述形成一种对话关系。2016年在我国台湾地区率先翻译出版了本书的繁体中文版，2022年重庆出版社简体中文版，让这一重要论著在中国人文学界得到了关注，在多个层面与中国人文学界展开了对话。

除此之外，阅读这本书本身就可以印证哲学是一种"思想的游戏"这一观点。《蚱蜢》极为独特的寓言体与对话的写作方式本身就可被视为一种"游戏"行为，正如霍卡所说，使其经典化"原因之一是这本书的风格"。寓言性在于其标题的关键词"蚱蜢"，来自著名的古希腊《伊索寓言》，只玩乐不工作的蚱蜢到了秋季因为没有储备粮食即将死去，但面对辛勤工作的蚂蚁，蚱蜢自有一套关于游戏与玩乐之的哲学要被讲述，本书的主人公就是这位蚱蜢，对话就发生在哲学大师蚱蜢和他的信徒关于生存方式的讨论之间。因而本书的写作如同一场哲学推演的现场示范，蚱蜢先下了一个定义，史盖普克斯和普登斯两位信徒提出了一系列设想中可能会出现的反对论点进行检验，（蚱蜢）对此逐一反驳最终得出结论，这整个分析论证过程即是哲学论证的范本。阅读过程便如同加入了这场推理游戏，验证以"哲学游戏"的方式能否抵达"游戏的哲学"。无论作者的观点你能否认同，都想必会带给读者如舒兹所言"挑战困难—克服障碍—抵达终点"具有内在价值的游戏独特体验。

导读

托马斯·霍尔卡[1]

虽然知名度不是太高，但伯纳德·舒兹的《蚱蜢：游戏、生命与乌托邦》一书肯定是20世纪最杰出的哲学书籍之一，而且是一本独一无二的书。

原因之一是这本书的风格。大部分哲学作品都是严肃甚至沉闷的，但《蚱蜢：游戏、生命与乌托邦》却十分风趣，完全符合游戏这个主题。你会带着笑脸阅读这本书，而且乐不可支；总之，这是一种令人放声大笑的哲学。但是，不论是论证的内容或采用的方式，《蚱蜢：游戏、生命与乌托邦》也是十足严肃的哲学。伯纳德·舒兹针对"玩游戏"进行分析，然后论证玩游戏是人类的终极理想，因为在乌托邦理想国度中，工具性需求都已被满足，玩游戏于是成了每个人的主要事业。这第二个主张是深具意义的，它以最直接清晰的方式展示了一个相对于古典的所谓现代价值，就如同马克思

---

[1] 本文作者为牛津大学哲学博士、多伦多大学名誉校长哲学研究所所长、加拿大皇家协会成员，是当代最具影响力的哲学家之一。

与尼采相对于亚里士多德一样。同时，伯纳德·舒兹先提出一系列设想中可能会出现的反对论点，一一反驳最终得出结论，这整个分析论证过程即是哲学论证的范本。全书的诙谐语调蕴藏着严肃的内涵，这样的结合造就了《蚱蜢：游戏、生命与乌托邦》的特殊之处：对富有价值的哲学论点进行辩护，读来却轻松有趣。

本书以大蚱蜢和信徒之间的对话写成，特别是那位名如其人的史盖普克斯[①]。大蚱蜢是取自《伊索寓言》里的角色，整个夏天都在游戏，现在寒冷的冬季来临时即将死去，但蚂蚁则储备了足够的粮食而得以存活。然而，伯纳德·舒兹反转这个传统的道德故事。伊索颂扬工作的价值，伯纳德·舒兹则在书中写出大蚱蜢的辩解，叙述他为何选择游戏而非工作。如同他告诉史盖普克斯的，玩游戏可能会造成致命的结果，但这项活动的内在本质是最好的，也是最值得的。

活泼与充满互动的对话形式，是本书的基本风格。对话中有许多机智的语言交锋，以及大蚱蜢与史盖普克斯之间的各种揶揄。偶然事件带来死亡，大蚱蜢感到遗憾而说道："如果没有冬天要防范，大蚱蜢就不会有报应，蚂蚁也不会有这寒酸的胜利。"大部分人都想要结合工作与游戏，史盖普克斯对此做出"无可避免的随性文字组合"，说人们想成为"蚂蚁蚱蜢"或"蚱蜢蚂蚁"，并且在稍后的段落里指出："只工作不玩乐，那一定是只乏味的蚂蚁，但是，只玩乐不工作却会变成一只死掉的蚱蜢。"除此之外，史盖普克斯与大蚱蜢通过

[①] 史盖普克斯（Skepticus），源自 skeptic 一词，亦即怀疑论者。——编者注

精彩的虚构角色来发展情节，从中带出他们的论证。其中一场是两位退休军官伊万与阿卜杜勒，他们不喜欢被规则制约，试图进行一场没有规则的游戏。（他们的故事也说明了为何不存在"土耳其轮盘"或"俄罗斯轮盘"。）还有埃德蒙·希拉里爵士，他登上圣母峰顶后发现一位头戴礼帽、手持《泰晤士报》的英国人——这个人从山的另一侧搭手扶梯上山。另一个场景是一场两百米的赛跑，赛场内圈有食人老虎，终点线有一颗即将爆炸的定时炸弹。另外，还有一长串有关角色扮演游戏如"官兵与强盗"的讨论，从中带出波菲尔尤·史尼克这位史上最伟大的间谍，他可以假冒世界上任何一个政治人物。

这样的对话形式来自柏拉图，而《蚱蜢：游戏、生命与乌托邦》一书大部分是对《柏拉图对话录》的迷人模仿——大蚱蜢是苏格拉底，史盖普克斯则是终将理解大师观点的追随者，但两者还有更紧密的联结。蚱蜢面对死亡的处境，与《申辩篇》《克里托篇》《斐多篇》中苏格拉底即将受到雅典法庭处决的情景是相似的。苏格拉底的朋友提出各种可免于一死的方法，但都被拒绝，因为这些方法意味着放弃哲学对话，而他认为哲学对话是对人类最好的活动。同样地，大蚱蜢的朋友愿意提供他过冬的食物，但他拒绝了，因为游戏才是一切活动中最好的，尤其他作为一只蚱蜢，必须视之为命定真理。因此，正如同苏格拉底的决定一般，蚱蜢坚守着这个让他迈向死亡的活动，即使放弃该活动便可保全性命，他仍执意坚持。两者还有另一个相似处。柏拉图式对话的开头，通常以一个实质的问题展开，例如"尤西弗罗起诉他父亲，这行动是否敬虔？""德行可以被教导吗？"或"行事公道是否有利于你？"但苏格拉底说我们无法回答这些疑虑，除非先解决定义的问题，比如"何谓虔诚？""何谓德行？"或"何谓正义？"因此，讨论便转到定义问题。通常最终仍得不出让人满意的定义，而原本的问题也悬而未决（《国家篇》是个例外），但这背后有一个不变的假说：要明了有关某个概念F的特定事物，我们必须先理清F是什么。《蚱蜢：游戏、生命与乌托邦》采用相似的模式，大蚱蜢首先提出玩游戏是"理想存在"作为实质论旨，但在证实该论旨之前，必须先转向"何谓游戏"的定义问题。唯有理清了定义之后，才能回到原来的主题，即游戏的价值。

如果读出书中跟柏拉图对话录的相似之处，那是令人愉悦的；但是内容呈现得如此自然，即使不认识柏拉图的读者，读来也不会有任何障碍。

这就是伯纳德·舒兹式的幽默，从来不绚丽，也不会分散读者的注意力。这份幽默源于北美的大众喜剧传统，跟其他传统如英国道德哲学家伯纳德·威廉姆斯的文雅英式机智，有所区别。但是，就跟威廉姆斯一样，这样的呈现并不会把读者带离哲学论证，或远离伯纳德·舒兹的主要论点。相对于抽象的讨论方式，伊万和阿卜杜勒之间的竞赛、圣母峰上的英国绅士、食人虎等，以更吸引人的方式传达了伯纳德·舒兹的哲学理念。

这些哲学理念分成两个部分：一、《蚱蜢：游戏、生命与乌托邦》的开头与结尾，提出玩游戏具有至高的内在价值；二、中间章节则呈现出伯纳德·舒兹对玩游戏的定义与分析。

这不同于字典里的定义，字典只描述人们如何使用这个字。这里呈现的是哲学家所称的"概念分析"或者分析游戏得以进行之必要与充分条件。概念X的必要条件，指的是任何事物要成为X所必须拥有的特质；而任何事物一旦符合充分条件，就成为了X。所以，X的必要与充分条件，是所有X所共享的特质，这些特质使其成为X，不论我们谈论X时是否知其然。伯纳德·舒兹企图界定"玩游戏"这个概念的这些特质。

他的分析由三个要素构成，他称之为前游戏目标、游戏的建构规则，以及游戏态度。任何活动都必须拥有这三个要素，才可称为玩游戏；而拥有全部要素的任何活动，都是玩游戏。接下来，我们将依序讨论。

首先从前游戏目标开始：玩游戏时总是有一个目标，我们可以在游戏之外描述这个目标。高尔夫的前游戏目标，是让球进入地洞；爬山的前游戏目标是让自己站在山顶；奥林匹克两百米赛跑的前游戏目标，是抢在其他竞争者之前越过终点线。我们可以在游戏之外领会且达成这个目标，因此伯纳德·舒兹称之为"前游戏"目标，借用的是游戏一词的拉丁词"ludus"；他也声称，每一种游戏都有这样的目标。当然，玩游戏所追求的也包含某些内在于游戏之中的目标，例如赢得比赛、登上山顶或破标准杆。但对伯纳德·舒兹来说，这些"游戏"目标都是衍生物，因为所谓"游戏目标"，其实只是通过特定的方式来达成前述的"前游戏目标"。

这个特定方式由第二个要素界定，即游戏的建构规则。根据伯纳德·舒兹的论点，这些规则的功能在于禁止使用最有效率的方式来达到前游戏目标。因此，高尔夫游戏禁止选手携带着球走下球道，然后将球丢入洞里；游戏者必须使用高尔夫球杆，从某个距离之外挥杆，以此达成目标。爬山运动的参与者不会搭乘热气球或租用直升机来登顶；在两百米赛跑中，选手禁止抢先偷跑或穿越内场。在遵守这些规则的前提下，游戏的成功取决于使用最有效率的方式来完成前游戏目标，例如以最少的杆数让球进洞或选择最佳的登山路径。但这指的是规则范围之内的效率，而规则最主要的目的就是禁止使用最简单的方式来达到游戏的原初目标。根据前述的两大要素，游戏者使用较无效率的方式来追求目标，但这不是构成游戏的充分条件；因为某些人可能在被强迫的情境下使用这些方式，怀着的是懊悔与不情愿的心情。例如，一位农夫因为负担不起他想采用的机器设备，不得不用双手耕田与收割，在这样的情况下他并不是在玩游戏。因此，伯纳德·舒兹的分析需要第三个要素，即"游戏态度"，这包含游戏者接受建构规则的自愿态度，或者为了让游戏得以进行而接受规则的态度。于是乎高尔夫选手接受他不可以用手拿球或更改球点，因为他想要玩高尔夫，而服从这些规则是他玩游戏的必要条件；同样地，登山者接受他不该租用直升机来登顶，因为他想要爬山。接受规则所强加的限制，是出于自愿而非勉强的，因为这些限制是游戏的必要条件。加入这第三个要素，伯纳德·舒兹的分析就完整了："玩一场游戏，是指企图去达成一个特定的事态（前游戏目标），过程中只用规则所允许的方法（游戏方法），这些规则禁止玩家使用较有效率的方法而鼓励低效率的方法（建构规则），而规则会被接受只是因为规则让这项活动得以进行（游戏态度）。"或者以伯纳德·舒兹的典雅说辞来陈述："玩一场游戏，意味着自愿去克服非必要的障碍。"把这个分析套用到不同游戏中，非常有趣。以"剪刀、石头、布"来说，前游戏目标就是出石头来对付玩伴的剪刀、出剪刀来赢过对手的布，或出布来对应别人的石头；规则禁止你在玩伴出手之后才表示，因而防止使用这个最有效率的方式；玩家自愿接受这个限制，他们并不希望事先看到玩伴出手。书中的分析可能无法跟英文"游戏"一词的每一个使用情境相符。爬山是伯纳德·舒兹提出的主要例子之一，但我们鲜少称之为游戏，纵使爬山确实是一种运动。至于儿歌唱跳"玫瑰花环"，许多人说这是游戏，但伯纳德·舒兹会否认它是一种游戏（"只是一种人声伴唱或歌曲的舞蹈。这不是游戏，就像你不会认为《天鹅湖》是游戏一样"）。这些细微的错配足以反驳"游戏"一词在字典里的定义，但这并不会发生在概念分析的定义上。只要该分析突显某种共同现象，符合"游戏"一词的大略意思，并且拥有重要的哲学意涵。伯纳德·舒兹的分析绝对符合这些条件。

首先，所有要素美妙地整合在一起。一项活动之所以是游戏，并不是因为拥有三个彼此不相关的要素，比如要素A加上完全分离的要素B，再加上另一个完全分离的要素C。分析中的第三个要素，即游戏态度，是以第二个要素建构规则来界定的，因为这涉及玩家面对这些规则的态度，也就是对规则的接受。分析中的第二个要素则以第一个要素的语言来界定，因为规则限制你如何达成前游戏目标。因此，分析中的各个要素彼此如鸟巢般重叠交错在一起，第一个要素嵌在第二个要素内,而第二个要素嵌在第三个要素内,构成整体,造就这一系列分析的哲学力道。

如果这里所定义的玩游戏是一种人类的核心价值,那么这个分析就很重要;如果能够说明玩游戏为何具有核心价值,则这样的分析就更有意义了。我稍后将会指出,伯纳德·舒兹的分析确实做到了这一点,但除此之外他的分析还有更普遍的重要性。

大约20世纪中叶,许多哲学家将概念分析视为哲学的中心任务,然而他们通常将其运用在抽象概念如知识与因果关系的探究上,鲜少触及日常生活的概念如游戏。一直到《蚱蜢:游戏、生命与乌托邦》一书出版的1978年,此种主张仍受到攻击,反对的想法主要来自两个源头:一个是美国哲学家奎因的哲学自然主义,他认为哲学没有任何概念真理有待揭露,所有真理都是实证或科学的。另一个是来自维特根斯坦的主张,认为概念并没有确定的内容或清晰的边界,但概念分析要求这些。维特根斯坦说,应用某个概念所需的必要与充分条件,通常是不可能达成的;其例证仅能透过一组松散的"家族相似性"联结在一起。同时,维特根斯坦的反定义论证的主要范例,正是游戏的概念。他在《哲学研究》一书中提到,不存在任何所有游戏共享的本质,只有一系列无法成文的相似性,进而将此结论概括到其他的概念。1978年,当这个议题成为哲学分析一时的核心项目时,许多哲学家都持此立场。

伯纳德·舒兹并没有在《蚱蜢:游戏、生命与乌托邦》中主张概念分析是哲学的首要任务,也没说每一个概念都可以进行这样的分析。但是，当他提出玩游戏的必要与充分条件时，伯纳德·舒兹恰恰做了维特根斯坦认为无法完成的事，而且还以维特根斯坦自己提出的范例来进行反驳。因此，这本书正踢出了维特根斯坦所抛出的那颗球。但他仅轻轻碰触，只提到这位奥地利哲学家一次。他引用维特根斯坦来劝诫我们："别说什么'必定有共同之处，要不然它们不会被称作游戏'，而是去观察与理解是否有什么共同之处。"伯纳德·舒兹说："这是无懈可击的劝告，不幸的是，维特根斯坦自己并没有做到。他确实观察了，但他在此之前就早已认定游戏无法定义，因此他的目光快速扫描，几乎没有看到什么东西。"他这么说是没错的。唯有做出了严肃的尝试，并且最终都失败之后，才有可能合理地主张某个哲学探究为不可能完成的任务。维特根斯坦并未针对游戏的概念分析做出这样的尝试，更别说他的追随者了。伯纳德·舒兹则是最鲜明的对比。在《蚱蜢：游戏、生命与乌托邦》第3章提出将要进行的分析之后，他用了接下来的10个章节，考虑种种可能的反例，包括一些似乎不符合他所定义的游戏以及一些似乎合乎他的定义但并非游戏的活动。乍看之下，这些反例十分有力，但他一而再展现他的分析足以妥善处理这些反例；使用的手法不是增设条件来处理这些反例，而是借由更正确地理解这个分析工作的核心元素来达成。所以，这本书是正直知识分子的模范，将自己的想法视之为真知前，先将其摊开接受严厉的批评。

伯纳德·舒兹的著作也显示了维特根斯坦的讨论极其表面。伯纳德·舒兹对玩游戏的分析是结构性的，提出了一些抽象特质如目标、规范目标达成方式的规则以及对待规则的态度；各种表面特性相当不同的活动都共享这些抽象特质。而维特根斯坦只触及不同游戏之间的表面差异，例如是否具有娱乐性、是否使用纸牌，但却没有思索它们是否具有更深层的共同性。伯纳德·舒兹不像维特根斯坦这样享有哲学名望，但在这个主题上，他才是真正的哲学家。

他的分析也响应了一些普遍存在的忧虑。有些哲学家质疑概念分析如何带来新知。概念分析旨在揭露我们所理解的概念之中包含了什么；而我们得以正确指认出当中的内容，在于我们早已理解。（"是的，这正是我心中所理解的。"）如果分析最终只能告诉我们那些我们早已知道的，这怎么还可能有新鲜事呢？这即是哲学家所谓的"分析的悖论"；然而，如果我们可能只是部分掌握，而非完整掌握某个概念，或可能在没有意识的情况下应用该概念的定义，那么，这样的悖论是可以解答的。在这样的情况下，分析可帮助我们清楚看见那些原本隐约知道，或没有意识到自己已知道的事物。那正是伯纳德·舒兹的分析所完美呈现的。我们知道这个分析确实把握到我们对游戏原本就存在的想法："是的，那就是所有游戏所共有的！"但在此之前我们无法清楚叙述这些想法。

所以，伯纳德·舒兹对玩游戏的分析，通过各种方式展现出概念分析是可以带来洞见的；但如果书里只是分析的话，那就不会这么有趣了，当然这本书不是这样。书里提出玩游戏是人类至高的善，或说游戏是最值得从事的活动，由此触及了那个苏格拉底与柏拉图最喜爱的古老哲学议题：如何才是人类最好的生活？这么说虽然有些夸大，但这本书所给予的解答，确实包含了一个突出而重要的真相。

伯纳德·舒兹说，在理想世界，玩游戏成为每个人的主要活动，但他以一种特别的角度来理解它：在那个世界，所有劳动或工具性活动都消失了。当某人想要某个事物，他不需要以劳动作为手段来达成，机器将会代劳，而他只需要经由心电感应来启动机器，然后立刻得到想要的事物。在我们的世界中，我们必须工作来赚钱；在那里，"就连社会中的格蒂们和欧纳西斯们最强烈的贪婪欲望都得以满足"[①]。我们也耗费极大能量去追求爱，"这些费力的手段就不再需要了，获得性伴侣就如同游艇、钻石一样容易"。类似的情况也发生在知识的领域，所有可知的事物都已储存在计算机里。既然如此，伯纳德·舒兹问的是：理想世界的人们做什么？他们会参与什么活动？

他如此回答：人们刻意设置非必要的障碍，阻挡那些原本唾手可得的事物，只为了享受克服这些障碍的过程。书中所描述的一个角色，决定舍弃按下心灵感应按钮来获得房屋，而改用传统木工的方式来盖房子，只为了练习木工技巧。另一个角色决定不从计算机取得科学信息，选择以传统的实验方法来发现科学真理。（剧作家戈特霍尔德·埃夫莱姆·莱辛曾说过，如果让他在真理与寻求真理之间作选择，他会毫不犹豫地选择寻求真理。伯纳德·舒兹笔下的角色有相同的态度。）其他活动也一样。理想世界的人实际上在做的是玩游

[①] 参考第15章，译注1。

戏，就如同高尔夫与曲棍球选手所做的一样——他们自愿采取明知是低效率的方式来追求目标。玩游戏既然是那里居民的核心事业，那就表示这项活动是至善的；即使不计成果，本身就已具有最高价值。

伯纳德·舒兹有关玩游戏具有至高价值之主张，这是大胆的；事实上，大胆到令人无法置信。如果我们换个想法：没有至高的善，许多不同事物都拥有价值，而且可依这些事物建立各种美好的生活。那么伯纳德·舒兹的论证也就不具有说服力了。他认为理想世界不存在任何道德行为，因为那是为了预防或矫正恶行而存在的，而那儿没有恶行。人们也不需要创作艺术，因为人类的希望与恐惧、胜利与悲剧等都消失了，而他认为这些正是艺术创作的主题。但是，道德之善不仅是同理他人的痛苦，也包括同理他人幸福当下的愉悦，而这确实存在于理想世界。艺术也可以表达喜乐。加拿大音乐家乔尼·米切尔写下了许多跟分手有关的歌曲，但她也创作了欢愉的《切尔西的早上》。伯纳德·舒兹只专注于探询那里的人将会做什么。人类拥有的良善事物中有许多并不是活动，而是某种存在的状态，例如拥有认识世界的知识，或感到快乐。也许这些状态已经出现在理想世界，或按下按钮就可取得，但那并不会妨碍这些存在状态像游戏一样为人类带来良善，并且一同构成那里的美好。在这里，伯纳德·舒兹可能受制于苏格拉底。毕竟，苏格拉底并不曾说哲学对话是所有良善事物之一，而是说哲学对话是唯一值得为此而活的事。他如果要正当化他接受死亡的抉择，就只能这么说——如果有其他同等高尚价值的活动可让他选择，他大可从雅典逃亡，过他的好生活。类似地，大蚱蜢必须同样宣称游戏是至高的善，才能合理化他选择死亡的抉择。但离开了这些对话的内容，那些主张变得无法令人信服。

所以当伯纳德·舒兹指称游戏为至高价值时，他是夸大其辞了，但玩游戏仍可以是许多具有内在价值的事物之一。其中也可以具备一个极其重要甚至是一种典范性的良善，而这也是伯纳德·舒兹所呈现的成就。这里要提出的有两个问题：为何玩游戏是良善的？为什么玩游戏会成为我所谓的现代价值的最直接表述？大蚱蜢并没有清楚地将游戏的价值联结到他所提出的游戏定义，但我们可以论证，这两者的联结要比伯纳德·舒兹所说的更紧密。更具体而言，我们可以证明定义中的不同要素带给玩游戏两种不同但相关联的价值基础；因此，游戏同时以两种方法呈现其良善。先看前游戏目标与建构规则。建构规则禁止参与者以最有效率的方法达成目标，为活动提供了合理的难度，但也不总是如此。剪刀石头布的规则让这游戏的目标变得更难达成，但规则并没有提高游戏的困难度，毕竟剪刀石头布不是一项太有挑战的活动。但剪刀石头布不是个好游戏，至少不是个值得投入时间的游戏。事实上，好的游戏不仅仅是通过规则来增加难度，从客观标准而言还必须具备适当的难度。游戏不该太难以至无人可以达成，否则就没有玩的意义，但也不可以毫无挑战，必须在太艰难与太容易之间达到平衡。因此，所有的好游戏，包括乌托邦里所进行的那些游戏，都因规则而让前游戏目标的达成具备合理适当的难度。如果艰难的活动都是好的，那么玩游戏便具备了某种价值；而这是个有趣的观点。如果要说那些具有内在价值的事物，我们想到的必定是某种成就，或者在你所选的领域中完成某些事物，无论是商业、艺术或是维持生计等。成就包含实现目标，但并非每一种目标的实现都是一个成就，比如，除非你有肢体障碍，否则绑好鞋带并不是成就。各种成就之中也有价值高低之分，因此，开创一家新公司并且成功营运，比做成一笔生意的成就更大。若问成就与非成就或成就的价值高低从何而来，那么答案必定跟难度的差异大有关系即是涉及复杂程度与对身体挑战的大小，或需要多少的技巧与心智。所以，如果从事困难的事是这般重要，那么从此角度而言，玩一场好的游戏也就具有了内在价值。

游戏规则创造出各种挑战，而克服挑战即是重要的。

游戏态度又如何呢？这将带来更深层的价值基础，但要有所了解，我们必须注意到伯纳德·舒兹论证中的一个转换。当他分析玩游戏时，伯纳德·舒兹所谓的游戏态度指的是我们对游戏规则的接受，因为这让游戏成为可能，例如，接受高尔夫规则，才能让高尔夫之所以是高尔夫。这样的解释同样可以用于打球赚钱的职业选手，他们的态度也可被视为游戏态度，甚至是纯粹的职业选手，只为金钱而对游戏毫无兴趣，也可包含在内。例如，一位纯职业高尔夫选手知道他必须打球才能赚钱，所以得遵守高尔夫的所有规则。他接受规则或许只是为了钱，但他也确实为了打高尔夫而接受规则，如此一来他就有游戏态度。在伯纳德·舒兹的分析中，这是很基本的主张，因为，说一位纯职业高尔夫选手不是在玩高尔夫，这是荒谬的。但是，当伯纳德·舒兹论及游戏的价值时，他对游戏态度的说法就转换了。他说玩游戏是乌托邦里每个人的主要事业。但他将乌托邦界定为一个所有工具性活动都消逝了的世界，因此不再有任何职业专家。没有人打高尔夫是为了赚钱，或为了任何游戏以外的目标，因为他们根本不需要，所有高尔夫选手都是纯粹的业余选手，为了玩而玩。其他游戏也一样。但是如此一来，乌托邦居民接受游戏规则，就不只是为了让游戏得以进行，还为了让游戏变得困难。这实际上是伯纳德·舒兹笔下的人物正在做的，某个角色做木工来盖房子，舍弃心电感应的方法，因为这样需要更多技巧；另一人用老派的方法做研究，只是为了挑战。事实上，伯纳德·舒兹的核心理念是：乌托邦居民会接受限制，是为了要突破限制，或者为了让各种限制把事物变得更困难。伯纳德·舒兹明确表达了这一点。

谈论职业运动员时，他提出一个惊人的观察：玩游戏的时候，某个人不一定是在玩。你或许顺理成章地认为打击一颗球的时候那个人确实在打击。但是，伯纳德·舒兹说，玩必定是为了游戏本身的内在价值而参与其中，而纯职业运动员并不如此，因为他带着工具性的价值衡量，所以他在工作。因此，伯纳德·舒兹有关玩游戏的定义，不是一个玩的定义，其并不带有玩的含义。然而，在他开始讨论乌托邦时，他说他将坚持把玩游戏的价值视作某种特定形式的玩，也就是说，至少带着部分的业余态度在玩游戏，或者我所谓的"游戏之玩"。"游戏之玩"的心态包含的是一种较狭义或非职业性的游戏态度，也就是说，他们为了让游戏变得困难而接受规则。

这种较为狭义的态度不只是出现在想象中的乌托邦。真实世界中的大部分游戏玩家包括职业选手，都在某种程度上是为了游戏而游戏。想想这位极端冷静精明的棒球选手彼得·罗斯，在赛事中为了赢，如此机关用尽而遭受厌恶。然而，在1975年世界系列锦标赛第六场赛事的尾端，他告诉敌队的三垒教练："普派，不论输赢，我们这场，是有史以来最伟大的赛事。"他不只非常想要赢球，某个程度上他也是为了对棒球的热情而参赛。

游戏之玩包含了这种较狭窄的游戏态度，那就具备了第二种价值。为这种类型的玩所下的定义，当中各个要素于是更紧密地联结在一起：前游戏目标与建构规则形成游戏的特性，即困难度，而游戏态度会选择此种类型的玩，正是因为困难度的特性。更具体而言，如果困难度本身是有价值的，目标与规则赋予游戏这个有价值的特性；而游戏态度之所以会选择接受目标和规则，就在于这种特性的赋予。如此一来，游戏态度便连接上了许多哲学家所持有的一个有趣观点：某种事物若具有内在价值，而某些特性为这个事物赋予了价值，那么对这些特性的追求也就成了具有内在价值的事。因此，如果他人的幸福是好的，那么，渴望与追求他人的幸福，并且因他人幸福而感受愉悦，也就有了更崇高的价值，我们称之为"仁"。同样，如果知识是好的，那么对知识的渴望与追寻以及因知识而快乐，也就成了好事。同类型的价值亦呈现在我所谓的游戏之玩中，困难度具有原初的内在价值，因此，对困难度的热爱与追求也就成了好事。前游戏目标与建构规则，两者共同给予游戏之玩一个价值基础，即困难度；业余形式的游戏态度，为游戏增添了另一个不同却彼此相关的价值基础——喜爱某个好的事物，进而追求为此事物带来美好价值的那些特质。第二个基础衍生自第一个；追求困难不会成为好事，除非困难度有其价值。但这第二个基础添加了更深层且互补的价值。当你在游戏之玩时，你一方面在做着良善之事，另一方面，你因为想要追求其良善基础而做。如此分成两个部分来解释，把伯纳德·舒兹的论述联结到游戏以外更普遍的原则，因而深化了他的主张——游戏之玩具备其内在价值。然而，他说游戏之玩是终极良善，这大胆的主张却被削弱了。因为有许多与游戏无关的良善事物如快乐与知识；且游戏内含的价值也可能出现在游戏之外。如果一个农夫刻意舍弃机器而改用双手来耕田，他既不怀着任何游戏态度，也不是在玩任何一种游戏；但是如果这个活动是艰难的，而且他成功完成，那么这件事就有了一定的价值，毫无疑问这是一个成就。热爱美好事物有其价值，但可以在游戏之外找到，例如，为他人幸福感到愉悦，或为了知识的美好而追求知识。其次，以上说明显示游戏所内含的不是基本的价值，而是一种衍生性价值，因为游戏以某种特殊的方式把另外两种基本的价值结合在一起。

此种良善即使不是基本的，仍然可以是典范式的，因为它清楚地表达出某种价值。这即是游戏之玩所完成的。如果困难的活动如此美好，必定是指向某种目标：挑战的是目标的达成。这个活动的价值并非来自目标本身的特性，而是依赖于达成目标的过程。然而，如果目标本身就是好的，那么追求过程的重要性就会被忽略；一旦成功了，这个活动也只是被赋予工具性价值或被视为好的手段，而且这将被当成这个活动最重要之处。如果农夫成功收获农作物，他的劳动带来全家温饱，这种生活需求层面的价值会妨碍我们注意到这件事本身所具备的价值。但是如果目标不具有内在价值的话，便没有这样的危险了，这在游戏里最清楚不过。游戏中的前游戏目标，比如将球放进地面的洞里或置身山顶，本身都是微不足道的，因此玩游戏的价值只能从达成目标的过程中彰显。游戏态度突显了这一点——游戏态度让玩家自愿接受规则以便让目标变得困难，游戏过程因此成了纯粹的过程。玩游戏必定涉及某个有待达成的外在目标，但这个目标的特定质量与活动的价值并没有关系，游戏目标是过程的一部分，而非成果，是旅程而非终点。因此，相对于古典的价值观，游戏以最清晰的方式展现出现代价值观，因为现代观点是以过程的价值为核心。

亚里士多德主张的是古典的价值观点，他隐约把所有活动区分成两类：动觉或运动以及潜能或现实。动觉是指向外在目标的活动，就像开车到多伦多是一项以多伦多为目的的活动。目标达成后，动觉也就结束，因此可借由动词语态来辨认。如果使用某个现在完成式的动词（-ed），那就表示你已不在进行式之中（-ing），就像你已经开车抵达多伦多，那就意味着你已经不再进行那个活动；因此，进行式的动词便是动觉。相对地，潜能并不直接指向任何外在目标，而是蕴含着自身的目标。沉思是潜能，自我享受或感觉愉悦也是。类似这些潜能无法通过动词语态的测验，而且不像动觉，潜能可以无限延续下去——你已完成沉思，并不意味着你现在不在沉思中，更不表示将来你不会继续沉思。

亚里士多德主张潜能的价值比动觉更崇高，所以人类最好的活动必定是那些可以无限延续的，如沉思或感受沉思的愉悦。他会这么主张，是因为他假设动觉的价值必定是从目标而来，所以这个价值附属于目标，甚至仅是作为达成目标的工具。如他所说的："当目的与行动分离（即是动觉的特征），那么成品的本质比行动具有更高的价值。"现代的价值观否定了这个假说，进而主张有些活动必然拥有外在的目标，但其价值内在于活动本身，因为目标的达成完全仰赖于过程的特性。伯纳德·舒兹引用克尔凯戈尔、康德、席勒与齐美尔等人的现代观点，但其中最突出的是马克思的观点，认为人类的核心良善在于通过生产性的劳动来转化自然。这种活动必定有一个外在目标，毕竟生产活动不可能没有产物；而且，在物资缺乏的条件之下，这个目标其实是人类的存活或舒适所必要的。但是，当物质不再匮乏而人类进入"自由国度"之时，马克思认为人类仍然把工作当作"主要需求"，因此他们会为了生产活动本身的价值而投入生产，对于生产目标不再有利益索求。或参考尼采如何述说人类的伟大。在早期著作中，尼采说"有必要为个性赋予风格"，所以让个性中的不同元素统一为"单一品味"，品味好坏并不重要，重点在于那是单一的品味。后来他使用相同的理念去解释"权力意志"，他认为构成驱动力的并非"大量且分离"的驱力，而是早已协调成一股占据主导地位的主要驱力。他在这两个段落中说，如果某个活动把你的欲望组织成单一目标，无论目标为何，那么这个活动就是好的。因此，对马克思与尼采两人而言，对人类带来良善价值的活动，必定会在一方面指向一个目标，但在另一方面从目标达成的过程中衍生出价值。所以，他们所主张的价值类型，可借由游戏之玩作为典范性的彰显——当目标微不足道时，过程便成了唯一可能有价值的事。马克思与尼采绝不会用这种方式来表达（他们的哲学风格太认真了）；但两人所赋予价值之事，实际上都是游戏之玩——对马克思来说，那是在不再有任何工具性需求的世界里的物质生产游戏；对尼采来说，那是为了权力本身而为的权力游戏。

　　游戏之玩也明确跨越了亚里士多德对动觉与潜能的二分法。亚里士多德认为所有活动只能如此分类，显然这想法是错误的。动觉指向外在目标，并且可通过动词语态的测验，所以有其逻辑结构：如果你已经打完高尔夫或爬完一座山，那么你就已经不再做着这些事。但这些活动本身也内含价值，就像潜能，价值来自活动的内在特性。亚里士多德以他的二分法，否定了生产产品的过程中也可以具有重要的内在价值；玩游戏恰好反驳了他。

　　如果游戏之玩是现代价值的典范，那么游戏有助于我们在其他跟游戏不相关的活动中看到相似的价值。看看商业活动，有时候这些活动指向一个独立于商业以外的良善目标，例如减少他人的苦或增加他人的幸福。大部分时候，商业活动的目标只是在于赢得特定公司的市场占有率与利益，这些目标都是微不足道之事——选择喝可口可乐而不喝百事可乐，或者使用微软系统而不使用苹果系统，这些事都是不存在任何内在价值的。古典的观点会因此主张经济活动几乎不具有内在价值，哲学家如亚里士多德确实就曾这样说过。但如果占有市场是一件困难的事（确实如此），需要一系列仔细衡量后做出的复杂决策，那么现代观点会认为这是件具有重要价值的事。商业活动也可以包含类似游戏态度这样的事物。商人大部分时候是为了他们的股东与自身谋取最大利益，但同时也有许多商人为商业技巧本身赋予价值，纯粹从技艺层面来衡量，商人甚至因他的经营技巧而为人所钦慕——现在报纸的商业版读起来就像是运动版。或者我们也来看看艺术创作。如果艺术的目的是传递一种无法用其他方式传达的真理，那么艺术创作也将产出良善的独立成品。但有一派特殊的现代观点（并不表示这是现代人的唯一观点），主张艺术的目的只在于美，即艺术是有机的整体，是让绘画、小说或音乐的不同元素形成一致且有活力的整体。根据此种观点，所呈现的理念对艺术作品或许是重要的，但理念是否为真、是否令人信服，就不那么重要了，重点在于作品的各个部分跟理念整合得如何。这种现代观点将艺术作品的价值放在创造过程以及界定成品美感的所有复杂关系之上，所以艺术创作的价值就如同商业活动或玩游戏的价值一样。艺术创作也可能包含游戏态度，只要艺术家享受过程，并且纯粹从过程本身来衡量其技艺的价值。更普遍而言，在任何有一定难度的活动中，并且活动在某程度上因其难度而享有价值，那么就能在其中发现那些从游戏的典范所展现的价值——养家、经营小区组织、整修房子等活动，都是如此。所以，这些价值可在许多活动里找到，也可以让许多人实现。古典观点倾向于把具有内在价值的活动局限在少数精英中，他们讨论哲学或参与任何限定于最高层级者的事。伯纳德·舒兹所捍卫的当代观点,将美好生活的机会,公平民主地扩大到大众之中。

总而言之,《蚱蜢:游戏、生命与乌托邦》看似轻松实则严肃,其中为数个重要的哲学论题辩护。于是我们回到这本书的风格。在当代哲学,尤其是伦理学的分支中,崇尚的是高度智识与严肃的学科氛围,学者以冠冕堂皇的语言书写着宏大的哲学论述。但他们的认真严肃却通常无法有效传达观点,甚至无法觉察到针对这些观点的关键反驳。《蚱蜢:游戏、生命与乌托邦》的特质正好相反。这本书的写作方式采用吸引人的诙谐风格,加以迷人的起承转合;但这是部严肃的哲学作品,无论是就其中论旨的重要性而言,或就其论证的完整性而言。这并非意指哲学家应该尝试去复制《蚱蜢:游戏、生命与乌托邦》一书的特性,那是不可能的。这本书确实给哲学写作提供了一种概括的模式——严肃地对待理念,但不必然要自我设限地进行讨论。但愿会出现更多这样的书。

前言

本书里的大蚱蜢，就是《伊索寓言》里那只以无先见之明而闻名的大蚱蜢。伊索把他塑造成警世寓言的主角，但是大蚱蜢来到这里却成了某种最美好生活的典范，借由他的阐释向世人展现这如此值得一活的生命。他住在构想中的乌托邦，完全投入一个早熟的理想，绝不妥协，因而死亡。他也是一位思辨型的乌托邦居民，在死亡降临之前，成功地为他的理想辩护，也为他的全心投入所必然带来的死亡辩护。大蚱蜢辩护中的核心论点在于：乌托邦里的存在形式以玩游戏为根本，而这本书即致力于形构出这样一种游戏理论。

这本书所建构的理论，意图并不在于以任何的直接方式对赛局理论这个研究领域作出贡献，虽然有些赛局理论的专家可能意识到这套理论的重要性。本书本质上也不算是社会学或社会心理学的学术贡献，即使书中包含了角色扮演的深入讨论，还有一个小节提及了伯恩的著作《人间游戏》。

这是一本哲学书，而且依循的是哲学的某一种传统取向，也就是企图揭露并制定一个定义，进而沿着这个发现继续推断，即使这将导向一个令人讶异且有时令人仓皇失措的方向。

我当然知道，目前的哲学社群，乃至整体的学术社群，对于寻找定义这件事已不抱持任何幻想。而维特根斯坦,这位反定义立场最有力(而且肯定还是最具吸引力)的发言者之一,他最著名的主张,就是认为界定任何事物都是徒劳无功的,而且还特别针对游戏的定义来阐述他的主张。维特根斯坦劝诫我们:"别说什么'必定有共同之处,要不然它们不会被称作"游戏"'而是去观察与理解是否有什么共同之处。"这是无懈可击的劝告,不幸的是,维特根斯坦自己并没有做到。他确实观察了,但他在此之前就早已认定游戏无法定义,因此他的目光快速扫过,几乎没有看到什么东西。所以我邀请读者跟我一起针对游戏进行一次更长远、更透彻的注视——游戏是否有共同之处?在这一趟检查尚未完成之前,我们暂且不下定论。

为了避免可能发生的误解,我加入下列说明。这本书接下来展开的探问并不是也不应被视为一种反对"反定义"的宣言;它的信服力也不该被建立在认为世间万事万物皆可被定义的信念之上。更合理的做法是,先假设有些事物可定义,有些事物则否,而确认某个事物属于何者的唯一方式,就是跟随维特根斯坦的卓越建议——观察和理解。

本书有些部分已在其他地方出版。第1章、第3章的最后一个部分以及第15章,是《运动哲学:早期论文集》(1973年)中两篇论文的修订版;第3章的第一部分原本标题为《何谓游戏?》,发表于1967年的《科学哲学》期刊;第7章则以目前的标题发表在1969年的《科学哲学》期刊;第3章的几个段落摘自1967年的《伦理学》中的《生命是一场游戏?》(版权为芝加哥大学所有)。感谢这些出版者同意本书收录这些论文。本书的出版得到加拿大人文学科研究委员会的赞助，经费来自加拿大国会基金。本书得以完成，系因多年来许多人对我的游戏研究所给予的鼓励与支持。感谢查纳·佩里、理查德·杜德纳、塞耶·米纳斯、内森·布雷特，特别是简·纳维森。我衷心感谢多伦多大学出版社的工作人员，尤其是戴维森、让·杰米森、玛格丽特·帕克、劳里·刘易斯与威廉·鲁特尔，最后，谢谢弗兰克·纽菲尔德。

演员表

大蚱蜢（THE GRASSHOPPER）：游手好闲但思维缜密的昆虫哲学家。

史盖普克斯与普登斯（SKEPTICUS and PRUDENCE）[①]：大蚱蜢的追随者。

史奴斯教授（PROFESSOR SNOOZE）[②]：一位常发生意外事故的学者。

史威特大夫（DR.THREAT）[③]：凶手。

史密斯和琼斯（SMITH and JONES）：两位配角演员，偏好让自己陷入棘手的情境，但他们的遭遇巧妙带出书中论点。

鲁宾逊（ROBINSON）：史密斯和琼斯的朋友，当他们需要他时他就会被召唤出来。

伊万和阿卜杜勒（IVAN and ABDUL）：两位想找乐子的退休军官。

逻辑之声（THE VOICE OF LOGIC）：伊万和阿卜杜勒的

[①] 书中人物名饱含深意，故保留其原文拼写。Skepticus来自英文字Skeptic，有"怀疑论者"之意；Prudence一词则有"审慎、精明"的意思。——编者注

[②] Snooze一词是"打盹"的意思。——编者注

[③] Threat即"威胁"。——编者注

克星。

埃德蒙·希拉里爵士（SIREDMUND HILLARY）①：登山者。

波菲尔尤·史尼克（PORPHYRYO SNEAK）②：世上最杰出的间谍。

巴舍勒密·追哥（BARTHOLOMEW DRAG）③：世上最爱找麻烦的烦人精。

赫瑞斯癸特医生（DR.HEUSCHRECKE）④：史尼克和追哥的治疗师。

约翰·史崔姆和威廉·希克（JOHN STRIVER and WILLIAM SEEKER）⑤：两位不满于现状的乌托邦居民。

---

① 埃德蒙·希拉里，新西兰登山家和探险家。——编者注
② Sneak 有"鬼鬼祟祟"或"欺诈"的意思。——编者注
③ Drag 有"易装"之意。——编者注
④ Heuschrecke 即德文的"蚱蜢"。——编者注
⑤ Striver 即"奋斗者"，Seeker 即"寻觅者"。——编者注

1

大蚱蜢之死

大蚱蜢在他的追随者面前，为他的生活方式及正在逼近的死亡辩护，然后死去。

大蚱蜢显然无法度过这个冬季，他的追随者聚集在一起围绕着他，这无疑是他们最后一次的集会了。他们当中大多数已经平静接受他即将死亡，但少数仍然义愤填膺，认为这种事情不该发生。普登斯属于后者，她靠近大蚱蜢提出最后的请求。"大蚱蜢，"她说，"我们几个已经决定让出一部分食物，帮助你撑到春天，明年夏季你再工作偿还我们。"

"亲爱的孩子，"大蚱蜢回答，"你还是不懂。事实是，我不会工作来偿还你们。我根本不会工作。我以为，当蚂蚁在他门前拒绝我时，这一切就再清楚不过了。当然，我去找他一开始就是个错误，我不会再犯这种过错。"

"但是，"普登斯接着说，"我们不吝惜与你分享一部分我们的食物，我们也不会要求你偿还给我们。毕竟，我们不是蚂蚁。"

"不，"大蚱蜢说，"你们不是蚂蚁，不再是了。你们也不是蚱蜢。为何你们要将辛劳的果实送给我呢？当我明确告诉你们我不会偿还时，这很明显就是一件不正义的事。"

"但是那种正义，"普登斯大声辩解，"仅是蚂蚁的正义。那种'正义'跟蚱蜢没有关系。"

"你说对了，"大蚱蜢说，"这指的是公平交易，对真正的蚱蜢来说，这种正义是不适用的。有另一种正义阻止我接受你们的提议。为何你们愿意为了让我继续活下去而工作？难道不是因为我体现了你们所向往的生活，而你们不愿意看到这个楷模走向死亡？你们的希望是可以理解的，就某一点来说甚至是值得钦佩的。终究它是自相矛盾的，而且——请不要介意我直言——这也是虚伪的。"

"大蚱蜢，这话说得太重了。"

"但我没有恶意。你们要了解，我的生命不是为了变成某种展示品，但是你们似乎正在把我变成那个样子。你们看重我，应该是因为你们想要像我一样，而不是只为了向蚂蚁炫耀说你们跟大蚱蜢这个怪胎是好朋友。"

"大蚱蜢，我们不是那样！"

"我相信你们。但是如果你们认为那个提议很好，那么你们也就成了我所说的那个样子。它强调你们之所以必须工作，是因为我不会工作。但是，我所教你们的重点，就是要你们不工作。然而现在你们企图利用我作为工作的借口，而且还要比过去做更多，因为你们不只要养活自己，还要养活我。我称之为虚伪，因为你们所做的正在违反你们的理想生活，却硬要耍花招为这些作为找个堂皇的理由。"

在这个时候史盖普克斯突然大笑，插入讨论："普登斯，大蚱蜢的意思是说，我们还没有勇气去遵循他的信念。重点是，我们拒绝工作不应该只为了大蚱蜢，而是为了我们自己。我们应该像他一样，为原则而死。而我们没有这么做的原因在于，尽管我们不再是蚂蚁，却终究也不是蚱蜢。当然，既然大蚱蜢的生命是唯一值得活着的生命形式,他所说的也就言之成理了。"

"不是这样的,史盖普克斯,"大蚱蜢插话了,"我同意,这些原则值得用生命捍卫。但我必须提醒你们,这是大蚱蜢的原则。我并非要说服你们为我的原则而死,我只是想说,这是我必须做的。我们应当明了各自的角色。你们来这里,并不是要为我而死,应该是我为你们而死。如史盖普克斯所说的,追随我的信念需要勇气;你们必须有勇气赞同我的死亡,而不是对此感到遗憾。但你们两个都还没办法做到,尽管理由有所不同。普登斯,你虽然相信这原则值得以死捍卫,但你不相信你有必要为此而死。还有你,史盖普克斯,你甚至还不确定值不值得为此原则而死。"

史盖普克斯回答:"我相信你是现存最有智慧的生物,所以整个夏季我都从未离开你身边;虽然如此,我必须承认,我仍不确信大蚱蜢的生活是最佳的生活方式。如果你能给我一个清晰的景象,让我看到你所见的美好生活,也许我的信念将更趋向于你的信念,我的勇气也是。你或许可以利用某个你在其中受到正确对待的寓言故事来表达。"

"我亲爱的史盖普克斯,"大蚱蜢回答,"寓言,应该在严肃探讨的结尾时才出现,而不是在开始时。换言之,唯有论证失败了,才用寓言。但谈到寓言,跟蚂蚁有关的那些事,肯定是我生涯中的寓言故事之一,而且极有可能把我的生命重现为一个道德故事,说的是深谋远虑优于闲散的生活态度。但故事里的主角实际上应该是大蚱蜢;该被听者认同的,是大蚱蜢,而不该是蚂蚁。寓言的重点应该不是蚂蚁的胜利,而是大蚱蜢的悲剧。因为我们不得不反思，如果没有冬天要防范，大蚱蜢就不会有报应，蚂蚁也不会有这寒酸的胜利。故事应该证明大蚱蜢的生活是正确的，而蚂蚁的生活是荒谬的。"

"但确实有冬天要防范呀！"普登斯反驳。

"的确如此。但科技一直在进步，未来我们的生活里或许不再有冬天，这是可能的。因此，我们可以这么说：虽然有点不合时宜，但我的生活方式原则上是没有错的。"

"手术成功，但病人死掉了。"史盖普克斯说。

"不，"大蚱蜢回答，"不完全是那样。我的想法是，我的生活方式最终是不是被证明是对的，这其实不是重点。我的立场背后的逻辑，才是重点。这个逻辑显示的是，深谋远虑的行为（比如我们称之为工作的那些事）在原则上是自我矛盾的。因为深谋远虑指的是如此的态度：一、牺牲某些有益的事物（比如休闲），这是换取某些更好的事物（如生存）的必要且充分的条件；二、减少需要牺牲的美好事物，最理想的是完全没有牺牲的必要。因此，深谋远虑的理想境界，就像是预防医学所要达到的状态，也就是自身的灭绝。因为如果没有好事物需要牺牲，那么深谋远虑的行为就变得毫无意义，甚至根本不可能存在。我认为，这个原则是通往智慧之路必不可少的知识，但蚂蚁似乎从不曾理会。真正的大蚱蜢看透工作并非是自我造成的，而他的生活才是构成任何一种工作的最终正当性。"

"但是，"史盖普克斯回答，"你无疑正在把论点推向不可理喻的极端。你说得好像生命仅有两个选择，要不全身心投入游戏，要不完全只有工作。但是，我们大部分人都明了，劳动之所以有价值，是因为劳动让我们可以玩乐，而且我们都试图在工作收入和玩乐支出之间达到某种平衡。人并不是全然的蚱蜢或全然的蚂蚁，也没有人想要这样；他们要的是成为两者的混合体。人本来就是'蚂蚁蚱蜢'或'蚱蜢蚂蚁'（如果你不介意这种通俗又随性的语词组合），而且他们确实想要这样。我们当然可以全面停止工作，但也就无法玩乐太久，因为很快就会死掉。"

"史盖普克斯，你刚刚说的那些话，我有三个答案。恐怕我得说快一些，因为太阳下山了，草地上已经结霜。第一，我来到这世界上，显然就是为了玩乐一生，然后死去。违反天命对我来说是种亵渎。这个，你可以称之为神学的一面。第二，这事还有逻辑的一面，就跟命运一样无可避免；你也可以随意把这个看作是命运的一面，就跟逻辑一样无可避免。反驳大蚱蜢生活的唯一论点，是一个偶然事实——不工作，就死亡。我对这个论点的解答是：我的死亡无论如何都是不可避免的。如果我在夏季时没有先见之明，那么我将在冬季死亡。而如果我在夏季时未雨绸缪，那么显然我就不再是大蚱蜢了。我在夏季要不就未雨绸缪，要不就无所作为，我并没有第三种选择。所以，我只能选择死亡，或不再当大蚱蜢。但我就是大蚱蜢，不多也不少，所以死亡和停止当大蚱蜢，对我来说是一样的，是同一件事。我无法逃脱这个逻辑或命运。我是大蚱蜢，而你们不是，所以你们不受这逻辑约束。像我刚才说的，我经常觉得，我来到世间，就是要为你们而死，就是为了担负沉重而无法逃脱的十字架。但我得承认，只有当我处在某种早期基督徒或现今的异教徒之类的心理框架时,才会这么想。在其他时候(史盖普克斯,这就带到我要给你的第三个也是最后一个答案),我有个古怪的想法,觉得你们两个都是伪装起来隐藏着的大蚱蜢;实际上,每一个活着的生命都是大蚱蜢。"

此时,普登斯对着史盖普克斯耳语:"怕是时候到了,他开始神志不清了。"但是当他们的朋友与恩师大蚱蜢继续说话时,史盖普克斯只是深切地望着他。

"我承认这是一个荒唐的念头,"大蚱蜢说着,"本来还有点犹豫要不要告诉你们我的想法。不过,反正我已经习惯被看作是愚蠢可笑的,所以我还是说下去吧,至于你们要怎么理解我说的话,都无所谓。我要告诉你们的,是一个总是重复出现的梦。梦境一再向我揭示一件事,但如何揭示我无法向你们说明。梦中说的是,每一个活着的生命,其实都在玩着精细复杂的游戏,但却同时深信他们自己正是处理日常事务。木匠以为他们只是在从事技艺营生,实际上是在玩一场游戏。政治家、哲学家、恋人、谋杀犯、小偷、圣徒,也都一样。任何你所能想到的职业或活动,实际上都是游戏。这个启示当然令人惊讶,但接下来的事更可怕。在梦里,我不断说服每一位我遇到的人,要他们接受这个向我揭示的伟大真理。我不知道是如何说服他们的,但他们确实是被我说服了。然而,被说服的当下——这就是恐怖的地方——他就不见了。听着我说话的人,就这样当场消失了,不仅如此,我还绝对确切地知道,他再也不存在于任何地方,就好像他从来不曾出现过。我所宣扬的真理带来的是这样的结果,我惊呆了,但我无法停下来,反而是快速转向下一个生命体传达我的讯息,直到我将此真理传布整个宇宙,使每个人皈依而得赦免。最终,我完全绝望,孤独地站在夏季星空之下。然后我醒来了,原来世界仍充满着有知觉的生命,我很高兴,那只是一场梦而已。

"我见到木匠和哲学家仍旧跟以前一样做着他们的工作……但是,我问我自己,真的还和以前一样吗?木匠在屋顶上只是单纯地钉钉子,还是正在进行着一场他早已遗忘规则的古老游戏?但是,现在寒气正在从我的脚爬上来。我困了。亲爱的朋友们,再会了。"

2 追随者

史盖普克斯和普登斯发现，大蚱蜢留给他们的，是一个关于玩、游戏和好生活的纠结谜团。

次日，史盖普克斯（对话中简称"史"）找到正在悲痛中的普登斯（对话中简称"普"）。

史：女孩，现在该放下悲伤了，你要帮忙探究一下我们得到的遗产。

普（擦干眼泪）：什么遗产？

史：当然是大蚱蜢的梦，我整夜都醒着，试图解开它。

普（擤擤鼻涕）：它确实很奇怪。

史：是的，很怪。但是比这个梦本身更奇怪的是，大蚱蜢竟然会告诉我们他的梦，这才是更让我惊讶的。

普：为什么你会这样说？

史：嗯……大蚱蜢告诉我们这个梦，并不是因为这个梦很有趣，而是用来回答我的问题。当时我说的是，只有工作而不玩乐，那一定是只乏味的蚂蚁，但是，只有玩而不工作却会变成一只死掉的蚱蜢。

普：对，你正在刺激他为自己的生活方式辩护。

史：的确如此。他用三个回答来回应这个质问。第一个回答他称作宗教学的答案，第二个他称作逻辑的答案。

普：没错。

史：而第三个答案呢，普登斯？

普：第三个答案是这个梦。

史：是的，一个关于人类玩游戏的梦。这就是奇怪的地方。

普：那有什么好奇怪的呢？想必奇怪之处就在于正在玩着无意识的游戏，而每当他们意识到自己正在做这件事时，便会消失不见。

史：嗯，这很怪异，我同意，但那只是一般梦境都会有的怪异。这里头有另一种怪异；这么说好了，有一种更根本的怪异，而我们必须先解开，然后才有可能解读这个梦境本身的奇特之处。

普：你到底在说什么，史盖普克斯？

史：我是说，我们要解开梦境的谜团之前，必须先回答一个问题。

普：什么问题？

史：这个问题：为什么大蚱蜢梦里的生物都在玩游戏，而不是在吹长号？

普：史盖普克斯，我完全没听懂你的话。

史：普登斯，我正在试着弄懂大蚱蜢的第三个答案。他的前两个回答，也就是宗教学和逻辑的答案，实际上是同样的东西，不是吗？这两个说法，其实都是表达大蚱蜢忠于自己的决心，即使代价是付出生命。

普：是，没错。

史：普登斯，他忠于自己，又是意味着什么？

普：不就是拒绝工作，然后把自己完全地奉献给玩。

史：其中的"工作"和"玩"这两个字的意思是什么？

普：我想差不多就是人们通常使用这些字的时候所表达的意思吧。工作，就是去从事那些你必须做的事，而玩，就是为了乐趣。

史：所以，"玩"一词，我们可用"因为玩本身而从事者"，而针对"工作"一词，我们可替换成"为了其他目的而从事者"。

普：是的，工作是一种必要的恶。我们接受工作，是因为它让我们能够去从事那些我们认为美好的事物。

史：所以，我们是不是可以把各种不同的作为归类成玩，比如，到佛罗里达州度假、收集邮票、读小说、下棋或吹长号？

普：是的，当我们用"玩乐"这个词时，所有这些事情都可以算是。我们说的"玩"，就等于是"休闲活动"。

史：那这就清楚了，不是吗？在我们的习惯用语里，"玩"并不等同于"玩游戏"，因为我们刚刚所提到的许多休闲活动，都不是游戏。

普：是的，它们并不相同；游戏只是休闲活动的一种。

史：因此，当大蚱蜢颂扬他的"玩乐生活"时，他所指的那种生活，想必不是做任何特定的事，而是做各种各样的事；至于做什么事，必然是依那些玩家的天分和喜好而定。比如，某些人喜欢收集邮票，有些人不喜欢；有的人有下棋或演奏管乐器的天赋，有的人则没有。所以，大蚱蜢所辩护的那种生活方式，也就是蚱蜢的生活方式，从事的肯定不是任何一种这类休闲活动。例如，他不会说大蚱蜢的生活就是吹长号。

普：当然不会，史盖普克斯，这多荒谬呀！

史：是的，那很荒谬，所以我才会认为大蚱蜢的第三个回答太奇怪了。因为他在第三个答案所透露的观点似乎是，大蚱蜢的生活中不该只有休闲活动，而应该由玩游戏所构成。你回想看看，他一开始就告诉我们，他有时幻想着每一个活着的人其实都是蚱蜢伪装的。

普：对，我记得。

史：然后，他开始告诉我们他的梦，似乎以这个梦来解释那个怪异的想法。在梦中，每一个活着的人都在玩游戏，却都不知道自己正在玩游戏。所以看起来是这样——大蚱蜢所谓的伪装的蚱蜢，就是那些正在玩一场游戏、但不知道自己在玩游戏的人，而他因此认为，蚱蜢生活的本质是玩游戏，而不仅仅是玩乐。

普：是的，我明白了，史盖普克斯，多么奇特呀！

史：确实。这个梦是个谜，而这个谜又被包含在另一个谜团之中。首先是梦境本身的复杂谜团。那些不知道自己就是蚱蜢的生命以及那些正在玩游戏却不自知的生物，为什么一旦意识到他们所做的事情时，就会消失？还有，如果他们真的是在玩游戏，为什么自己却不知道？所有这些疑问都是另一个谜团的一部分。那就是，为什么真正的蚱蜢应该是游戏的玩家，而不是去从事任何一种本身具有价值、也跟玩游戏一样被视作"玩"的其他事物？

普：哦！史盖普克斯，这太疯狂了！我竟然以为我终于能够理解大蚱蜢的讯息了。现在看来，我们将永远失去他最深刻的教导了。

史：不尽然，普登斯。

普：你的意思是？

史：或许大蚱蜢将会复活。

普：复活！

史：对！他似乎把自己视为苏格拉底和基督耶稣的合体。

普：史盖普克斯！

史：可是，我大概不会等待这不可希求的结果。

普：你觉得你能自己解开这个谜吗？

史：无论如何，我想试试。我们和大蚱蜢说话时，你也听到了，我提到过整个夏天我都没离开过他身边？

普：是的。

史：嗯，从五月到九月，你认为我们都在谈些什么？

普：我猜是大蚱蜢的生命哲学吧！

史：更明确地说，普登斯，我们谈论的是游戏。

普：游戏！那么当大蚱蜢告诉我们他那个有关游戏玩家的梦时，你并不是真的惊讶吧？

史：也许我是不应该讶异的，普登斯，但我还是被吓到了。你看，我没想太多，就只是单纯地假设，大蚱蜢乐于谈论游戏，只是因为比起我们刚才说的那些休闲玩乐活动，他刚好比较喜欢游戏，就只是这样而已。

普：就像，如果大蚱蜢是长号演奏家的话，他谈的就会是音乐。

史：完全正确。当然，现在我明白了，这里面藏着一些更重要的东西。

普：好吧，史盖普克斯，快告诉我，大蚱蜢说了哪些关于游戏的话？

史：首先，他对游戏下了一个定义，更精确地说，是玩游戏的定义。然后，他让我对这个定义做一连串的检验。我不断提出我所能想到的最有说服力的论点，来反驳这个定义，而他则一一回应了这些质问。

普：他的定义经得起你的责难吗？

史：在我看来，他反驳了我的质问，捍卫住了这个定义；而且，在挑战与答辩之中，也揭露了更多关于玩游戏的特征，而这些特征并未包含在原本的定义里；最后，至少可以说我们发展出一个较细致的一般游戏理论大纲。幸好我谨慎摘记下了这些对话，所以我打算重构整个论证的发展过程。因为我确定，大蚱蜢留给我们的这个复杂谜团，它的解答就在游戏的本质里。而且，现在我才明白，大蚱蜢给我们说一个梦的寓言，而不直接告诉我们他心中所想的，正是因为他已经花了整个夏天，给予我所有解开这个谜团所必需的线索。

普：史盖普克斯，为什么他像是在——

史：和我们玩一个游戏？

普：看起来像是如此，史盖普克斯。那么，马上开始你的重构吧，这样游戏才能开始。

史：好啊，普登斯，如果说，阐明大蚱蜢的逻辑、检验大蚱蜢的理念以及诠释大蚱蜢的梦境，这些工作可以被称作游戏的话。①

---

① 我把大蚱蜢对游戏的论述分成各章节阐述，有时则分成章节下的节次，这些章节的大小标题由我所加。大蚱蜢从他处引用的有关游戏这个主题的数据，也都是由我加入脚注（除了第7章，大蚱蜢提供了他自己的注释）。除此之外，以下行文皆依循着我们的探究历程，忠实地记录了我们在其中的讨论。——史盖普克斯

3 定义的建构

本章是倒叙的开始，一直延续到第13章。在这一章，大蚱蜢从两个不同的路径，得出一个游戏的定义。

游戏是一种低效率方法的选择

（大蚱蜢如此开始）想想那些古老训诫——寻求知识的道路该从那些较明显的面向着手，然后渐进到较隐微的面向。让我们从这个日常的信念开始——游戏有别于工作。因此，我们显然会认为游戏跟工作是相反的。我们可以直接把工作描绘成一种"技术活动"，在这种活动中，行动者试图使用最有效率的方法来达到想要的目标。既然游戏显然也有目标，也有达成目标的方法，因此游戏跟技术活动的差别，可能就在于游戏中使用的方法并不是最有效率的。那么，就让我们这么说吧，游戏是目标导向的活动，该活动要求选择低效率的方法。譬如，赛跑时我们自愿绕着跑道跑向终点线，而不是"聪明地"切直线穿过内场。

然而，接下来的思考似乎对这个说法提出疑虑。我们可以说，游戏的目标就是赢。譬如，在扑克牌游戏中，如果结束时我手上的钱比游戏开始时更多，我就是赢家。但是，如果另一个玩家在游戏进行当中，还给我过去他欠下的一百元，或者，假设我敲了另一位玩家的头，并拿了他所有的钱；那么，即使我整晚都没赢过任何一局，我仍是赢家吗？当然不是，因为我的钱并不是因为玩牌而增加。要成为一位赢家（赚钱的象征与结果），必须符合一些特定的条件，不能是债务的回收或是违法攻击。这些条件就是扑克牌游戏的规则，规则告诉我们如何处置手上的牌和金钱，什么可以做，什么不可以做。唯有通过符合规则的方法来增加个人的金钱，才算得上是扑克牌游戏的赢家，虽然仅仅服从这个规则并不确保胜利。规则允许使用较好的或较不好的方法。例如玩扑克牌游戏的时候，打出一对A或打出A来保留另一对牌，两者都是可行的方法，即使其中有一个是比较好的方法。所以，虽然游戏规则限制了赢得扑克牌游戏的可用方法，但是方法并不是完全由规则决定。因此，我们可以说，如果想要赢得扑克牌游戏，就要使用符合规则的方法之中最有效率的那一个来赢钱。如此的话扑克牌游戏就变成了我们先前所定义的技术活动了。然而，这看起来是个奇怪的结论。人们普遍认为工作与游戏是两件很不同的事，但现在我们似乎不得不说，游戏其实不过是另一个必须尽可能做好的工作罢了。在放弃"玩游戏意味着牺牲效率"这个命题之前，让我们再多考虑一个例子。假设我的目的是要以最有效率的方式把一个球形的小物体放进地上的洞里。用手把它放进洞里，这是我自然会采用的方法。我肯定不会拿着一根其中一端连着金属头的棍子，走到洞口外的三四百码远，然后试图用这杆子推球进洞。就技术而言这不是聪明的方法，但这却是非常受欢迎的游戏。而前面的描述，明确说明了游戏如何有异于技术活动。

其实并非这样。我们说高尔夫运动的目标是把球放进洞里,或更精确地说,以特定顺序把球放进数个地洞里,这说法并不正确。真正的目标,是以最少的挥杆次数来达到以上目标。所谓的一杆就是以高尔夫球杆做一次特定挥杆类型的动作。因此,如果我的目标只是单纯地把球放进几个地洞,我不会想要使用高尔夫球杆,也不会站在离洞口那么远的距离。假如我的目标是想要以高尔夫球杆把球从很远的距离弄进洞里的话,那么,我就必定会使用高尔夫球杆,也必定会在特定的位置上挥杆,而且,一旦认定这个目标,我就会尽可能以最高的效率完成它。想必没有人会这么主张:因为我以十足效率致力于这个目标,所以我就不是在玩一场游戏;而只要我变得草率马虎的话,我才是在玩一场游戏。高尔夫之所以是游戏,原因也并不在于使用高尔夫球杆的效率比使用双手来得低,因为沉球推杆如果不用高尔夫球杆,非但不是更有效率的方法,而且根本就不可能。如此看来,在方法的选择上舍弃效率,似乎不是游戏的一个满意解释。

游戏里的规则和目的之不可分割性

针对上一个论点所提出的异议,是基于规则在游戏中的地位——规则与游戏目的之间似乎存在着特殊的关系。扑克牌游戏的目的不只是赢钱,高尔夫的目的也不只是让球进洞,而是要按照规定的方式(或者更正确地说,不采用被禁止的方法)来完成这些事;也就是说,只能按规则行事。就某些意义而言,游戏中的规则与游戏目的是不可分割的,因为一旦打破游戏规则，就不再可能达到目的。虽然你可以谎报分数而获得一座奖杯，但事实上你并没有赢得该比赛。不过，在我们所说的技术活动中，破坏规则来达到目的是有可能的，就像是谎报高尔夫球的分数而去赢得奖杯。所以，违反规则而不破坏行动的原初目的，这在技术活动里是有可能发生的，而在游戏里则完全不可能。假如规则被破坏了，原初的目的就不可能达成——因为，唯有进行游戏，才有可能（真正地）赢得游戏，并且除非服从游戏规则，否则我们无法（真正地）进行该游戏。下面的例子或许可说明这道理。在校园里某个僻静的角落，史奴斯教授在灌木丛的遮阴下睡着了。我从旁边走过时看到他，也注意到教授斜靠着的灌木是一棵食人树，而且我看到这棵树的行动，知道它正要吃掉教授。我冲向他身旁时，同时看到一个牌子写着"禁止践踏草皮"。我没有多想就忽略这个禁令，救了史奴斯的生命。为什么我会做出这个（显然是无意识的）决定？因为拯救史奴斯的生命（或任何生命）远远要比遵守禁踏草皮的禁令来得重要。

　　在游戏中面临的选择，就完全不是这么一回事了。玩游戏时，我无法把目的（赢）与游戏规则分割开来；就是因为有了规则，才有赢的意义。当然，我可以用欺骗的方式来获得赌注，但如此一来，我的目的就已经从赢得比赛变成赚取金钱。因此，决定救史奴斯生命时，我的目的不是"救史奴斯并同时遵守校园行人的规则"；我的目的就只是救史奴斯的生命，而且有许多其他的方式可以完成它。例如，我也可以留在走道上用力唤醒他，但可能错失宝贵的抢救时间；而且，纵使史奴斯试图隐瞒，但其实他几近全聋。史奴斯事件中有两个显然不同的目的：拯救史奴斯以及遵守规则，无论是出于尊重法律或爱护草皮。我可以达成其中一个目的，而同时没有完成另一个目的。但在游戏里，规则和目的不容许如此区分。赢得游戏的同时破坏该比赛规则，对我而言是不可能的事。诚实赢得比赛，或欺诈赢得比赛，对我而言从来就不是二择一的选项，因为一旦欺骗，我就不算是在进行这场游戏，更别说赢得游戏。

假如史奴斯事件中的行动只有一个目的，而且是唯一目的：救史奴斯而且不践踏草皮。我们即可凭这一点说这行动已经成为一场游戏。因为没有其他独立选项，所以没有任何选择的余地；达到一部分目的而舍弃另一部分，就是失败。在这种诠释之下，假如有位感动的同事因我及时救人而向我致意，我能给予的适当回应是："我不值得你的称赞。没错，我救了史奴斯，但因为我践踏草皮，那就不算数了。"这就像是我承认用手把球放进第五果岭的球洞里。或者，同样根据这个诠释，我当初可能会用另一种相当不同的方式来思考这个问题："我来试试看是否可能不踩踏草皮就可以救史奴斯。"想象我飞快地跑向运动大楼（没有采取违规的快捷方式），借了一支撑竿跳选手用的长竿子（还谨慎地登记），我希望可以戳醒史奴斯而不违反规则；但我飞奔回到史奴斯那里时，他已消失在食人树中了。"好吧！"我有点自负地说，"我没有获胜，但至少我参与了这场游戏。"

然而，这里必须指出，这例子可能有误导之嫌。救人一命和禁止践踏草皮，这两件事情的价值无法放在同一个基础上比较。史奴斯事件能用来支持这个论点（也就是，游戏和技术活动的不同,在于游戏具有规则和目的的不可分割性),只是因为两个选项中的其中一个相对微不足道。这个例子的这个特征可以修改——我决定遵守禁止践踏草皮的规则,因为我是个疯狂的康德学派追随者,谨守着最沉重的哲学信念,平等尊重所有的道德律。

如此看来,我疯狂地想要用适当的方式来拯救生命,就不再显得荒唐可笑。但是,史盖普克斯,毕竟我们不是疯狂的康德主义者,我将再举出一个较不怪异但是逻辑相同的例子。假设史奴斯的性命不是被食人树威胁,而是史威特大夫,他正在接近瞌睡中的史奴斯,显然意欲杀掉史奴斯。同样地,我想救史奴斯,但是(假设)我一定要杀死史威特大夫,才能够救他。然而,我坚守一条规则:无论如何不得杀人。因此,即使我刚好处在的位置可以轻易杀掉史威特(而且我手上也刚好拿着装有子弹而且已经上膛的手枪),我还是决定使用其他方法去救史奴斯,只因为我希望遵守禁止杀人的规则。我于是冲向史威特,试图夺下他手上的武器。我迟了一步,史威特谋杀了史奴斯。这个例子明显具有我们所说的特征,也就是行动中的目的和规则相联结,但我们完全不会想把它称为游戏。我的目的不只是救史奴斯的性命,就像高尔夫的目的不只是把球放入洞里这么简单;真正的目的是要在不违反某项规则的情况下,拯救他的性命。我想要正当地把球推进洞里,也想要以合乎道德的手段拯救史奴斯。道德规范或许就是以这样的方式构成人类行为的普遍规范。根据伦理道德的规范,某件事如果只能以不道德的手法来进行,那么这件事就不应该做,"如果赔上了这底线,人就什么都没了"。

因此，规则和目的不可分割，似乎并不完全是专属于游戏的特征。

游戏规则不是终极约束

然而，我们应该明白，上述批评只要求部分否定该命题。这些批判指出，并非所有符合这项公式的都是游戏，但我们仍然可以确定，所有游戏都符合这个公式的可能性是存在的。这表示我们不应该否定这个命题，而是应该先试着增加一条适当的区辨原则，来限制它的指涉范围。从两个史奴斯事件之间的明显差异，提示了我们这项区辨原则。从食人树救出史奴斯而不踩踏草皮，这行动之所以是游戏，是因为拯救草皮相对于救人一命是微不足道的。但是在第二个例子里，"禁止践踏草皮"换成"汝不得杀人"，情况就不同了。两者的差异可以用下列方式来呈现：禁止践踏草皮的规则不是一项终极命令，但是禁止杀人或许就是。所以，游戏的特征除了必须符合规则与目的的不可分割性之外，游戏中对规则的承诺也并不是终极性的。对参与游戏的人来说，永远有游戏规则所隶属的更高层级的非游戏规则存在的可能性。因此，第二个史奴斯事件之所以不是游戏，在于拯救者所信守的规则，也就是即使会牺牲史奴斯也无可妥协的规则，对拯救者来说是一条终极的规则。规则总是我们所预设的界线，但游戏中画下的线永远都未碰及最终目的或最高级的命令。所以，我们不妨这样说：在游戏中，遵守规则本身即是这项活动目的的一部分,而这些规则是属于非终极性的;也就是说,总是有其他规则可以取代游戏规则;换言之,游戏里每个玩家总是可以停止参加该游戏。

不过,再思考一下赛车手献身于赛事的案例。玛利欧·史都特(即我们所说的赛车手)是本世纪备受喜爱的湮郁国赛车手。在湮郁国的这场赛事里,有一条这样的规则:赛车只要离开赛道即被取消资格。在赛事的关键时刻,一个小孩爬进了赛道里,就在玛利欧赛车行经的路上。避免碾过小孩子的唯一方法,就是驶离赛道并且失去资格。玛利欧碾过孩子,且继续完成竞赛。我认为我们不应该为了这个理由,而否定他在玩一场游戏。可是,如果说他这么做(只)是在玩,显然也是不恰当的。重点是,玛利欧并不是以不合格的方式来进行,他确实在玩一场游戏,而且他显然比一般车手更全心全意参赛。以他的观点,一个赛车手避开小孩而驶离车道的话,就是在玩弄着赛事;也就是说,他会因此而不再是一个献身于赛事的玩家。但是,如果极度献身于某个活动,最终会让这个活动受到损害,这就太吊诡了。某人正在全心全意投入挖沟渠的工作,我们不会只因为某人全心的投入,就说他并没有真正在挖沟渠。

不过,我们也可以如此解答——那正是游戏的标记:不像挖沟渠,游戏正是那种无法要求终极忠诚的事物。这种说法,正是我们针对游戏所提出的那个论点当中重要的一环,不过这么说可能还是有些争议。要进一步支持这项主张,我们可以说:人们普遍认为游戏在某种意义上并非严肃的事情。因此,我们必须探询:在何种情况下,比赛游戏是严肃的;

以及在什么样的情况下，比赛游戏不是严肃的。当我们认为游戏不是严肃的事情时，我们所想的是什么？我们会这么说，当然不是因为认为游戏玩家总是以不在乎的态度来做这件事。一个随意出牌的桥牌玩家，可能会被谴责没有认真看待游戏——的确，他无法玩一场游戏的原因，只因他不能认真看待游戏。当我们说游戏不是严肃的事情时，我们真正的意思更有可能是：游戏玩家的生命中总是有某些比游戏更重要的事物；或者说，玩家总是可以用某种理由来停止继续玩。我想要质疑的，就是这种看法。

让我们看看这一位高尔夫选手乔治，他如此热衷于高尔夫运动而忽略了妻子和六个孩子，家庭已陷入穷困；而且，乔治即使知道自己的狂热所造成的后果，却不认为家庭的困境是改变行为的好理由。认为游戏不是严肃之事的一方，可能会把乔治案例作为这个观点的证据。因为明显地在乔治的生命里，没有任何东西是比高尔夫更重要的，所以高尔夫对他来说，已经不再是一场游戏。这个论证似乎从乔治妻子的抱怨得到支持。她说，高尔夫对他来说，已经不再是一场游戏，而是一种生活方式。

但是我们不需要对乔治妻子的观点照单全收。若说高尔夫对乔治来说已不再只是一种休闲形式，这说法是没错的。但如果因此主张乔治所进行的高尔夫不再是游戏的话，那就是预设了此处的争议点——游戏是否可以在任何人的生活中占据至高无上的地位。高尔夫确实占据了乔治所有的生活。归根结底，占据他全部生活的是游戏，而不是其他东西。的确，假如让乔治忘却责任的事情不是游戏，他的太太可能不会这么气愤，譬如，他其实在努力工作或者正全心投入建构出一个有关游戏的定义。无疑，她仍然会抱怨丈夫过度投入在家庭以外的事物；但是，让她饱受贫困的竟是游戏，这对她而言就是另一种层次的剥夺了。极度献身于游戏，像赛车手及乔治的例子，对几乎所有人的道德观感都有所抵触。的确，那可能是可以肯定的，因为我们之所以感到厌恶，正是由于这些游戏已经侵占了那些我们认为更值得追求的事物的时间。我们所厌恶的这些行为，可能让我们更了解极度献身游戏中的玩家，然而，我认为它并没有告诉我们任何有关他们玩的游戏本身的事。当我们说游戏规则不可能是终极或无条件的献身对象时，我相信以上的观察已足以推翻这个论点。

非终极性的是方法而不是规则

一般人认为，游戏中确实有些东西是非终极性的，也就是说，会有所限制。我同意这样的看法，但我想提出的是：有所限制的并不是规则。游戏的非终极性展现在其他的方面。不得付出终极承诺的，不是指遵守游戏规则，而是指规则所允许的方法。例如，有一个跳高选手无法完成他的一跳，是因为他发现横杆就摆在断崖的边缘，这无疑显示跳过横杆并不是他生命中至关紧要的事。但是，这活动之所以是游戏，并不是因为他拒绝不顾生命地跳越，而是因为他拒绝使用梯子或弹射器之类的工具来跨过横杆。同样的道理也一样适用于那位献身于赛事的赛车手。赛车之所以是游戏，并不在于选手宁可输掉该场游戏也不肯杀害小孩，而是在于选手拒绝穿过内场来领先其他车手。不过，我们也可以用这种方式来说游戏不是一件认真、严肃的事——拒绝使用梯子或弹射器的那位跳高选手，他并不是认真地想到达横杆的另一边。但我们同时也可以说，他对于不使用此种工具来达到横杆另一边，可是严肃得要命；换言之，他对跳高这件事可是严肃得不得了。相较于其他事情，游戏到底是不是比较不严肃？看来，单靠研究游戏，是无法解答这个问题的。

想想史奴斯之死的第三个版本。史威特要谋杀史奴斯时，我做出下列的决定：我决定要自我限制，使用非致命的方法去救史奴斯，即使我也可以使用致命的方法且我并未受任何禁止杀生的规则所约束（相当于赛车的例子中，内场并没有布满地雷）。即使到头来非得要行使被禁止的手段才能救史奴斯，我仍然会做这样的决定。于是，我的目的就不再只是救史奴斯，而是在不杀害史威特的情况下救史奴斯的生命，虽然没有任何理由限制我要这么做。

也许有人会问，这种行为要如何解释。答案可能是：这是无从解释的，因为它只是一种武断的行为。然而，武断画出一条界线来指出哪些方法是被允许的，这个行动本身却不必然是出于一个武断的决定。决定要采取武断的态度，这决定可能是有目的的，而目的就是要玩一场游戏。游戏里的线，看起来并非真的完全出自于武断。界线确实画下去以及画在何处，这两者不只对所进行的游戏类型有重要影响，对游戏的质量也很重要。可以这么说，如何巧妙（因而不是武断）地画下界线，是游戏设计者的技艺精髓。游戏设计者必须避免两种极端。假如界线画得太宽松，游戏将会很无趣，因为太容易赢了。当宽松程度提升到全然散漫时，游戏便会瓦解，因为再也没有任何规则去规范游戏中使用的方法（例如，可以设计一款自动导向的推进器，保证高尔夫球选手每次挥杆都进洞）。另一方面，规则的界线也可能画得太严苛，游戏因此变得太困难。界线若过于严格，游戏也将不再存在（假设游戏目标是越过终点线，其中有条规则规定参赛者要留在跑道上，而另一条规则却规定终点线的位置必须设在不离开跑道就不可能越过的地方）。因此，根据目前所提出的论点，游戏是一种规则与目的无法分割的活动（如先前所接受的），但这里加了一项附带条件——规则所允许的方法，其范围必定比没有规则的时候更狭窄。

规则被接受是为了让活动成为可能

游戏中规则的功能是为了限制可用来达到目的的方法，即便这个说法是正确的，却还不足以排除非游戏的活动。我没有成功拯救史奴斯的生命，是因为我不愿意行使不道德的行为去杀人，这时候，禁止杀人的规则限制了我用来达到目的的方法。那么，跳高及赛车手这两个例子，跟我试图以合乎道德的手段拯救史奴斯，或跟政治家试图不在选举中欺骗选民，当中有什么区别呢？答案在于两类案例中遵守规则的理由。在游戏中我遵守规则，只是因为遵守规则是参与活动的必要条件，正是该服从使得此活动成为可能。如我们所看到的,在跳高比赛中,虽然选手试图到达横杆的另一边,但是他们自愿排除某些可以达到目标的方法。他们不会绕过或钻过横杆,也不会使用梯子或弹射器的方式去越过它。基本上,选手的目标不是到达横杆的另外一边,因为除了作为游戏之外,他们没有任何理由要到另一边去。他们的目标不只是要去另一边,而是,要使用规则允许的方法来跨越,也就是助跑一段距离后跳跃过去。他们接受这个规则的理由,只是因为他们想要在规则所强加的限制下行动。接受规则,才能玩一场游戏;而他们接受这一套规则,所以才可以玩这一场游戏。

但是,若谈及其他的规则例如道德规范,我们总会有另一些理由去遵守那规则,这些理由可被称作外在或独立的理由。在合乎道德规范之下,我们拒绝杀害史威特或欺骗选民,拒绝的理由跟跳高选手的理由不一样,并非因为这个活动的存在仰赖我们的拒绝。我们拒绝这些做法,是因为我们认为杀人和说谎是错的。诚实的政治家之所以诚实,不是因为他对"试图不欺骗而当选"这项活动有兴趣,而是为了相当不同的理由(虽然他还是会重视诚实这项承诺,因为那可以提供他一个有趣的挑战)。例如,他或许是位康德主义者,认为不管在任何情况下说谎都是错的。所以他的道德感要求他在任何情形下都要诚实,因此也要求他在选举事务上要诚实。又或许他是一个道德目的论者,他相信不诚实的作为纵使能提高当选的可能性,却不利于长远的发展。但是跳高选手不会为了任何一个这种理由而接受规则。原则上他不会让事情变得更困难;他甚至也不会老是为自己制造更难克服的物理障碍。他只会在参加跳高比赛时如此行事。他身为一个跳高选手，不是因为更优先的道德规范而拒绝运用较有效的方法来越过横杆（弹射器才刚被用来防御城墙，或梯子被用来拯救屋顶的小孩），而只是因为他想跳高。从道德而言，服从规范让行动变得正确；在游戏中，遵守规则让该行动有效。

当然，在这个层面上不同于游戏规则的，不只是道德规范。普遍来说，我们可以拿规则在游戏中的功能，与其他两种情况下的规则功能做比较：一、规则直接有助于达成既定目的（假如你想要让挥杆表现得更好，眼睛就要盯着球）。二、规则可以是外来的限制，框限你可以用来达成目的的方法（不要为了获得选票而欺骗选民）。在第二种情况下，我们发现道德规则往往为技术活动构成限制，虽然紧密相扣的技术活动本身也可能产生第一类的限制（假如你想准时到达机场，就开快一些；但是假如你想安全到达，就不要开得太快）。就像一张网格线纸，我遵照着网格线（规则）书写，才能写得直。这阐明了第一种规则的作用。现在假设这些规则不是纸上的网格线，而是以纸墙形成迷宫；我想要走出迷宫，但不希望破坏这些墙。纸墙成为我走出去的限制条件。这说明了第二种规则的作用。三、现在回到游戏，想想第三种情形。我还是在迷宫里，但是我的目的不只是处在迷宫外面

(就像阿里阿德涅在外面等我出现)①，而是要用解迷宫的方式走出迷宫。纸墙所扮演的角色是什么？显然它们不只是我走出迷宫的障碍物，因为我的目的不是单纯地处于迷宫外面。如果有个朋友搭直升机从天而降提供援手，我会婉拒他的好意，虽然在第二种情况的话我会接受。我的目的，是要在遵守这些条件的限制下走出迷宫，换言之，我要响应迷宫给我的挑战。这当然不同于第一个情况——在那个情况，我并没兴趣看看是否我可以不破坏规则去写出句子，而是利用网格线规则来协助我把字写直。

因此，我们可以说：游戏要求我们在追求目标时遵守那些对方法造成限制的规则，而且唯有遵守规则，这项活动才能成立。

规则限制方法的目的，并不是赢

不过，还有最后一个难题。把规则描述成操作方法的许可范围，似乎与我们发明或修改游戏的方法相符。但是，如果我们主张在规则所允许的方法之外，总是还有其他达到目

---

① 阿里阿德涅是古希腊神话中的人物，是克里特国王米诺斯与帕西法厄之女。米诺斯因贪念惹怒了海神波塞冬，海神施咒让皇后生下了一个牛头人身的怪物。羞愧的米诺斯请工匠建造了一座巨大迷宫，将这个怪物藏在里面。从此之后，每年米诺斯都要派出七名少年少女进入迷宫杀死这头怪物，但最后这些少年都丧失在里面而成为怪物的食物。克里特岛的居民生活在恐惧中。后来雅典英雄忒修斯决定进入大迷宫，在阿里阿德涅的协助下，他带着一卷线团进入迷宫，杀死牛头人之后靠这条线走出迷宫。

的的方法，这似乎是说不通的。以国际象棋为例，棋手所追求的目的是赢，该目的似乎涉及以符合规则的方式将棋子放在特定的方格里。但是，既然破坏规则就等同于无法达到该目的，那么还有其他的方法可用吗？基于这个理由，我们推翻了当初第一个提出的有关游戏本质的论点：使用高尔夫球杆打高尔夫球，那不是一种低效率的（换言之，是可替代的）方法。它是逻辑上不可避免的方法。我想可以满足这个抗辩，通过指出国际象棋里存在着一个目的，就分析上而言那不同于赢。让我们从另一个角度重新来分析。从狭义上来说，国际象棋的目的，就是要按照让对手的"国王"不得动弹（用国际象棋术语来说）的阵势，把棋子部署到棋盘上。现在，单纯就国际象棋这件事而论，我们可以说，要达到以上状态的方法，就是移动棋子。当然，国际象棋规则说明了棋子要如何移动，清楚界定了合法与不合法的移动方式。以"骑士"棋子为例，它只能用一种高度受限的方式来移动；移动"骑士"被允许的方法范围，显然小于所有可能移动方式的范围。这里暂且不推翻下列论点，即其他移动"骑士"的方法，比如沿着对角线移动，其实并非真的可行，因为这样做违反规则，所以不是一种赢的方法。目前的讨论重点并不在于这种移动"骑士"的方式是不是一种赢的方法，而在于这是不是一种可能的方法（虽然不被允许），能够让"骑士"攻占一个方格，造成"国王"在游戏规则之下无法动弹。这样做的人当然称不上是在玩国际象棋，或许可以说他在棋局里作弊。同样地，假如我舍弃了我的武断选择，也就是决定在不杀害史威特的情况下拯救史奴斯，那么我就不是在玩一场游戏了。

国际象棋以及我拯救史奴斯生命的第三种情况，都是游戏，因为可用来达成目的的方法受到某种"武断"的限制。

主要的重点在于，上面所提到的目的，并不是赢得游戏这样的目的。那里面势必存在着另一个不同于赢的目的，正是因为达到这另一个目的的方法受到限制，所以才有可能赢，也才能界定何谓赢。为游戏下定义时，我们应该包含这两个目的的解释，以及我们马上会看到的第三个目的。首先，目的指的是一个特定的事件状态，比如棋盘摆棋的阵势、救出朋友的性命、跨越终点线。然后，规则出现，对达到以上目的的手段施加限制，因此我们有了第二个目的——赢。最后，既然规则已界定了何谓赢，于是冒出了第三个目的，也就是试图获胜的行动即玩游戏。

所以，一开始我们认为，界定游戏的或许是无效率方法的选择，我们其实是对的。只不过我们在不对的地方找寻这个无效率的特质。游戏肯定不会要求我们对赢采取无效率作为。但是游戏确实要求我们以无效率的手段去达成该事件的状态，而只有符合规则，此种状态才可以算是赢。那些规则的功能，就是限制玩家以最有效率的方式来达到那个状态。

定义

我的结论是：进行一场游戏，就是去参与一个导向某种特定状态的活动，过程中只使用规则所允许的方法，而规则禁止较有效率的方法同时偏好低效率的方法；这些规则被接受，因为有了规则这个活动才有可能存在。

"好了，史盖普克斯，"大蚱蜢总结了这番话，"你觉得怎样？"

我回答："我想，你已经得出了一个貌似合理的定义。"

"但尚未经过检测。因此，史盖普克斯，我想请你竭尽所能地质疑这个定义。因为如果这个定义能够经得起密集的论辩攻击，而我指望你来发动攻击，也许我们就能够证明这个结论不只貌似可信，而且千真万确。你愿意帮我这个忙吗？"

"我很乐意，大蚱蜢，"我回答，"请给我一些时间整理思绪。因为我觉得我们好像才刚刚找到路，走出一座复杂的迷宫。我知道，我们最后是弄清楚了，但我完全无法知道我们是如何达到的，因为我们的每一个正确步骤，以及所有的盲目开端，还有路程中遇到的死胡同，都交织在一起成为我们旅程的一部分，而我已经迷失其中。光是要回想那些论证的转折，就令我头昏脑涨了。"

"史盖普克斯，你所描述的，是一种哲学家的慢性轻微症状，称为辩证的眩晕，治疗的方法，就是立即给予直接的论证。按你的比喻来说，你必须被吊到空中俯视整座迷宫，这样才能一眼分辨出正确的路径与错误的转折处。我来试着给你一个鸟瞰整个论证的视角。"

"没问题。"我说。

（大蚱蜢继续说下去）透过定义何谓玩游戏的要素，可以更直接地理解游戏。由于游戏是一种目标导向的活动，其中涉及选择，所以，目标和方法是游戏的两大要素。但是，游戏除了作为一种"方法—目标"导向的活动，它也是被规则所支配的活动，所以规则成了游戏的第三个要素。而且，就像我们所见到的，游戏规则是一种特殊类型的规则，所以必须考虑到另一个要素——游戏者作为游戏者的态度。我添加了"作为游戏者"这个条件，因为我指的不是游戏者在任何情境下的个别态度（例如，希望赢得奖金，或者享受对仰慕的观众展现身体技艺所带来的满足感），而是指玩一场游戏时，所必然要具备，否则就玩不下去的那种态度。让我们称这样的态度为"游戏"态度（原文 lusory attitude，取自拉丁字 *ludus*，意指游戏）。

我的任务是要说服你，我所称之为游戏态度的这个要素，将会把其他要素整合成单一公式，任何一项活动之所以成为游戏的必要且充分条件，都涵括在这个公式之中。因此我提出游戏的要素是：一、目标；二、达成目标的方法；三、规则；四、游戏态度。我将依序简短说明每个要素。

目标

首先，我们应该注意到，游戏里包含了三种不同的目标。如果我们问长跑选手参与竞赛的目标，他的答案可能是下面任何一个或全部三个，而每一个都是正确、适当且彼此一致的。他可能会这么说：一、他的目标是参加一场长跑竞赛；二、他的目标是赢得这场比赛；三、他的目标是领先其他参赛者冲过终点线。值得注意的是，这三个回答并非只是以不同说法来表达同一个目标。赢得比赛，跟领先其他参赛者冲过终点线，这两者是不同的；因为，如果只是为了领先其他参赛者，大可使用不公平的方式来达成，例如径直穿过跑道内场。参与竞赛，也与其他两个目标不同，因为，即使参与者全心投入比赛，不论是采取正当或违规的方法，也有可能无法优先跨过终点线。游戏必定包含此目标三连体，这点将会在游戏态度跟规则和方法相联结的段落来解释。不过，此刻我们暂时只看其中的一类目标：就是上面例子所谓领先其他参赛者冲过终点线的这一类目标。这个目标从字面上来看是最简单的，因为其他两个目标都以它为前提，但它不需以其他两者为前提。因此，这个目标最适合被当作游戏目标的基础成分。另外两个目标既然含有复合成分，那就只能在揭露其他要素之后才能定义。

　　我们现在所讨论的，是以这一类型方式所呈现的目标：领先冲过终点线（不必然是以正当的方式）、有无数的牌堆在桥牌桌上（不必然是玩桥牌游戏中所累积的结果），或者使高尔夫球进球洞（不必然使用高尔夫球杆）。此类目标可以笼统概约地描述为"一种特定的事件达成状态"。这样的描述，我相信是不偏不倚。不提事件状态是如何达成的，因此避免了让此一目标与赢的目标两者之间造成混淆。而且，任何的事件达成状态，只要有一定的巧思，都可以作为游戏的目标，所以这样的描述并不会涵盖太广。我提议把这样的目标称为游戏的前游戏目标，因为我们在这目标所构成或即将构成的任何游戏开始之前，即可描述这目标，也可在独立于游戏的情况下加以说明。相对地，"赢"只能通过该游戏用语才能描述，因而赢可以被称为游戏过程中的游戏目标。最后，"参与游戏"这个目标，严格说来，完全不是游戏的一部分。它就像财富、荣耀或安全感，只是人们拥有的目标之一；所以它也可以被称为一种游戏目标，一种生活中的游戏目标，而不是游戏中达成目标的。

达成目标的方法

就像我们已经看到的，游戏的目标有三种不同（但恰当且一致）的诠释，我们也会发现，游戏中的方法可以有不止一种——事实上，有两种，端看我们指的是赢得游戏的方法，或者达成前游戏目标的方法。拳击比赛的前游戏目标，即创造出这样的事件状态：让你的对手"倒下"直至裁判数到十；而要达成这个状态最有效率的方式，是朝他的头部打击。但显然这不是赢得比赛的方法。当然，在游戏中我们感兴趣的是被允许用来获胜的方法，而我们现在正要定义这一类型方法；我们可以称之为游戏方法。游戏方法，就是那些被允许（也就是合法或正当的）用来达成前游戏目标的方法。

需要注意的是，我们区分游戏（lusory）与非游戏（illusory）方法，仅只是透过假定，并未分析造成两者区别的必要元素。我们把游戏方法定义成被许可的方法，但未检视这许可的本质。当我们论及规则时，便将补上这个部分。

规则

一如目标和方法,游戏中也有两种规则:一种与前游戏目标相关,另一种则与游戏目标相关。一场游戏规则的作用,是对某些特定的达到前游戏目标有效方法的禁止。例如,在赛跑比赛中,绊倒对手是很有效的手段,但却是被禁止的。这类规则可以称为游戏的构成要素,因为这些规则加上前游戏目标的明确说明,共同设定了玩游戏必须符合的所有条件(当然,虽然不必然是有技巧地玩游戏)。让我们把这类规则称为建构规则。另一种规则,可以这么说,是在建构规则所界定的范围内运作,这可称之为技术规则;包括这一类常见的指令,例如眼睛看球、避免打出王牌压过队友的王牌等等。违反技术规则通常会在某程度上被视为玩得不好,但是违反建构规则的话,就完全无法再进行游戏了。一些游戏中还有第三种规则,乍看之下有别于以上两种。违反这种规则会有固定处罚,因而违反规则不会让游戏无法进行,也不必然表示玩家表现得不好,因为有时候违规所造成的处罚(例如曲棍球)反而是为了策略上的利益。但是,这类规则以及违反规则的游戏后果,是由建构规则所建立,因而纯粹是建构规则的延伸。厘清了建构规则与技术规则的区分后,接下来我将忽略技术规则,因为我的目的并非要说明游戏如何玩得好,而是要定义游戏本身。追求前游戏目标时,决定哪些类型或方法的行使范围被允许的,是那些我所谓的建构规则。

对于前游戏目标的追求,建构规则加诸方法上的限制,有什么样的本质呢?史盖普克斯,请你随意提出一种游戏。

现在，定义这个游戏的前游戏目标：挺胸压过终点线、击倒对手等等。我想你会同意，达成这些目标最简单、最容易及最直接的方法总是被排除在外，而偏爱较复杂、较难、较不直接的方法。因此，接触新的与困难的游戏时，玩家之间常常会同意"放松"规则限制，也就是让他们的自由度大于正式规则所赋予的。这意味着移除一些障碍，或（以方法的术语）同意某种规则所不允许的方法。另一方面，游戏者如果发现有些游戏太容易，则可能会选择让规则变得更严格一点，提高需要去克服的困难度。

我们因此可以这样定义：建构规则是禁止使用最有效率的方法来达成前游戏目标的规则。

游戏态度

游戏者的态度必然是游戏中的一大要素，因为需要解释这种奇异的状态：人们接受规则的限制以至必须采用较差而非较好的方法来达成目标。一般说来，会接受这样的限制性规则的正当性基础，在于所排除的方法虽然比较有效率，但从游戏者的观点来看，会产生较不理想的影响结果。正因为如此，核武器虽然比传统武器能更有效率赢得战役，但各国之间仍甘愿保有这样的共识：核攻击所产生的后果，足以让大家把它排除在可运用的战争手段之外。这样的事情时常发生，从国际策略领域到日常生活的琐碎事情；治疗牙痛最果断的方法就是把头砍掉，但大部分人总会有理由舍弃如此有效率的手段。不过，在游戏中，虽然较有效率的方法被排除，甚至必须得排除，但排除的理由却与舍弃核武器和自我斩首有很大的差异。赛跑选手忍住不穿过田径场内场，并不是因为那里有危险，例如布满地雷，而仅仅是因为竞赛规则禁止参赛者这样做。但是，日常生活中若以此类规则来禁止某种行动，则会被视为最糟糕的理由。某个行动被禁止，只是因为有条规定禁止它，可以称之为官僚主义的理由，意即毫无正当性可言。

　　排除这些官僚行为，如果在游戏以外的任何活动中，增加不必要的障碍来阻挠目标的达成，那是不合理的；相反地，在游戏中，这则是必要的基本情况。有些人基于这样的事实而提出结论，指游戏有某种内在的荒谬性，或说游戏必然包含某种根本的悖论。①我认为这样的观点是错误的。错误在于，把非游戏的方法——目标活动所采用的标准，套用在游戏上。如果玩游戏被视为与去办公室或填支票这类活动没有本质上的差异，那么，它就必然有某部分是荒谬或矛盾的，或者更有理由地说，游戏只是一件愚蠢的事。

　　但我相信游戏在本质上不同于日常生活的活动，也许以下史密斯和琼斯之间的对话可以解释这一点。史密斯对游戏并没有概念，但是他知道自己要从A处到C处去，他也知道，在这段旅程中，采用B路径是到达目的地最有效的方法。然而，他得到权威性的命令，告诉他不得采用B路径。他问道："为什么不行呢？是因为B路径上有大蛇吗？"他得到的回答

---

① 关于这一点的延伸讨论，请参阅第7章《游戏与悖论》。

是:"不是的,B路径从各方面来看都很安全,只是有条规定禁止你经由B路径到C处去。"史密斯咕哝道:"好吧,如果你坚持的话。只是,如果我必须经常往返A处和C处,我一定会想办法废除这条规定。"史密斯确实这么做了,他找上了同样也要由A处到C处去的琼斯。史密斯要求琼斯联名废除这项禁止人们从A处经由B路径到C处的规定。但琼斯回说,他反对废除这项规定,这让史密斯非常不解。

史密斯:可是,如果你要到C处去,为什么要支持这项禁止让你自己走最快和最方便路径的规则呢?

琼斯:啊,你知道吗,我其实对于身处C处并没有太大的兴趣,那个不是我的目标,姑且只能说是次要的目标。我真正的目标比那更复杂,那就是"从A处到C处而不经过B路径"。如果我经由B路径,不就不能达成目标了吗?

史:但为什么你要这么做?

琼:我要比鲁宾逊更早做到这件事,你明白吗?

史:不,我不明白。这算什么答案。不管鲁宾逊是谁,他到底为什么要这样做。我猜你会告诉我,他就像你一样,到C处去只是他的次要目标。

琼:没错!

史:那么,如果你们两人都不是真的要到C处去,谁先到又有什么差别呢?而且,你们为什么一定要避开B路径呢?

琼:我问你,你为什么要到C处?

史:因为那里有很棒的音乐会,我要去听。

琼:为什么?

史：当然是因为我喜欢听音乐会啊！这难道不是一个好理由吗？

琼：这是其中最好的一个理由。而我所喜欢的，则是要比鲁宾逊更快成功由A处到C处而不经过B路径。

史：好吧！但我不是。为什么他们要告诉我不能经过B路径呢？

琼：哦！我知道了，他们一定以为你也在竞赛中。

史：竞赛？

我想我们现在可以为游戏态度下个定义了：接受建构规则，只是为了让因接受规则而成立的活动得以进行。

定义

让我重新总结，并且指出我们刚刚定义的要素与这结论的契合处。

玩一场游戏，是指企图去达成一个特定的事件状态（前游戏目标），过程中只用规则所允许的方法（游戏方法），这些规则禁止玩家使用较有效率的方法而鼓励低效率的方法（建构规则），而规则会被接受只是因为规则让这项活动得以进行（游戏态度）。或者，用一种较简单也较易于陈述的说法：玩一场游戏，意味着自愿去克服非必要的障碍。

大蚱蜢停了下来，我说："谢谢你，大蚱蜢，你的一番说辞完全治好了我的晕眩。我想我已经充分了解你的定义，可以举一些反例来反驳了。"

"太棒了，我早知道你会让我安心。"

"我会以反例来说出我的反对论点，并且将从两个方面中的其中一点来揭露这个定义的不充分，或者太宽泛，或者太狭隘，一个定义通常就是因为这两方面的问题而变得不充分。"

"你所谓的太宽泛，我想你指的是这个定义错误地包含了不是游戏的活动；而所谓的太狭隘，就是错误地排除了是游戏的活动。"

"没错。"我如此回答。

"你要先揭露哪一种错误呢，史盖普克斯？是包含的错误，还是排斥的错误？"

"我先说排斥的错误，大蚱蜢。我想要提出，你对前游戏目标的解释导出了一个过于狭窄的定义。"

4 玩笑者、欺诈者和破坏者

大蚱蜢区分出游戏和游戏制度,以此回应史盖普克斯对游戏定义的攻击。

（我继续说下去）有很多目标只是作为游戏的目标而存在，在这种情况下，要界定前游戏目标似乎是不可能的；前游戏目标，用大蚱蜢你自己的话来说，指的是可以"独立于它所指涉或即将指涉的游戏之外"而达成的目标。例如，"将军"怎能在国际象棋游戏之外达成呢？你不能为了要把"将军"从国际象棋游戏中分开，而把"将军"描绘成对象按某个特定样式（或某些样式组合）的物理排列形式；因为，把这些棋子阵势认定为"将军"的，是规定棋子移动方式的规则，而非仅是几何的排列。既然国际象棋的"国王"仅是一个根据规则的规定而放置于正方格内的标志而已，因此游戏的目的，即让敌人的"国王"不能移动，也是一种由规则所支配的状态。当你用下列文字来描述国际象棋的前游戏目标："布置棋盘上的棋子使'国王'在国际象棋的规则下无法移动。"你这么说的时候，看来是知道这一点的。因此，在国际象棋中，似乎不可能界定出前游戏目标——前游戏目标是一个可达成的事件状态，唯有引进规则来限制方法的使用，这状态才会被视为游戏的目标。基于前面所声称的国际象棋前游戏目标早已内含了规则，因此不同于定义中的前游戏目标。

我同意你所说的，像赛跑此类较原始的游戏，确实有此种目标，因为要越过一条画在地上的线，大可以在赛跑规则之外达成。但国际象棋以及众多的游戏却没有这样的目标。因此，从这点而言，定义太过狭隘。

（大蚱蜢回复）史盖普克斯，这是很好的反驳，而且你表达得非常有力，但是，你会这么说，我想是因为你混淆了规则在游戏中两种相当不同的表现方式。虽然在描述"将军"时必须引用国际象棋规则，而且在玩国际象棋时，达到这个状态也必须遵守规则；以上两种情况都涉及国际象棋规则，但不应混淆的是，规则是以相当不同的方式在运作。一方面规则是用来描述一种事件状态，另一方面规则是用来规范某种程序。显然，人们可以在运用规则的描述性功能的同时，因不遵守规则的规范性功能而得利。任何人都可以完全不顾规则所规范的程序，而制造出规则所描述的"将军"事件状态。只要单纯地摆出一盘黑棋"将军"白棋的棋盘。当然，此种"描述性"的"将军"，并不代表任何人在国际象棋中的胜利，因为这并非任何人玩国际象棋的结果。但是这样的说明为当前的争论提出证据，也就是说，国际象棋有某种能够独立于游戏本身的目标，不论该游戏最终是否举行。

虽然，（描述性的）"将军"确实可以在不进行国际象棋游戏的情况下达成，但是，要达成"将军"，在某种意义上还是得依赖国际象棋。所谓的"某种意义"指的是什么？我认为，那就是可从任何一场国际象棋游戏中区别出来的国际象棋制度。举个例子，因为有了这样的制度，才可能从盒子里取出"骑士"这枚棋子，然后描述此棋子的功能，即使此时这个棋子并非放置在国际象棋游戏的棋盘里作为一枚棋子发挥着"骑士"的功能。因此，如前面所说的，我们不一定要进行游戏，也有可能将棋子排列摆放成"将军"的状态。从此看来，要达到国际象棋的前游戏目标（或者至少意识到自己已达成），虽然无法在国际象棋制度以外实现，但它确实有可能在国际象棋游戏之外达成。

为了进一步支持此结论，我们来看看三种玩游戏时常见的行为类型：玩笑者、欺诈者、破坏者的行为。我们将会看到，这三类行为的区分，是以游戏与游戏制度的区分以及此区分所界定的前游戏目标为前提。

国际象棋中的玩笑者是一位游戏的准玩家，他遵守游戏规则，走的每一步也都合乎规则，却并非朝向"将军"。玩笑者心中可能有其他的目的，例如，他可能只是单纯地想在被"将军"之前，把自己的六枚棋子移到棋盘另一边。我们可以说，他对国际象棋游戏的态度轻浮，正在以下棋之名玩着另一种游戏。他只是想看看自己能创造出怎样的棋阵，他可能只是随机地移动棋子。这种行为类型的人虽然可以在没有违反国际象棋规则下做出上述所有事情，但我认为我们可以公允地说，这个人并非在玩国际象棋，即使他显然是在国际象棋的制度内操作，但他所做的就只是移动棋子。而明了国际象棋游戏与国际象棋制度有所区分的话，也会明了国际象棋前游戏目标的存在。正是因为玩笑者拒绝达成此目标，才让我们认为他虽然进行着某种像是国际象棋的活动，但实际上并没有在玩国际象棋。

或许我们可以说，玩笑者并不是在玩国际象棋，因为他对追求前游戏目标缺乏热情。如此一来，我们也就可以说，欺诈者由于对前游戏目标过度热衷，所以他也不是在玩国际象棋。和玩笑者不同，欺诈者确实想要达到"将军"的描述性条件，但是，他想达到此条件的欲望大到足以让他在过程中违反国际象棋规则。然而，他依然在国际象棋制度之内行事，因为他之所以会违反规则的规范，仅因他预期这些规则会在描述性条件中被看到。因此，虽然他并没有真的在玩这游戏，但他也没有放弃这游戏制度。相反，持续在制度中操弄，是他剥削游戏与对手的必要条件。如同康德所说的，若每个人都是欺诈者，换言之，如果没有一个建构良善的说真话制度，欺诈者也就没人可骗了。因为，对于任何人说的话，假使有更多的理由去怀疑而非去相信，那么说谎将无法得逞，谎言也不再有丝毫意义了。从欺诈者对制度的依赖角度，比赛游戏中的欺诈者完全就像日常生活中的说谎者。假设在没有任何监督之下，一位国际象棋欺诈者以违规的方法达成一次伪"将军"，但却发现他的对手不承认此种棋子排列算是一种胜利。

"'将军'。"欺诈者说。

"胡说，"他的对手反驳道，"'将军'的条件是你使我的'国王'无法移动，但你并没有使我的'国王'不能动。瞧，我能在空中移动它。"

"那并非国际象棋的一步，你这白痴！"愤怒的欺诈者大叫。

"多无聊。移动就是移动。"

"别闹了。我怎么可能同意这'一步'？"

"为什么不抓着我的手腕？"

"你怎么会这么笨啊？你到底是要玩国际象棋还是要比腕力？"

"对！比腕力。你说到重点了。国际象棋无聊死了。"

"你去死吧！"欺诈者啜泣着，"你这个破坏者！"

"耶！我成功了！"破坏者回应。

总而言之，我们可以这么说，玩笑者认同的是规则而不是目标，欺诈者认同的是目标而不是规则，玩家认同的是规则与目标两者，而破坏者对规则与目标两者都不认同；换而言之，玩家认可游戏及其制度的要求，玩笑者与欺诈者只认可制度，而破坏者则全都不认可。

因此，国际象棋与赛跑的差异，并不在于赛跑有一个可指认出的前游戏目标，而国际象棋没有；这两者的差别在于，赛跑显然不需要国际象棋所必需的那种制度。在赛跑中，"移动"就是由各种的跑（配速跑、冲刺跑、变速跑等）所构成，这些行为在赛跑之外就已经存在，而国际象棋"主教"与"城堡"的移动方式，在国际象棋外是不存在的。其次，赛跑的前游戏目标，也就是领先其他选手越线，并不需参照赛跑制度才能理解。然而，即使就这一点而言，赛跑与国际象棋之间的差异也并非表面上看来这么悬殊。因为，如果在赛跑发明之前没有人使用过他的脚，那就必须先发明跑步，才能有赛跑；而配速跑、冲刺跑与变速跑，也就跟国际象棋一般，成了制度化的移动方式。但这情况并不妨碍我们指认出前游戏目标，因为就像在国际象棋中，赛跑的前游戏目标总是可以在违反或忽略赛跑的程序规则之下达成。让前游戏目标得以独立于游戏的，正是这一点，而不是在于这个目标可外在于游戏制度而存在。

"好呀，大蚱蜢。"我回复，"对于你的响应我无法立即反驳。游戏和其制度之间的区别看来是不可否认的，因此也就不得不承认前游戏目标的普遍性。那么让我提出第二个反对论点，这一点跟你所描绘的建构规则特征有关。我将指出，这特征会让许多明显不是游戏的活动被归类到游戏中来。"

"请开始。"大蚱蜢说。

5 走远路回家

大蚱蜢提出效率的定义，以便为他的游戏定义辩护。

(我开始说)史密斯在琼斯家里,正要走路回家。他有两条路线可以选择,一条比较近,另一条比较远。近的路线沿途风景秀丽,沿着峭壁走可看到乔治亚湾的壮丽风景。远的路线只穿过数个平坦原野。

"今晚我想走较远的那条路。"史密斯告诉琼斯。

"为什么?"琼斯问。

"你看,我决定要玩一场回家的游戏。"

"非常好,"琼斯再问,"什么游戏?"

"我刚刚告诉你了。"史密斯答。

"真的吗?一定是我没听到,再说一遍吧。"

"我说,我要选择走远路回家。"

"亲爱的,那不是游戏,而是件厌烦又无聊的事。沿途景色一成不变,路上杂草丛生,而且还要花更长时间。"

"没错。所以才说这是一场游戏。"

"我没听懂你的意思。"

"来,我试着给你解释。当你明明可以不用去做那些不合宜的事,而且避开这些事也不会造成你的损失或不便,但你就是去做了。这就是游戏。"

"谁告诉你那样就是游戏啊?"

"我在大学里认识的一位教授。他了解一切关于游戏的事。"

"那当然。"

"实际上,他并不是完全以这样的方式说明。"

"啊哈。"大蚱蜢,史密斯后来对琼斯引述你的定义。

"好吧,他那样的说法听起来还显得不那么愚蠢。"琼斯说,"现在让我们逐步检验你所谓的游戏,看看是否符合这个定义。首先,你正尝试达到某些事件状态吗?"

"是的,这事件状态就是:我回到家。"

"好。现在你是否拥有各种不同的方法可供选择,而你可在其中选出你所偏好的方法?"

"有。我可以选择走远路或者走近路。"

"好,这一点确认了。你有没有施以某种规则,以禁止较有效率的方法而鼓励较无效率的方法?"

"这很明显,我排除了走近路这个较有效率的方法。"

"你如此选择后者,是否只为了你可以走远路回家,而不是为了其他不为人知的目的?"

"我是这样,没错。"

"你在草地上该不会有个热情的约会吧?你有吗,老家伙?如果有的话,我就毫不怀疑你正在忙着某种游戏。"

"真不幸,我没约会。事实完全就像我所说的一样。"

"那么,这情况必定是以下这两者之一。"

"哪两者?"

"一个就是你选择走远路回家是一场游戏；另一个则是你认识的那位教授搞错了——他误以为你的行为之所以是游戏，在于你自愿选择了较低效率而舍弃高效率的方法以及他所列出的其他条件。由于你永远也无法说服我相信你走远路回家是一场游戏，所以我只能断定你教授的定义是错的。"

"是的。但假设我选择走远路回家，没有其他目的，就只是为了走远路回家。当然，我还是做着某些事，而并非无所作为。如果我不是在玩一场游戏的话，那么我正在做的又是什么呢？"

"到目前为止我所看到的是，你自以为你正在进行的事情是一场游戏。问题是什么呢？昨晚我以为我成功地唬住了鲁宾逊，使他误以为我有多张王牌，但我没成功。我错了。"

（大蚱蜢回答）如果史密斯走远路回家的决定，是属于选择低效率方法而舍弃高效率方法的例子，那么我对玩游戏所下的定义看来就似乎太宽泛了，因为我也完全乐意承认史密斯对琼斯描述的活动并不是一场游戏。但我将会争辩史密斯走远路回家并不会比他走近路回家来得没有效率。这任务需要我为效率下一个我认为无可争论的定义。

我把效率定义为有限资源的最小支出，此资源是达到既定目标所不可或缺的。我强调这是有限的资源，因为如果资源是用之不竭的，那么，不论它被使用于什么目的，在其他条件不变的情况下，我们都没理由说它用得多比用得少更没有效率。我的论点是，游戏确实有低效率的特征，但史密斯走远路回家并没有这特征。

以下两个例子应足以说明，游戏所呈现出的此种有限资源，是判断方法效率高低的必要条件。以赛跑为例，选手尽全力冲刺，因为他们跟比赛纪录竞逐着，它限制选手可运用的时间（选手并不拥有五分钟来进行一场四分钟的一英里赛事的可能），或者跟另一个选手竞逐，而对手的配速限制了他们可运用的时间。因此，他们必须尽可能花最少时间来达到目标。如此一来，比起其他像是骑单车或开法拉利的方法，用跑步来完成比赛可以说是效率较低的方法。当然，除了时间以外，游戏中也有其他资源。之前我已提到，国际象棋游戏中的棋子部署，有时"骑士"沿着对角线移动，要比规则所规定的移动方式效率更高达到"将军"。在这个例子中，所谓的低效率，是就哪一种有限资源而言？我认为，那就是游戏者所能运用的移动步数。因为如果黑棋要走五十步来"将军"白棋，而白棋只用四十九步来"将军"黑棋，那么黑棋将会输掉。所以，只有当沿着对角线移动"骑士"的方式能够降低达成目标的步数时，我们才能说这是达到国际象棋前游戏目标较有效率的方式。

史密斯走远路回家，并不必然等于使用较低效率的方法，除非有些东西，比如说时间，对他而言是有限的。这里说史密斯拥有的时间有限，指的倒不是说时间本来就是有限的资源。时间对我们所有的人来说都是有限的。但是，时间或其他可能被用作资源的事物，除非从实现目标的角度来看，否则都不会被称为实际的资源；同样地，除非这些事物对目标的质与量构成限制，否则也不被称为有限资源。因此，虽然时间对每个人而言都是有限的，但它却不是每个人的有限资源。对无聊的人来说，时间是负担；对躺在行刑台上的人来说，时间是折磨。当时间成为资源时，也不必然是有限的资源。对一位只抱有相当少目标的人来说，永远有足够的时间去完成所有目标。古典斯多葛主义者的原则就是要节制欲望以符合他所拥有的资源，所以原则上他拥有的时间总是刚刚好。

因此，史密斯这个反例的问题在于，根据他的描述这不是一种低效率方法的选择，因为没有迹象显示史密斯在回家过程中决定使用的任何方法必须利用某些有限的资源。史密斯鞋子的皮革可能是他的有限资源，或更有可能他的时间是他的有限资源，但是，这两种资源对史密斯而言也绝对有可能不是有限的。他可能因各种穿鞋之苦，所以每月照例为自己买双新鞋。至于时间，当他决定回家的方式时，或许他手上的时间绰绰有余。若真如此，那么，与其说史密斯正在以低效率的方法回家，倒不如说他正在以高效率的方法消磨时间。

这个反例可因此被驳回。与其这样做，不如让我们来重新改写这个例子，让史密斯所提出的"游戏"展现其原本所缺乏的低效率特征。如果适当修改，我想，琼斯和史盖普克斯，将会接受这是一场游戏。

针对史密斯回家途中所使用的某些资源，我们必须设定成对他是有限的。让我们假设他的时间有限。说他的时间有限，也就意味着他有另一个目标也需要时间去完成，而这两个目标竞争着史密斯所拥有的时间。假定史密斯想要在天黑前到家，此时太阳已经开始落下，就他回家路途的距离而言，选择走远路将对他的目标达成造成某种程度上的风险。在这样的情况下，走远路显然比走近路更没有效率。因而，如果史密斯走远路回家，除了他希望参与这个经由人工障碍所创造的活动，并不存在其他的目的，那么，我便主张他正在进行一场游戏；具体而言，他正在和太阳竞赛。

史盖普克斯，这个例子也让我有机会再次强调之前所提过的一个重点。在最初提出的定义中，我说游戏设计者在创造游戏时所订定的规则，必须避免两个极端，也就是规则不可过于宽泛或限制较多，否则他创造的游戏就无法成形。因此，史密斯的"游戏"是个失败的尝试，因为其中没有禁止任何方法；而限制性的规则不存在，因为在这里时间不是一种有限的资源。把史密斯和琼斯之间的交谈再延伸一些，我们也可以说明另一种相反的失败。我们假定这对朋友运用我先前所提出的原则来界定效率，并且套用在史密斯以回家作为游戏的尝试上。

琼斯：为什么你不试着走远路，而且赶在太阳下山之前回到家呢？那会是个游戏，老家伙。

史密斯：不可能。

琼斯：天哪，为什么？

史密斯：因为我们想着要如何玩这游戏时，已经把所有时间都耗光了。太阳已经下山了。

"太好了，大蚱蜢，"我说，"我很满意。我反驳说你对建构规则的解释使定义变得太宽泛，这个反对意见已经获得令人满意的回答。现在就让我再从另一方面提出抗辩，这次要指出的问题将造成你的定义过于狭窄——有些活动被公认为游戏，但其中并没有任何规定限制达成'前游戏'目标所使用的方法。我为前游戏一词加上引号，因为一旦这个抗辩成立，那么游戏和前游戏目标之间的区别就必须舍弃。"

"这听起来的确是个强烈的异议。"大蚱蜢说。

"没错。"我作出肯定回答。

6 伊万与阿卜杜勒

大蚱蜢听完故事，并且把故事延续下去，在结局中证明游戏不可能没有规则，以此捍卫了他的定义。

（我开始说）伊万与阿卜杜勒都曾是军官，退休后"升迁"为瑞尼斐（Rien-à-faire）[1]首都的大使。两人在经常交战的家乡都有过杰出的军旅生涯，事实上，伊万和阿卜杜勒正面交战过许多次。所以，这两位战士都非常开心，因为这职位让他们有机会共同重温过往的战役。他们已从各种可能的角度来回顾所有战役的胜负，并且以各种方式修正过去的后勤与战略，几个月后，他们对这一切回味感到越来越无趣，转而寻求其他消遣。

对这一对退役的战士而言，运动显然是一个可从事的休闲活动，因为他们以为运动是战争的某种替代品或某种文雅的战事。然而，他们很快就发现，运动和战争只有在最表面的层次上彼此相似。他们发现，为运动设下重重约束的，是最蛮横武断的禁令。例如打高尔夫球时，即使对手看不见你的举动，你仍然必须使用高尔夫球杆救出沙坑里的球；打网球时，即使对手无法判断球的位置，你仍应该诚实报出界外球与界内球；国际象棋也差不多，虽然在棋盘上偷偷移动棋

---

[1] 法文，意为"无事可做"。

子显然是有效的策略，但这是被禁止的。

　　由于两人也找不到其他更好的活动来消磨时间，只好继续玩着这些游戏，虽然进行的方式有些不同——如同圆滑的驻外人员一般，两人很快就明了其乐趣之所在。每当破坏规则不会被发现或被惩罚，他们就打破规则。虽然此种方式终究难逃失败的命运，但仍可以有效运作一段时间；而且，他们在大部分的传统游戏规则中增添了许多令人无法置信的修改。例如，他们在高尔夫中使用全自动雷达导控的球，以及在国际象棋中合法使用迷幻药作为进攻武器。在网球赛中，阿卜杜勒使出令人赞叹的妙计，他雇用了两个男子适时把球网拉高或降低，直到伊万发明了可以穿过球网的球来破解这一妙计。在一场高潮迭起的国际象棋赛中，事情来到命定的结局。

　　准备参赛时，这两位选手为了防范各种可能的药物使用，都吃了适当的解毒剂，而且两人都坚决地在整场赛事里仔细盯着对手的一举一动。第一局的前六个回合，比赛正常进行。接着，伊万走出的一步，把比赛带向结束。他完全无视棋子步法的规则，以不合规则的方式把"皇后"移动到一个格子里，形成给阿卜杜勒"将了一军"的局面。全场观众为之振奋，屏息等待阿卜杜勒的反击。阿卜杜勒迅速反应，直接将伊万的"皇后"从棋盘上拿起，放进自己的口袋。伊万立刻还以颜色，转眼间他飞快地将棋盘上的棋子重新布局，再给阿卜杜勒一次"将军"，并且大喊："我赢了。"

　　"朋友，你错了。"阿卜杜勒嘶吼着，除了自己的"国王"，他一把抓起其他棋子，统统丢到地上。

"阿卜杜勒,你不能这样,"伊万气愤地说,"你被'将军'的时候,我就赢了这场游戏。"

"瞧你说得跟真的一样,"阿卜杜勒回答,"但你明明就错了,你看,我的'国王'还在这,还可以自由移动。"

当然,伊万并不期待这样易于破解的招数就能击败狡猾的阿卜杜勒。他只不过是策略性地转移对手的注意力,趁对手分心之际,用他一直握在手中藏在桌下的黏胶,将阿卜杜勒的"国王"黏在棋盘上。毫不意外地,在观众没来得及喊出"刀子"之前,阿卜杜勒迅速从外衣抽出来一瓶溶解剂,用来"释放"了他的"国王"。伊万的手立刻伸向"国王",但阿卜杜勒及时抓住他的手腕,阻止了此次攻击。整整一分钟,他们"冻结"在两方力量抗冲的静止画面中,引起观众如雷的掌声;在他们分开之前,两人从椅子上跳起,开始小心翼翼地绕圈对峙。他们的交战成了一场神话般的竞赛,因为——他们彻夜交战在昏黄的灯光下,喧嚣之声远扬。大量民众拥入,声名鹊起的是阿卜杜勒和伊万·史克姆。

这个传说于是以讹传讹地流传下去,将此游戏传诵成阿卜杜勒与伊万两败俱伤,最终以和局结束,然后深情地说着那个耸立在蓝色多瑙河畔的墓碑,以及北极星光下一位莫斯科少女孤独祈祷的身影;但这些显然都是吟游诗人的杜撰和点缀。这场游戏并不是以和局收场,而是一场僵局,最终两人都精疲力竭而瘫痪在地上,而且还发现有个观众已带着棋子和棋盘离去。

事实上,隔日午后这对朋友在他们最喜爱的咖啡店碰面。伊万说:"我的朋友,那是我所玩过最棒的一场国际象棋游戏。"

"喔，毋庸置疑。"阿卜杜勒回答。

他们相对安静无言，啜饮着开胃酒，然后伊万再度开口："但是，有些事情困扰着我。"

"其实，"阿卜杜勒说，"你知道吗，或许我也在烦恼着同样的事。"

"我不惊讶。如果你所想的和我正在想的一样，你就会明白，我们不可能再一起下棋了。"

"确实如此。我们摆好棋盘开始比赛的那一刻，就显示我们的战争开始了，而这个战争的武器根本和国际象棋没有任何关系，因为我俩唯一会接受的招式，是那些真正具有强制性的暴力或欺诈招式。因为我们都不信守游戏规则，所以唯有最终完全掌控局势的人才是胜利者。况且，我们不只再也不能玩国际象棋，基于同样的理由，我们也不能再玩任何游戏，因为游戏要求我们在追求胜利时，为自身加诸一些人为的限制，但我们都不愿意那么做。"

"确实如此，"伊万说，"过去我带领部队时，参谋本部总是以军队荣誉为名，发布一些优柔寡断的命令。我发誓如果我担任参谋总长，我一定会连根拔除这些东西。这才是战争的规则！"

"毒气呢？你没使用过毒气吧？"

"当然没有。但我没用并不是因为我要'玩这场游戏'，而是，你也知道的，毒气对使用者实在太危险，而且，也只有白痴会想要招来同样的报复。当然，原子弹也一样。避免随性暴露于风险之下，这不是骑士精神，而是基本的策略。"

"不过，人为限制还是有用的。喔，但打仗时就不是这样，老家伙，这点我同意你。可是你看，还是有很多人下棋或打高尔夫而没有变成斗殴。"

"他们不是军人，是老百姓。老兄，他们是平民。"

"在乡村俱乐部打高尔夫的那些军官呢？"

"自大的平民，参谋本部的最佳候选人。"

"伊万，看看我们失去的一切。有时我倒是希望自己能遵守规则地玩。"

"阿卜杜勒，仅仅希望是不用付出代价的。问题是，你能够遵守规则地玩游戏？"

"我想没办法。"

"当然不行。我们就是这个样子。"

"看来，在我们剩下的日子，仍然得回去重温我们的昔日荣耀。或许是时候放下了，伊万，就像高贵的罗马人那样。"

"我不认为会变成那样子，我的朋友。"

"你有个主意，伊万，我感觉得到。"

"念头的种子，阿卜杜勒，一颗酝酿中的种子。总之，我会用一整夜来好好思量它。明天同一时间见？"

"好，明天再说。"

隔天，阿卜杜勒看到他的朋友已坐在咖啡店里他们昨天坐过的位子，对着他面前的一杯伏特加正开心地微笑着。

"立刻告诉我你的想法，伊万。"阿卜杜勒边坐下来边说。

"好，我的朋友，马上，我马上就说。我已经想了一整晚，又再想了几乎一整天，我很满意，这个逻辑绝对有说服力——还有一个，而且就只剩下这一个游戏，是我们可以玩的。"

"什么游戏，伊万？是哪种逻辑？"

"殊死战，我的朋友。"

"什么！伊万，你疯了！"

"正好相反。事实很清楚，任何其他选项都是不明智的。我们已经知道，除非我们当中有一人能完全征服另一人，否则对你我来说，没有人可以赢得游戏。我们无法像平民一样加上一句'就游戏而言完全征服'，因为那意味着按照游戏规则而言，但我们不承认那些规则。因此，在那个晚上，当我无视规则直接把棋子摆设成'将军'你方'国王'的棋阵时，平民会说我并没有真正赢得比赛，因为我没依照规则来达到这个状态，是不是？"

"是的，确实如此。"

"而且我们也认为我没有真正赢得游戏，但却是基于一个相当不同的理由，不是吗？"

"没错。你没赢，因为你无法保持住你的地位。"

"是的。所以我们可以说，当平民赢得游戏时，他们看的是过去，因为他们在意的是如何到达那里；但对我们来说，一旦成功，重要的就不再是我们过去如何做到，而是我们能否保持胜利的地位。我们总是望向未来。"

"说得太好了，伊万。"

"是的，阿卜杜勒，这就是为何我们唯一可以进行的游戏，就是战到死方休。"

"恐怕我不太明了为什么会导向那个结论，我的朋友。"

"好，难道我们不是都同意，对我们来说，胜利在于其中一人完全征服另一人，不管进行的是哪一种游戏？"

"是的，我们都同意。"

"好，阿卜杜勒，那么我问你，在我们选择玩的任何游戏中，或者在我们唯一还能玩的那个游戏里，其中一人必须完全征服另一个人多久的时间，才算是胜利？"

"伊万，为什么我们不能随意指定一个时间限制？五分钟、一天，或者一周，都可以，不是吗？"

"阿卜杜勒，阿卜杜勒，你没在思考。当前的问题就在于你和我无法进行那些规则主导的游戏，但你提出的解答居然是发明一条规则。那算是什么解答啊？"

"嗯，我明白了。也就是说，我所提出的时间限制，事实上等同于规则。"

"难道还不够清楚吗？我用黏胶将你的'国王'黏在桌子上，就当作是五分钟，让它动弹不得，同时用手枪制服你，让你无法使用溶解剂。五分钟之后，我收起手枪，宣布自己是赢家。我的朋友，你肯定不会想告诉我，你的反应是恭喜我在游戏中表现得很好吧？"

"不，伊万，我不会。我会立刻抽出我的武器，一面倒出溶解剂一面制服你。"

"你当然会这么做，因为过往的胜利对我们来说是没有价值的，除非可以延续成未来的支配权。"

"所以，我们其中一人要支配另一个人多久才算胜利？答案必然是永远。"

"恰恰如此。我们所谓的'支配'一词指的是永远免于被支配一方的攻击；要达到支配对方的局面，需要的是怎么样的效率(如果可以这么说的话),这是相当清楚的,不是吗?"

"没错。任何人都无法确保他不再受到对手的攻击,除非这对手已无法活着来攻击他。"

"因此,我的朋友,既然知道了我俩无法进行任何有规则的游戏,那么,如果还是要来一场游戏的话,就必定是没有规则的,而殊死战是唯一没有规则的游戏。证明完毕。"

"我同意。但是要依这个结论来行动,你是认真的吗?"

"我绝对是认真的。还有其他选择吗?你昨天不是才在考虑要自杀的可能性。那会更好吗?"

"不,它并不是更可取的做法。"两人同时陷入严肃的沉默中,直到阿卜杜勒再次发出笑声。

"怎么了?"伊万说。

"我只是在想,法国人被公认为世界上最有逻辑的思想家,但是伊万,我想只有你这个俄国人,会疯狂到愿意跟着一连串有力的推论来行动,无论这些推论会把你引到哪里。"

"所以你不想进行这个终极游戏吗?"

"正好相反,我几乎已准备好玩这场游戏了。我只是在想,如果只有我自己,我大概不会变态到真正去面对这个最后承诺。"

"是的,这就是为什么世人不再听过土耳其轮盘这东西。"

"不,也没听过俄罗斯娱乐。告诉我,你有玩过俄罗斯轮盘[①]吗?"

[①] 俄罗斯轮盘是一种左轮手枪的玩命游戏,将一到五颗子弹放入有六个弹槽的左轮手枪中,旋转弹槽后,参与者分别朝自己头部开一枪,游戏一直进行到子弹射出或有人喊停。

"最近没有。参谋本部和外交部不赞成将军和大使做那样的消遣。但我还是中尉时,我常常玩这种游戏。"

"而且你还能活下来跟我说这些事,想必你是极度幸运的。"

"这跟运气毫无关系,我总是把子弹藏在掌心。但谈到这儿就好了。我已迫不及待要开始这个游戏了。明天清晨就开始吧,你准备好了吗?"

"早就准备好了。"

"我们各自一定都还有些准备要做,我先离开了。阿卜杜勒,再见。"

"再会,伊万。"

(大蚱蜢回答)如果伊万与阿卜杜勒所计划的殊死战是一场游戏,而其中没有任何规则禁止较高效率且偏好较低效率的方法,那么我的定义就一定太狭隘了。因此,只有当殊死战不是一场游戏,或者殊死战事实上存在着定义所要求的那些规则,这个定义才能够成立。由于我相当愿意接受他们的殊死战是一场游戏,所以我显然有必要证明,即使伊万与阿卜杜勒并不知情,但这场游戏实际上至少包含一条游戏定义所要求的规则。史盖普克斯,要证明这一点,我想我只需要向你提出以下问题:"当伊万本身承诺进行殊死战时,为什么伊万不立刻就消灭掉阿卜杜勒?"他们在咖啡店谈事时,伊万本来可轻易就得手,但他却没行动。莫名其妙的是,他反而向阿卜杜勒提议游戏在隔天清晨开始。让我们在约定日期的黎明来临前,把伊万叫醒,问他:"伊万,你醒着吗?"

"是。你是谁？你要做什么？"

"我是逻辑之声，我有一个问题要问你。"

"几点了？"

"离天亮还有一个小时。"

"你问吧，但请长话短说。"

"问题很短。你为什么不在决定殊死战的当下就杀了阿卜杜勒？"

"回答也很简单。因为我的兴趣不在消灭阿卜杜勒本身。我之所以想要杀他，只是为了可以跟他交战。"

"如果你不介意，让我来检验你的主张。"

"请吧。"

"很好。我告诉你，阿卜杜勒此刻还在睡梦中。你可以轻易进入大使馆，趁他睡着时杀他；如此出其不意，你可用最低的风险来赢得此战。"

"你看，我并没有从床上跳起来火速冲到大使馆去。"

"是的，我知道，所以才令我十分困惑。"

"我找不到要这么做的理由。如果我在游戏开始之前就杀了阿卜杜勒，那么我就无法与他交战，不是吗？如果我现在就杀了他，我们的游戏就永远无法开始了。"

"你是说，你们即将进行的这个游戏有一个开始时间。"

"当然。"

"换句话说，有这么一条规则，禁止你在某个约定的时间之前采取任何行动。"

"你是说，规则？"

"是的，"逻辑之声无动于衷地回答，"一条规则。"

"那么，"伊万坐在床上，皱着眉头说，"我们的殊死战并非真的是一场没有规则的游戏。"

"如果你信守着开始时间是清晨的话，就不是。"

"我还以为我们最终找到了一种没有任何人为规则的游戏。我们怎会忽略了起始时间这回事呢？"

"或许是因为你忙着消除游戏的结束时间。但事实十分清楚，不是吗？起始时间和结束时间一样，都是人为的。"

"是的，它是。"

"现在你看清这点了，所以当然要趁阿卜杜勒睡觉时立刻溜去杀他，对不对？"

"当然不对。"

"为什么呢？"

"我已经回答这个问题两次了。该死，我并不想谋杀阿卜杜勒。看在上帝分上，我喜欢他。我就只是想和他玩一场游戏。"

"是的，我能理解。而且你们想要一场没有任何规则的游戏，所以游戏中可使用的获胜手段不会受到规则的人为限制，对吗？"

"是的。"

"现在你知道了起始时间也是人为限制，你为什么不依照修正的版本来玩这场游戏，马上起身去杀阿卜杜勒呢？"

"因为消除了起始时间，我也杜绝了任何活动成为一场游戏的可能性。"

"为何如此？"

"我和阿卜杜勒原本计划的游戏是一场竞赛，不是吗？除非参赛者实际参与竞赛,不然这场游戏玩不下去。趁阿卜杜勒睡着时下手杀他,就像是在对手抵达体育馆之前,把整支足球队屠杀了,然后宣布你赢了比赛。"

"所以,接受起始时间的限制,等同于确保你会有对手;也就是说,你所要攻击的对手也准备好了要攻击你。"

"完全正确。这个游戏的想法当中如果不是含有某种竞争本质的话,那我可能在两天前还没想到殊死战之前,就已经杀了阿卜杜勒;或者,我也可能已经杀死了一些偶遇之人,然后宣称我赢了一场殊死战。但是,杀害那些没有防备的受害者并没有任何的胜利可言。任何人都可以这么做。"

"换言之,单纯只是杀死阿卜杜勒并不算是赢得这场游戏,因为杀死他这个目标可能存在于游戏之外,而那样就成了谋杀。"

"是的。只有在他也准备好要杀我,而且我们两人都知道不是他死就是我亡,在这种条件下杀了阿卜杜勒才算得上是赢。这就是约定起始时间的全部意义。"

"针对你刚刚所说的,你认同我这么解释吗?——你企图达到某种特定事件状态(阿卜杜勒的死亡),只使用规则所允许的方法(你们双方必须同时知道对方试图杀害自己),规则禁止较高效率的方法而偏好较低效率的方法(如果不需要下战书再取得对方同意便直接杀死阿卜杜勒,这是更有效率的方法);而且,接受规则限制的唯一理由,就是为了让这个活动成为可能(这点目前不辩自明)。"

"是的,这完美描述了整个状况。"

"既然你愿意玩这样一场游戏,我看不出来为何你会无法玩任何一种游戏。也就是说，如果你为了跟阿卜杜勒玩这个游戏而已经准备好了接受那些所谓非必要的障碍，那么你为什么不接受其他的非必要障碍，然后跟阿卜杜勒一起玩国际象棋、网球或高尔夫，并且放弃这愚蠢的殊死战？不然，你就得承认没有任何理由等待起始时间，现在就可以杀了阿卜杜勒。"

伊万心中反复思考这点时，四周一片寂静。然后，他从床上一跃而起，快速套上衣服，慌忙冲出房间。

"你要去哪儿？"逻辑之声大喊。

"我必须在清晨前找到阿卜杜勒！"伊万从楼梯上大叫着。

"取消游戏还是杀他？"逻辑之声提出这二选一的探问。但伊万的回答模糊不清，无法辩解，只见他仓促穿过黑暗与荒凉的街道。大约在往阿卜杜勒大使馆的半途上，伊万看到一个身影正从林荫大道不远的另一端接近。是阿卜杜勒。阿卜杜勒是不是也听到了逻辑之声呢？他赶着去找伊万，是为了取消游戏还是为了突击呢？如果伊万可以确定阿卜杜勒是意外突击的话，它就不是意外，游戏马上可以启动，因为已经有了起始时间，而且就是现在。但伊万如何可以确定是现在呢？除非他知道阿卜杜勒的目的为何。阿卜杜勒当然也可能处在相同的困惑里。伊万可能大叫："让我们取消游戏吧！"但阿卜杜勒可能敏感地认为这是伊万为了取得优势而设计的谋略。如果阿卜杜勒提出同样的建议而伊万心无疑虑地接受，那他就是有勇无谋。两人犹豫不决，在困惑中停下脚步。

而他们就在那里站立着，直到今天，在瑞尼斐的首都，还有两座大理石雕像沿着林荫大道，彼此遥遥对望着。瑞尼斐导游在介绍大使馆街头雕像时,所说的就是这个故事。

"我必须说,"当大蚱蜢的讲述结束时,我带着笑容说,"你为我的故事带来了一个惊人的结局。"

"的确如此。但问题是,史盖普克斯,你是否信服了,所有游戏都必须具备定义里所要求的建构规则?"

"几乎,大蚱蜢,几乎是。"

"但不全然是?"

"即使伊万和阿卜杜勒的传奇故事证明了竞争性的游戏至少有一条此种规则,但并不足以证明非竞争性游戏也必须具备同样的条件;现在我要针对这点提出抗辩。首先,我不得不提出一个反驳,这个反驳如果成立的话,任何针对竞争性游戏提出合理解释的企图都将被破坏;届时,你目前对于建构规则的辩护,即使不至于完全无理,也会变成无关痛痒。"

"天啊,史盖普克斯,有这样的反驳?"

"恐怕是有的,大蚱蜢。因为竞争性游戏根本是一个悖论,这早已有争论。我认为悖论意味着无法理解,这么说来,如果这说法成立的话,那么要为竞争性游戏下一个定义,是不可能的。"

"是的,那推论没错。当我们发现正在试图理解的事物真的是个悖论时,理性会迫使我们放弃探究,因为那就如同要寻找一种永恒的运动,或寻找仁慈的银行家一般遥不可期。史盖普克斯,但我猜想你是不是想到科奈那篇发表在亚里士多德学会、标题为《游戏和目的》的论文,他论证的主题就是你刚刚所主张的。"

"正是如此,大蚱蜢。我刚从学会出版的《学报》里读完这篇文章。在我看来,科奈以他的立场提出了一个相当合理的解释。"

"真巧,我也读过这篇论文,而且我还为此写了一篇简短的回应。其实我就带在身边,因为我打算寄到《昆虫学评论期刊》。如果你愿意陪我走去邮局,或许我可以在路上读给你听。"

"请,大蚱蜢。"

7 游戏与悖论

大蚱蜢检验与推翻竞争性（零和）游戏的根本是悖论的可能性，以及从该论点所预设的无法定义性。

（大蚱蜢朗读）在亚里士多德学会发表的论文中，科奈指出游戏呈现了他所称的"真正的悖论"。即使是从"悖论"最表层的字面意义而言，我也不认为他的论点导向这个结论。无论如何，他唤起了大家注意到游戏当中一个值得进一步研究的方向，因此我提出以下的思考，主要目的不是批评科奈，而是借此依循科奈所指出的方向，而在我看来他自己却没有进行下去的研究途径，着手进一步探索。

科奈如此说明他所断言的悖论：

> ……国际象棋里无法分离的双重目的，在于保持完全一致于共同的乐趣之中，同时每位游戏者在国际象棋之中的唯一目标就是打败对手、破坏其力量、摧毁其意图；在我看来，此种双重性以最显著的方式把这种怪异的心态，勾勒成我所大胆提出的"游戏的悖论"。[1]

---

[1] 必须指出的是，科奈这项主张是针对零和游戏所提出的，他如此说明："我所称的'非生产性'或'零和'的游戏类型指的是：参赛者之间除了就游戏而言的输赢与得失之外，不存有任何可衡量或可记录的成就。"我针对悖论的讨论，同样也是局限于零和游戏。

如果"真正的悖论"需要包含不可避免的矛盾，那么科奈并没有证明游戏展现的是一个"真正的悖论"，因为科奈所提出的矛盾是可以避免的。我认为科奈把其中的心态视为怪异的自愿，是因为他认为任何一位游戏玩家，作为游戏玩家，都拥有两个无法兼容的目的。这两个目的分别是：一、一个A和B达成一致的目的（A和B是在同一场游戏中互相竞争的游戏者）；二、一个A和B不一致的目的。让我们称此种一致为C；因此这里的"矛盾"在于游戏者的目的是由"C和非C"所构成。

显而易见的是，悖论的程度依赖于C的模棱两可。游戏者因处于"绝对一致"而得到"共同乐趣"，这乐趣肯定是来自游戏者击败对手的企图。因此，对于彼此要进行竞争这点，他们处于"绝对一致"。当然，他们所渴望的竞争结果是不一致的，因为如果它们是一致的话，则该竞争本身就不可能发生。但拥有这些不同目的显然并不带来矛盾，因为双方所肯定的"一致"，是不同于双方所否定的"一致"。所以，此命题（双方对于竞争意愿是一致的，但对于谁将获胜的期待则不一致）顶多只是一种套套逻辑，完全谈不上悖论；换言之，此命题的否定才会产生悖论。因而，科奈所宣称的悖论可以如此破解：A和B的目的并非"C和非C"，而是旨在"C1和非C2"，更正确而言，唯有非C2成立，C1才成立。也就是说，双方对此冲突结果的不同渴望，是冲突的必要条件。

科奈显然也看到这点，但似乎没有将它（吊诡地，如果我可以这么说）视为对悖论的解答，而是视之为悖论本身。他说"玩国际象棋和'将对手的军'……是互补和互为条件的追求"。

他继续说：

> 游戏者的原初目的是玩国际象棋，而非赢得游戏：但为了达到原初目的，他必须根据定义来建立并且追求另一个明显不同的目的，即"将对手的军"，或至少阻挠对手"将死自己"。这两个分不开的"目的"是明显不同的：原初目的对双方参与者来说都是必需的，而"赢"的目的则必然分裂成两个对立性的目的，即一方胜利等同于另一方失败。

科奈显然认为玩与赢两个目的之间的差异（真的是"明显的"差异），是他所宣称之悖论的基础。然而，游戏者的合作性与竞争性目的，事实上指向不同的结局而非相同的结局，因此这种自愿心态不构成悖论。

无论如何，我也可能对科奈所使用的"悖论"一词强加过多限制性的意义。或许他指的并非不一致，而只是表面貌似不一致。但科奈坚决把他所谈论的悖论称之为"真正的悖论"，看来他认为当中确实包含真正的矛盾。他用"真正的"一词，可能是因为他真的认为此悖论涉及真正的矛盾。当然，但那是对谁而言的矛盾呢？有些表象的矛盾对某些人而言非常真实，对其他人而言则非如此，但我暂时不管这一点；我准备提供较宽泛的解释，当我们提出证据反驳科奈所认为的真正的矛盾时，他的悖论就已解决了。一个悖论若依赖于可轻易厘清的模棱两可的解释，其实看起来也就不可能有多矛盾。

考虑以下的对照情况。如果游戏的玩家对于同一个目的既是合作性又是竞争性，我们便可把同时拥有这两种目的称为悖论。因此，假如游戏者的目的是既要服从规则（为了玩这个游戏），同时又要破坏规则（为了取得准胜利或奖金），我们将会视之为两个游戏者之间既合作又对抗的真正冲突。虽然这可以被称为真正的悖论，或许是精神分裂式欺骗的悖论，没有人想要把它等同于游戏里的怪异自愿心态，它其实没有那么怪异。事实上，自愿心态作为游戏的特征，根本并没有怪异到足以被视作真正的悖论，因为游戏并不要求我们采取相互冲突的意向，而只是要我们企图竞争冲突。

因此，我不同意科奈的地方，并不是在于他认为游戏所含有的悖论是可以解决的，而是在于这悖论很容易就可以解决。我也并不是在反对任何人把某件只是貌似矛盾的事称为悖论。指出"悖论"是表达惊奇的一种方式，亚里士多德说这是哲学探究的开始，而非结束。因此，我发现科奈的悖论有两个方面的缺点。当他把游戏的悖论视为探问的终点而非起点时，他似乎满足于把我们留在游戏的惊奇状态里；[①]而既

[①] 这句陈述可能需要更多说明。在论文的后段，科奈辩称赢与玩两种目的之间有一种非常特殊的关系："我建议称之为伴随目的类型的关系，因为内在或主题性的目的，即'赢'或'将军'，可看作被原初目的'玩'所包覆；原初目的因而被暗指为某种次要，但同时也是'参与游戏'这项决定所产生的必要且自主的目的……"科奈可能将此种伴随目的关系视为"游戏悖论"的解答。然而，一方面他并未告诉我们他要这么做；另一方面，他即使这么做，也是错的。如果赢与玩这两种目的是相互必要的条件，则很难看出其中之一如何能"优先于"或"产生"另一者，就像"旨在赢"和"旨在竞争"（即零和游戏里"玩"的意涵）是无可分离一样。因为后者可被说成"旨在打败对手"，所以无异于"旨在赢"。

然此悖论很容易解决，这留给我们的惊奇就不怎么奇妙了。

我认为，我们追求的不是真正的悖论，而是富有成效的悖论——有这样一种怪异，可带领我们发现怪异的并不是它本身，而是对它的否认才会产生真正的怪异，而我们总是从那些刚开始看来怪异的事物中有所学习。（亚里士多德说："没有什么事物比正方形的对角是可公度量的，更让几何学家惊奇。"）我相信对游戏的思考会揭露此类悖论。

此种悖论可见于精神分裂式欺骗的事例中，涉及的是游戏中互相冲突的目的，无论是以公平或是不公平的方式。换言之，想赢得比赛的人可能心怀互相冲突的目的。他可能既想击败对手，同时也跟想击败自己的对手合作。这可被称作"不情愿胜利者的悖论"。此种双重目的是游戏的特性吗？有时候是。想一下那种玩家实力悬殊的游戏，例如，国际象棋新手与有经验的老手的赛局。新手即将下的一步棋，让他的对手只要多走两步就可胜出。这位老手提示了新手，让新手能更有效地制衡老手，游戏因而可以继续下去。这位国际象棋老手似乎表现出相互矛盾的意图，一方面想击败对手，另一方面却故意为此目的加设障碍；即使如此，我们并不认为他的行为难以理解或违反理性。这当然怪异，你也可随意称之为悖论。为什么我们不认为此种打击自身目的的努力很奇怪？答案在于这种特殊种类的努力，即"打击自身目的"，是针对游戏所做的。因此我们不禁要问：游戏中到底有什么特性，使得此种行为不构成悖论？言外之意，此种行为在游戏之外是矛盾的，如同以下事例。某军官A的目的是打败敌方，他胜券在握，因为敌方无法获得军队位置的情报。现在，这位真的以击败敌方为目的的 A 军官，故意提供情报给敌方。我们试图找出他如此做的原因；假设我们发现这个行为背后的唯一理由，就是他不仅希望打败敌人，同时也想与敌人合作达成他们的目的，也就是击败他自己，我们可能得到这样的结论：这是一位本质善良的人，不愿让任何人失望。同时我们可能也发现如此无节制的善良本质很可能产生一种导向怪异自愿心态的意向，而这些心态包含了基本的矛盾态度，且相当不同于科奈所谓的游戏玩家心态。我们可称此种悖论为"无限仁慈的悖论"。可是，在游戏中给予敌方战略信息，这种奇怪的行为并非罕见。占优势的国际象棋手告诫劣势对手收回不好的棋步，并不是因为他想要对手获胜，而是想要自己最终的胜利来得更有成就感。可以这么说：他想要赢，但不想赢得太快。同样地，军官提供给敌人珍贵的战略信息时，如果目的不在于让敌方胜利，而是为了延长战争，那么他的行为就可能跟悖论没有关系。军官们可能（或许常常）把战斗与胜利两者都视为目的。以科奈的用语来说，这种情况套在游戏中时，玩游戏与赢游戏，两者除了是相互必要的条件之外，也是"本身自足的目的"。正是游戏的这个特性，为悖论提供了解答。

但是，游戏避开了"无限仁慈的悖论"，却似乎落入了另一种悖论。如果有两个既定目的，而达成其中一个便会妨碍另一个的话，那么在某种意义上，这两个目的必定是互相对立的，因此，同时抱有这两个目的的人，可以说他的态度里是存在矛盾的。这种情况可能发生在游戏中：一、赢的目的如果太容易达成，就会阻挠了玩此游戏的目的；二、企图达到玩此游戏的目的（例如帮助对手打击自己以延长游戏），则可能会阻挠赢的目的。这些悖论可分别称作"强迫性赢家的悖论"以及"拖延症玩家的悖论"。

抱有可能造成彼此冲突的目的，跟抱有必然造成冲突的目的，两者是相当不同的。赢得游戏与（满足地）玩游戏，这两个目的并不必然（也不常）会变成冲突。如同在新手与老手下棋的例子中所看到的，此种冲突通常是在某种程度上有缺陷的游戏中才会出现的特征，或许是游戏者的实力悬殊，或是游戏本身的设计让其中一方纵使不是优秀的玩家，也会处于无懈可击的优势，例如游戏中下第一步的一方总是或通常是得到此种优势。我们可以说，只有当游戏或游戏过程质量不佳时，赢与玩这两个目的之间的冲突才可能出现；而这个现象一旦出现，就表示这场游戏或其进行方式属于次等。相对地，对赢家而言，好的游戏意味着玩与赢这两个目的是一起实现的，或是达成某种最理想的平衡。换言之，好的游戏就是避开"悖论"的游戏。因此，若是想从"悖论"来谈游戏的特征，我们不应说游戏展现出根本的矛盾，而是说游戏是一种含有悖论发生的可能性（甚至是危机）的事物。所以，唯有从此种冲突会危及某个活动的角度而言，该活动才可称之为游戏，或许更准确地说类似游戏的活动。我们可以说，成功避开这种悖论的游戏，才是好的游戏。这里是否使用"悖论"一词并不是太重要，使用"冲突"或"意向的冲突"这样的词语也可以；所以我们可以说，能够良好进行的游戏，是那些能避开真正的怪异自愿心态的游戏。

玩游戏与赢得游戏之间的关系，普遍展现在某种可称作

"尝试与达成"的活动类型中。在这类活动中，尝试与达成都是自身即目的之活动。应该注意的是，游戏并非是此类活动的唯一形态。

"爱过再失去，总比从未爱过好。"所谓标准（但不是唯一形式）的性爱，不仅是此类活动中本质上最具吸引力的一项，也是最能清楚展现此类活动特征的。我想象，尝试达到性高潮，以及达到性高潮，两者都以其自身为目的，所以，达成一者可能会阻挠另一者。虽然性高潮自身就是目的，但若瞬间就达到，就会破坏它的建立过程之目的。我们也知道，一旦太过专注于达到性高潮的过程，会妨碍达成性高潮。根据上述例子，我们或许会因此而疑惑，是否有必要把性爱视为一种游戏。其实没有这个必要。从上面的描述看来，性爱只是一种性高潮的尝试与达成这两者之间平衡的努力。然而，游戏中付出的努力纯粹是为了赢得游戏；如果这个游戏是建构良好的，玩家也实力相当，那么尝试与达成之间的平衡将会实现，而此平衡并不需要（可能也不应该）是玩家刻意与原本的努力方向。在建构良好的游戏中表现优异，换言之，以打败对手为目的，这并不是悖论。

但这不太称得上是玩游戏与性爱之间的差别。对相配的性伴侣而言，尝试与达成之间的平衡，也可能是（或应该是）在丝毫没有刻意的努力下实现。在这个性爱例子里，新手配上老手时所面临的状况，也跟游戏中所出现的一样。

我仍要主张玩游戏不同于性爱，为了达到此主张，我提出最后一种游戏的"悖论"：在游戏中，输是一种成就。想想一场没有达到高潮的性爱。这不同于输了游戏，因为游戏输了意味着某人赢了,但未完成的性爱却没有赢家。或者,如果"自然"(以人类的生理限制为形式)被视为对手,只要成功阻止伴侣间取得尝试与达成之间完美平衡的共同努力,"自然"就成了"赢家",那么性爱就是一场与"自然"之间的游戏。但我们不是如此看待这件事,未完成的性爱不是输了游戏,而是未能完成游戏:例如,有一场棒球赛进入如此多次的延长局数,以至双方队伍无望地放弃一切。重点是,玩家不论是输或赢都可以算是完成了游戏。输了一场游戏,也算是达成了某件事,即使并未达成胜利。有可能达成失败吗?若说我在游戏中达成失败,似乎等同于说我以失败来达到成功;而对大部分"尝试与达成"类型的活动而言,这么说确实矛盾。("不败输家的悖论"?)那么,为什么在游戏中如此说就不是悖论?(假设它不是。)因为输仅是我们无法赢得游戏的其中一种方式。还有其他种种方式让我们当不成赢家,可能因下雨而取消游戏、因游戏进行太久而放弃决定胜负、因欺骗而被取消资格,或因游戏结束前猝死。不过,无法赢得游戏时所展现出的输家风范,意味着一种成就——虽然没赢,但该活动(玩该游戏)已经成功地(虽不是胜利地)完成了。在我们所说的性爱中,如果指出某人已成功完成活动,但却没达到高潮,那是没道理的。而且,如果那样的说法成立,就似乎意味着性爱是一种游戏,因此一方可能对另一方说:"这次你赢了。"或双方可能对"自然"说:"我们这次输了,但爱过而失去总比未爱过好。"

在游戏中,输作为一种成就,这并非矛盾。虽然难以解释,但也不足为奇。这本来就是游戏特征的一种展现。确实,这特征可能被称作怪异。但它本身并不怪异,只是相较于其他活动如性爱时,才显得怪异,而所谓怪异也不过是因"差异"而来。明白这一点,就能看清楚这特征从别的角度而言,一点都不奇怪。如果标准的性爱变成跟竞争性游戏一样的话,那才真是怪异了。

"竞争性游戏并没有悖论,大蚱蜢,你的说法出乎预料地让我满意。所以,让我们回到第二个反驳,我之前说过会对你的建构规则提出反驳的论点。"

"请继续,史盖普克斯。"

8 登山

THE GRASSHOPPER

大蚱蜢捍卫了他的定义,指出某些游戏中必须要有方法的"原则性限制",而玩家为达成自身目标必须采纳这样的限制。

（我说）并不是所有游戏都是竞争性的，所以不是所有游戏都有某种限制方法的规则指定游戏中的对手，而对手的作用就是增加达成前游戏目标的难度。也就是说，有些游戏里只有一个玩家，因而还是有可能发现或发明某些游戏并不具备你所描述的那种建构性规则。我认为，登山就是这样的游戏。

埃德蒙·希拉里爵士动身去爬圣母峰。他可能会使用最好的登山工具；纵使他使用的工具数量和种类有限，但这并非受到类似游戏中的"武断"规则所限制，而是取决于他自己能够携带多少。虽然三百米长的绳索会比较好用，但他不能带那么长的绳子；虽然把所有岩钉都带着可以给予他较多的安全保障，但他只能携带一定数量的岩钉，等等。他运用所有可能的最有效率方法。所以，大蚱蜢，如果你承认登山是一种游戏，那么你正面对一种不存在禁止较高效率而偏好较低效率方法的规则的游戏范例。

（大蚱蜢回答）我想要认定登山是一种游戏。史盖普克斯，现在假设埃德蒙先生具有近乎超人的勇气和技巧，在多次死里逃生后，终于到达山顶，感觉精疲力尽，像是要死了一样，但仍有着真正无比的兴奋——只有最高胜利者才会有的兴奋。当他往下观览了山峦峰脊的全景后，他很惊讶听见了这句话："我猜，是埃德蒙先生吧。"

埃德蒙环顾四周，看见了一位穿着得体的伦敦人，戴着礼帽，拿着一把伞，腋下还夹着当天的《泰晤士报》。

"你在这儿做什么？"埃德蒙叫道，"你这家伙是怎么上来的？"

"怎么了吗？亲爱的，我是搭山头那边的电扶梯上来的。"如果埃德蒙事前知道有这台电扶梯，他会有怎样的反应呢？我猜他可能会有不外乎以下两种反应：一、他可能依然决定要上山，并且制定一条建构规则，禁止使用电扶梯；这样一来，按我的定义来看，登山这个例子就成了一种游戏。二、他也有可能对圣母峰失去兴趣，决定去找一座没有电扶梯的山。我们假设他选择了第二项，结果找到了一座符合他的要求的"无敌山"，决定要去攀登。

史盖普克斯，现在你所坚持的是：埃德蒙先生是在尝试玩一种无规则的游戏；换言之，他正在追求一个目标，所使用的方法并不刻意舍易求难。他正在寻求达成某种事件的状态，这个事件在其自然状态下就具备足够大的挑战性。很好，我们发现埃德蒙先生开始为攀登无敌山做准备，充分确认无敌山的山坡和悬崖处没有装置人造的升降工具。就在准备工作进行没多久时，他在伦敦俱乐部里又遇见了那位戴礼帽的电扶梯搭乘者。在两人的交谈中，他说："我看了报纸，知道你准备要爬无敌山。"

"是有这回事。"埃德蒙先生有些冷淡地回答。

"嗯，从山顶看下来，风景相当漂亮。我上星期才搭直升机到那里去。"

埃德蒙马上取消登无敌山的准备，并开始寻找新的目标。搜寻一段时间之后，他发现了"不可能山"。经过最严密的测试，他确信山顶的风向无法让任何飞行器或其他的机械降落。要到达不可能山的山顶，最好的方法就是攀登。于是埃德蒙攀登了这座山。

埃德蒙先生是不是已经成功进行了一场没有规则的游戏呢？我想不是。的确，他没有选择一个特定目标X，然后限制自己达成这个目标的方法，但他所做的事其实带来了相同的结果。他选择了目标X，而非目标Y，因为达成目标X比达成目标Y的方法更有限，而他选择X而非Y的唯一理由，就是因为这些限制。因此，虽然没有明显的规则禁止他使用较高效率的方法或迫使他选择较低效率的方法，但是他挑了较困难的目标，所以效果就跟规则所限制的一样了。因此，我认为可以这么说：这里存在某种原则性的限制，因为在某个情境中一旦新的、更有效率的方法出现了（例如可以降落的飞艇），那么可用的方法就不再被充分限制了。

也就是说，设定人为限制禁止使用更有效率的方法来达成目标，以及直接选择一个必须用更具挑战性的方法来完成的目标，这两者在原则上是没有差异的。登圣母峰时排除使用电扶梯，以及选择攀登不可能山而非圣母峰，原则上并没有差别。

现在我们姑且不论其他那两座山，回到真实的埃德蒙先生和真实的圣母峰，那里没有电扶梯，也没有飞艇可用。事实上,埃德蒙先生并不需要在排除这些设备和选择另一座山之间做选择。圣母峰本身就符合他的目的,而且,史盖普克斯,你一定会毫无疑虑地认为,他使用了最有效率的方法登山。但是,假设我们向真实的埃德蒙先生提出这个问题:"埃德蒙先生,现在没有电扶梯可以直达圣母峰山顶,也没有人准备要设置这样的装备。假设有可能的话(当然不需要花费你的钱),你会希望有这样的设备,让你登山变得更轻松、更安全,也更容易成功吗?"显然地,埃德蒙先生会拒绝这项提议。

在我看来,埃德蒙先生的反应只能以我所谓的原则性限制(或者你可以称之为假设性限制或反事实性限制)来解释。这样的限制让我们看到,埃德蒙先生为自己设定了一个游戏目标,这个目标让他自己必须以登山来达成;而非是前游戏目标,也就是让自己身在山顶,而登山并非必要。

当他总结后,我说:"很好,大蚱蜢,你已经把我对建构性规则最后的疑问扫除了。现在我想要提出另一方面的抗辩,这恐怕会要你对你的定义做出相当根本的修正。"

"你务必要提出这样的抗辩,史盖普克斯,请直说。"

9

反塞球

史盖普克斯提出反驳,认为大蚱蜢的定义无法涵盖某些像"官兵捉强盗""牛仔和印第安人"这类常见的假扮形态的游戏。

史盖普克斯：大蚱蜢，这个定义足以说明很多不同类别的游戏，包括棒球、国际象棋、高尔夫球、桥牌、曲棍球、大富翁游戏、网球，等等，我相当信服。不过，还是有另一些不同类型的游戏，是你的定义所无法涵盖的。

大蚱蜢：是哪一类游戏呢，史盖普克斯？

史：我是指像"牛仔和印第安人""官兵捉强盗"，还有"家家酒"这类的游戏。

蚱：家家酒？什么是家家酒？

史：小女孩花很多时间在玩的，她们把它叫做"扮家家酒"。你真的没听过吗？

蚱：嗯！我知道。你正在说的是一种以假扮为基本形态的休闲活动。

史：没错。

蚱：为什么你觉得这类活动不能被定义所涵盖呢？

史：因为在你的定义当中，游戏玩家必须致力达成某个目标——像是冲过终点线、"将军""国王"、得到分数——目标达成时，游戏就结束了。但这类假扮游戏中没有这种目标作为游戏的结束。小孩会一直玩，直到他们厌倦了，或者找到更有趣的事。

蚱：你仍同意这些游戏都是活动，不是吗？

史：是的，当然。

蚱：但所有活动必然都是目标导向的，或至少所有智力活动（如果这不是多说的话）都是如此。我想，参与这样一种休闲活动应该足以是一种智力活动吧？

史：是的。

蚱：那么，这活动必然有一些目标或目的，否则就只是一系列的随机动作。

史：我同意，大蚱蜢。这样的休闲活动对他们而言有某些重点，也就是目标。有两种情况下这些活动可以是目标导向的。假设琼斯有一小时的等车时间，他决定玩"单人纸牌"来打发时间。打发时间是他的目标，玩单人纸牌是他试图达成目标的方法，因为玩牌就是他在打发时间的过程。为了玩牌，他必须试着按单人纸牌的规则，尽可能接上最多的牌。换言之，他选择用来打发时间的休闲活动本身就是一种目标导向的活动。现在想想琼斯的女儿，他们一起在候车室里，女儿也想打发时间。她决定玩扮家家酒来达成这个目的。她假扮成妈妈，做了很多妈妈会做的事。但是她做这些妈妈所做的事，并不是追求一种相当于她爸爸想要接上最多牌这样的目标，因为她没有试着达到任何特定的事件状态。如果她的父亲被问到为什么要下特定的步数，他会说，那是为了接上最多牌的直接或间接手段；但如果小女孩被问为什么要做这些事时，她会说，这就是妈妈的样子；或者那是妈妈会做的事。换言之，她所指的是一种角色而非目标。所以，有些活动看来是目标导向的，有些则是角色导向的。

蚱：史盖普克斯，我必须说，看来你对我的定义确实做出了某件初步认定的抗辩；当然，除非这些休闲活动完全不算是游戏。

史：热衷于这些活动的人，都普遍认定这是游戏。"我们要玩什么游戏呢？"小史密斯问。"牛仔和印第安人。"小琼斯会这么回答。

蚱：我同意，史盖普克斯，在追求定义时，我们不应该忽略这些用语的例子，即使使用的是小孩。但这样的用法并不是决定性的，不是吗？像是儿歌"玫瑰花环"也被小孩、小孩的老师以及喜欢小孩的社会科学家认为是游戏。但是你应该不反对我这么说："玫瑰花环"只是一种配上口语伴奏或舞蹈的儿歌。这不是游戏，就像你不会认为《天鹅湖》是游戏一样。

史：我同意，大蚱蜢，"玫瑰花环"之类的活动不是游戏，因为它们都是某种照本宣科的活动，也就是说，这些活动进行前早已有剧本，就像戏剧展演或庆典仪式那样。

蚱：但是，如你所说的"牛仔和印第安人"以及"官兵捉强盗"这样的活动，不也是有剧本设定吗？牛仔必须急于射杀印第安人，而印第安人必须埋伏以突击牛仔；双方被射杀或被击败时，都得死，而且死得越浮夸越好。这些不就只是仪式展演吗？

史：完全不是这样，大蚱蜢。这些游戏里确实都有某种展演的部分，但这些游戏者并不是按剧本演出。我会这么说：他们展演的这部剧，有角色阵容但没有固定剧本。因为结果无法预知，例如，有时候是印第安人赢，有时是牛仔赢。

蚱：史盖普克斯，当你说着的时候，我回忆起我的童年时光，我必须承认，你说这类事情是角色演出而非剧本写定，相当正确。可是，如果要把这些事当作游戏，那我觉得这是非常不完美的游戏；我自己玩这些游戏时就有这种感觉，因为从来没有清楚界定怎样的步法才是成功或怎样的步法才是合乎规则的。小史密斯会叫道："砰！琼斯，你死了！"而小琼斯或许会这样回答："我没死，我及时闪过了。"或者"你的枪没有装子弹，史密斯"诸如此类的借口。这比使用虚拟边线玩网球游戏更糟糕。

史：是的，这些游戏里确实有很多这类情况。但是，即使是原始或有些不成熟甚至已夭折的游戏，我相信从某种观点来看，它们仍然是游戏，这就是令我感兴趣的地方。

蚱：史盖普克斯，我怀疑，难道这些不都只是一种为了用不同方式喊出"砰"或"出局"的借口或花招？

史：但是，大蚱蜢，为什么你会说"只是"呢？喊"砰"或逼真地死去，都是角色扮演，而我们已经认同，这些游戏基本上是角色支配的活动。

蚱：史盖普克斯，我们只是暂时认同这种说法。但要针对这论点给予未经检验的认定，我认为应该要非常谨慎，因为如果确实有两种根本不同种类的游戏即角色支配和目标支配的游戏，那么我们就必须放弃想要为游戏形塑单一定义的企图。

史：当然，除非我们能想出一个更普遍的定义，足以同时说明这两种游戏。

蚱：没错，确实如此。

史：我有一个。

蚱：什么？

史：我有一个定义，能够充分涵盖角色支配和目标支配这两种游戏。

蚱：是吗？

史：是的。它能取代你的定义，因为你的定义只能用来说明目标支配的游戏。

蚱（嘀咕着）

史：你说什么？

蚱：我没说什么，史盖普克斯。请仔细说说你的定义。

史：好。简单地说，那是一种把其他活动中的方法和目标反转过来的游戏。

蚱：请你说得再清楚一点。

史：好的。我是从克尔凯郭尔那里想到这个主意的。因为在他的《诱惑者日记》里，日记作者正是利用这样的反转，从恋爱中创造出一场游戏。一位认真的诱惑者总尽力实行布局和计划，以求能取得我们所称的"人身占有"，克尔凯郭尔笔下的日记作者则以"人身占有"为目标，只为了能进行实现目标所需的布局和实行计划。

蚱：是的，史盖普克斯，你提醒了我，这的确是克尔凯郭尔书中的日记作者所运用的手法。只是克尔凯郭尔把这类表现在日常活动中的反转，称之为生活中的"美学"态度，而且成了他所谓"社会智德理论"中的重要原则。虽然有点差异且其应用也有所不同，但我相信这个概念首次是出现在康德的《审美判断力的批判》,康德把美学的经验比喻作"无目的的合目的性"的玩耍。这个概念我们也可以在席勒《审美教育书简》一书中如泥沼般的辩证里发现到,它与许多其他概念几乎融合纠结在一起;而且,我相信社会学家齐美尔也表达了非常相似的概念,他观察到"由生活资材以决定形式,转变成由已成为最高价值的形式来决定生活资材。这样的完全反转,或许正广泛地在许多我们归纳为玩的范畴的现象里运作着"。这些作家所说的,主要都是针对"玩"而非游戏;但因为他们都没有在玩和玩游戏之间做出重要区分,所以,我想,史盖普克斯,你用这个概念来指涉游戏是有道理的。

史(有点不耐烦而抢话):大蚱蜢,我想,我们可以跳过这些起源和联系的问题。说这个概念是康德首先提出的,这种事不是我们现在要讨论的。

蚱:就像丘吉尔先生谈论骑兵在现代战争里的功能时一样,参照过去杰出人物的论断,可以为原本实事求是的话语增加声势。

史:大蚱蜢,我可以继续说吗?

蚱:当然。

史:我认为假扮是某种伪装,但认真的伪装者扮演成某个角色是为了能被看成他要伪装的人;而在假扮游戏里,表演者选择了某个伪装对象,是为了能扮演伪装所要求的角色。伪装者行为举止都像俄罗斯公主,是为了被当成阿纳斯塔西娅公主;而假扮游戏中的玩家选择扮演成阿纳斯塔西娅公主,是为了能在行为举止上扮成俄罗斯公主的样子。

蚱：你似乎在说，那些玩假扮游戏的人其实是把那种"反塞球"①放到生活的真实事件里。

史：反塞球？

蚱：是的，我想这么说应该不会太奇怪。举例来说，一般撞球的控球目的是要让球从撞击点开始滚动，而塞球（我假定自己可以如此称呼它）的倾向是要重新回到撞击点。让球开始滚动不是最后目的，而只是作为其后续返回的必要条件。同样，真正的伪装者之所以进行角色扮演，是为了创造出一个假身份；而假扮游戏里的玩家则预设了一个假身份，如此才能进行角色扮演。

史：是的，大蚱蜢，非常精准。

蚱：好吧，史盖普克斯，我必须说，如此看待假扮游戏，确实很有趣；但在我看来这并没有清楚说明"反塞球"也可用来解释我们之前所讨论的那些目标支配形态的游戏。

史：哦，但是它确实可以。你还记不记得之前曾经用跳高的例子来说明最原初的定义？

蚱：是的，我记得。我使用这个例子来指出游戏含有方法限制，因为跳高选手刻意把障碍摆在自己面前。

史：没错。但要注意到，投入这样一种活动，其实就跟假扮游戏一样处处展现"反塞球"式的行为。障碍征服者为了要到另一侧而越过障碍；但跳高选手企图到达另一边的目的是克服障碍。跳高选手和假扮型游戏玩家都应用"反塞球"模式在进行严肃的事。两者的差别仅在于一者要求的是戏剧

---

① 这是撞球运动里的术语。球杆瞄准母球中心偏侧位置，使母球在碰撞台边后回弹，球的行进方向与原行进方向相反。

技巧，另一者则要求运动技巧。

蚱：史盖普克斯，我再一次发现你的论述很有说服力，虽然我仍对其中一两点有所保留，这部分我会在适当时候再向你进一步说明；不过，你把戏剧能力认定为一种特定类型的游戏所需要的技巧，这一点我极为赞赏。如果认可了这一点，那么我们目前所认定的游戏体制，必然需要大幅修正。

史：你的意思是？

蚱：当我们开始谈论假扮型的游戏时，我们同时意识到这类游戏几乎都是小孩在玩，这些游戏展现出许多重大的缺点。目标、规则、策略，这些全都不清不楚，也不固定；而且，这些行为往往不怎么像游戏，而是比较像白日梦或幻想的戏剧化投射。所以我们很快放弃了这些游戏，转而探讨那些已经建立良好制度且毫不含糊的游戏，如运动赛事、棋盘游戏、纸牌游戏，等等。戏剧技巧只以最薄弱的形态持续存在于猜字谜之类的游戏中，其中与谜题解答和密码沟通的技艺息息相关。不过我猜想这跟戏剧技巧使得这类活动本质上不适合作为精巧建构的游戏中的主要元素，只能作为次要的特征并没有关系。如果真是如此，那么你所提出的论点就无关紧要了。当男童与少年因精力过剩而转为嬉闹，开始损及家具和危害弟妹时，就让他们到外面去参与一些体育运动，这种状况我们都相当熟悉，但其他人如成人和青年的戏剧化嬉闹也很恼人且具有破坏性。所以，对于那些因为戏剧潜能爆发，成天想象着自己被冒犯或自我捏造危机，然后装腔作势响应或引发不必要争论的人来说，如果有个游戏场所让他们宣泄，或许会很有用。假扮式的休闲活动似乎为小孩提供了这样的出口，但如果这样的活动的确是游戏，我们应该去找出其中的运作模式，然后就可以加以改进并制度化成一种被社会接受的成人活动。因此，当你主张小孩的假扮式休闲活动是一种原始的游戏时，我相当感兴趣，但我无法认同可以用"反塞球"式的行为让这类活动成为游戏。

史：也许我可以用以下这个故事来说服你。

蚱：或许你会成功，史盖普克斯，我很愿意听。

10 波菲尔尤·史尼克的不凡生涯

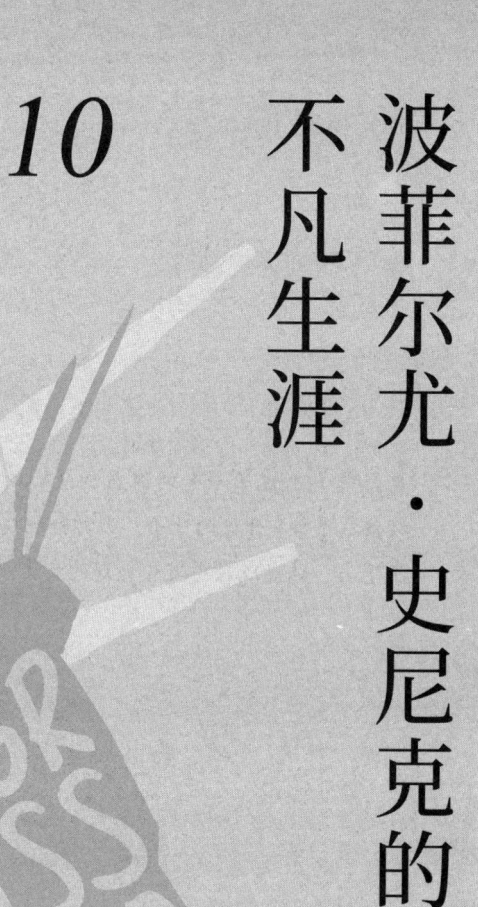

史盖普克斯说了一个间谍与伪装者的故事，延续他从第9章开始的攻击；大蚱蜢把这个故事接了下去，转变成对史盖普史斯的反击。

（我开始说）波菲尔尤·史尼克（Porphyryo Sneak）是史尼克家族最后一位也是最伟大的成员，他的家族六代皆为英国王室效力，早已将伪装和间谍技艺带向一个几近完美的层次。在王国的古早时代，人们会带着敬畏与赞叹的口吻提到他们的君王："他是金雀花王室家族的人。他是王。"而1914年当年轻的史尼克来到特工总部时，他带着一封信赴任，信中有一句话，就只需要一句话："持信者是史尼克家族的人。他是伪装者。"

这位年轻的史尼克的第一个任务是伪装成克瑞兹寇斯将军，一位已经疲于战斗的德国最高指挥部成员，已背叛德国而秘密投诚到英国去。化身为克瑞兹寇斯的史尼克，能够轻易地获得有价值的情报并安全地把情报传回英国。但是他回来后，就暂时不再需要伪装，他随即感到无聊和沮丧，直到他接到下一个任务，才重拾惯有的喜悦和开朗。如此的心境转变逐渐成为他的生活常态。只有在扮演角色时，他才感觉到自己真正活着，而中间的空当不过是等着被叫上台的空白时间。这是史尼克不凡人生的第一阶段。

有一天，史尼克突然有了惊人的领悟。他意识到自己其实对军事活动没有兴趣，甚至他也承认自己对任务中的爱国情操毫不在乎，真正令他感兴趣的是：这项任务让他有机会扮演戏剧角色。有了这个关于自我的新发现，他采取了相当不同的态度来调整他的人生。他发现其实自己没有必要一味等待新任务到来，他可以主动寻找任务；史尼克因而转做双面间谍，不是为了双份收入，而是为了有多一倍的角色可扮演。时机好的期间，比如二战、朝鲜战争、越战期间，史尼克变成了三面、四面、五面的间谍，同时必定也成为世上角色最多面的演员，以及世上最快变身的专业表演者。

　　由于国际间有了突如其来且始料未及的缓和态势，全世界所有国家的军事（和间谍活动）预算突然大幅缩减，史尼克的职业生涯就此迈向了下一个阶段。间谍服务的需求减少，很快地他发现自己变得比当初伪装成克瑞兹寇斯的时期还更糟糕。如我们所预料的，史尼克并不沉浸在无用的绝望里，而是马上采取行动来改善状况。幸亏他在职业生涯里已经累积了大量情报和资源，曾经伪装过世上所有重要国家的元首以及大多数内阁首长，史尼克拥有绝佳的条件重新掀起各国之间的猜疑、忌妒和恐惧，于是庞大的预算又再次投入国际情报机构里。史尼克的间谍事业因此比过去更昌盛，他又变成快乐的人了，而且是双倍的喜悦，因为他不仅重新创造局势，让自己实现戏剧技巧的机会再度达到巅峰，同时也为知道一旦国际间的和平友好威胁他的事业时，自己拥有足够的条件得以扭转乾坤而感到安心。这就是史尼克在人生这个阶段所发生的事。只要国际紧张态势开始缓和，间谍预算被削减时，史尼克就会扮演适当角色，这里说句话、那里皱个眉，情势便再度被他搅动。

事情就这样过了好几年，一直到史尼克有了下一个重要体悟。他觉察到自己的生活是由两种截然不同的事务所组成：第一种是戏剧演出，这是他的生命热情所在；另一种事务，是那些为了满足生命的热情而不得不做或不得不容忍的事。一开始，这种"必要之恶"不过就是在间谍小组里等待任务传唤时的无聊。后来化身成多面特工期间，他开始必须在维也纳的摩天轮上、在比萨拉比亚的妓院以及在黎凡特的坑厕间进行一连串冗长的工作安排和面谈。而现阶段，当史尼克发现有必要直接介入操纵国际政治的时候，他就必须假扮成另一个角色，才能够播下和培育国际纷争的种子。想到这里，史尼克的自省暂停了下来，并重新检验这最后的想法，他感觉到怪异。于是，他想通了。这些他为了得到未来的戏剧演出机会而必须承受的困扰本身，其实也是一种戏剧演出。当然，原本被视为困扰的部分就完全不再是困扰了，而是变成游戏的一部分。史尼克为自己能有这么好的运气感到开心。

体悟了这一切之后，史尼克也开始意识到，每当国际情势和平友好而导致他缺乏表演机会时，他便不时运用政治手段来修正，这其实并不是经营他的事业最有效率的方法。既然在间谍活动中所做的政治运作与机会都是戏剧伪装的形态，那么在政治历史上他大可顺应局势，而不是非要去进行补救修正。接着，他的伪装行动开始在受制于情报收集的考虑之外，也同时有了自己的决策空间，这对他的未来有深远影响。因为他发现扮演同一个角色时可同时兼顾这两者，他的伪装者灵魂为此感到喜悦。在20世纪某一年的严寒一月间，他被派任到渥太华为美国中央情报局工作。他所接到的命令，是要确认加拿大和苏联之间是否存在秘密军事联盟。他为此悄悄易容成高卢人，以加拿大总理的身份出现在渥太华。他轻易取得想要的信息，事实上这样的联盟并不存在，所以美国并不需要忧虑。这对间谍事业来说当然不是好消息。因此，史尼克仍然以总理身份发表了公开声明，否认加拿大与苏联之间的军事协议是加拿大与其南方好友之间的关系紧张的指标。于是间谍工作暴增，史尼克感到笃定，因为他知道自己正处于一个跟整个存在世界对打羽毛球的位置（就像克尔凯郭尔所说的诱惑者那种人）。

大蚱蜢：好！史盖普克斯，这确实是个令人惊异的故事，但我怀疑这是否已经是全部的故事。

史盖普克斯：什么意思？

蚱：你提到羽毛球，这引发我想象史尼克的未来。也许你会想知道我的看法。

史：当然，大蚱蜢。

蚱：很好，接下来的故事，就是这样。

史尼克就这样把自身与世界的事务妥善安排，过着开心的日子，而即将有一个启示要降临在他身上。事情是这样发生的：在某个四月，史尼克为瑞士的防谍任务化身为英女王。他通常不会从间谍圈里如此平凡的客户那里接下任务，但那时他有一个特别的理由，想要伪装成女王。因为在这之前他曾伪装成挪克的伊各必特（也就是挪克王国的领导人），传了一份官方文件给英国王室，要求王室接受挪克为英联邦成员。

而现在，因为一些在其他地区比较复杂的计划，史尼克最希望见到的响应是英国对于伊各必特的要求既不肯定也不否定。因此，他以英女王的身份公开表示，王室的内阁大臣和政府顾问会在两周内仔细考虑这个要求。然后，史尼克回去等候结果。就在等待期间，最后一个启示降临了。他刚刚下了一个反击自己的招数。

就在这一刻，史尼克从冰冷的氛围中回神。他辉煌的间谍生涯就此结束了，他带着全然自由的心境迈入职业生涯的下一个阶段。因为他领悟到，他可以在自己所设计的每个戏剧情境里扮演任何角色，不再受间谍事务的要求所限制。他成了自己的剧作家，成了像神一样的人，而整个世界都是他的舞台。

史尼克这个伟大觉悟造就了现代历史中一段被称为"疯狂时期"的短暂时期。在某一年的五、六、七月间，国际关系整体结构仿佛被撕裂成碎片，国家之间的联盟以迅雷不及掩耳的速度形成又瓦解，内阁天天在改组，整个世界陷入持续性眩晕，一次又一次地滑过灾难的边缘。

史尼克毕竟是人而不是神，这是人类文明的幸运。他自以为是个集演员、剧作家与导演于一身的全能者，正当要开始新一轮的操作时，他开始看到自己被困在紧凑连环且疲于奔命的单人羽毛球赛中。为了让羽毛球在空中来回，他得从球场的这一边跑到那一边，还要跑到下一个球场，再到下一个球场，无穷无尽；整个世界正在跟他对打羽毛球。这实在太过火了，最后他精神崩溃，于是世界的毁灭和重建重新回到一个比较可以忍受的状况。同时，史尼克明智地把自己送进某家知名疗养院,在那里接受了专业的医疗和精神病学治疗。以下是他最后一个疗程的对话记录。

赫瑞斯癸特医师:请坐,史尼克先生。不,请别坐在沙发上,我不是一位精神科医生。

史尼克:不管如何,这是个好的转变。你是做什么的?

赫:一位哲学医生(doctor of philosophy)。

史:喔!是个博士。

赫:不是的,史尼克先生。说得更清楚些,我是哲学方面的医师(physician of philosophy)。我治疗病人哲学方面的病症。你被送到这里来是因为我的精神科同事发现你的心理没有任何问题。

史:那我的崩溃要怎么解释?

赫:那纯粹是身体的精疲力尽。

史:是啊,但这样的精疲力尽,是由深层的心理紊乱造成的,不是吗?

赫:很抱歉,我的朋友,要让你失望了,并不是像你所想的那样。你的精疲力尽是过度工作造成的。

史:如果真是这样的话,为什么我会如此沮丧呢?我想我的情况已经被你的同事诊断为忧郁症。

赫:没错,不过那只是初步诊断,后来证实是错。你不是一位忧郁症病患,你仅仅是忧伤。

史:你的意思是,我没什么大问题吗?

赫:我的意思是,你完全没有任何临床病症。

史:所以,我还有其他方面的问题?

赫：是的。

史：赫瑞斯癸特医师，是什么问题？请一定要告诉我。

赫：你患的是一种逻辑谬误。

史：逻辑谬误！你到底在说什么？

赫：我会试着向你解释，一切必须从你的童年时期说起。

史：我的童年？你不是说自己不是精神科医生吗？

赫：我的朋友，你不必把童年想成是精神科医生的专利。

史：喔！抱歉。

赫：你童年时被异常过多的假扮游戏给填满了。事实上你在某种程度上是这类休闲活动的天才，你所做的远超出一般孩童在玩的"官兵与强盗"之类的游戏。"女王与主教"就是你早期的创作之一，接着又有好多游戏，比如"律师与客户""神父与告解者""国王与议会""总统和弹劾者"等等。

史（终于放松而露出微笑）：是的，那是段愉快的时光。

赫：是的。所以，很自然地，第一次世界大战期间你会被可以做自己最想做的工作且能为国效劳的军事机构所吸引，所做的自然就是那些你最感兴趣的工作，你以此为国家效劳。然后（对了，我并不是在告诉你一些你原本不知道的事），在任务交付的空档期间你突然体悟到，对你来说，伪装并不是你主要为国效力的方法；而是说，这种你所能做的为国效力的方式是你能进行伪装演出的一种方法。

史：没错。

赫：我想说的是，即使在你的职业生涯初期，情报活动对你而言也很像是一种游戏。

史：这种说法，确实精准地描绘了我看待此活动的态度。

赫：是的。你认识到自己的这种态度后，立即让自己转变成双面间谍，因而进一步确定了这一点。如果"爱国"这个目标充其量只是你表现戏剧角色的一种手段，那么你当然可以为更多"祖国"服务，以得到更多戏剧角色。

史：没错。

赫：或许我可以这么说：你的下一步就跟"反塞球"一样。你让国际关系保持在骚动状态，是为了确保有机会从事间谍情报活动；而你通过角色扮演来达到搅乱世局的目标。所以，现在你有了两个舞台可以做戏剧演出。事情如此转折，你感到庆幸。

史：相当正确。

赫：你的职业生涯最终发展成这样的局面——你应用"反塞球"技巧作为手段所带来的结果，现在成了一场欺诈事件，不是吗？你要创造出受骗者的这个目标，其实只是作为一种让你有机会演出角色的直接与间接的手段。通常人们经由伪装才创造出受骗者，但你弄出受骗者就是为了有机会伪装。于是来到了你生命中的关键转折点，即伊各必特事件。当你变成双面间谍时，你排除了爱国主义作为欺骗的理由；而在伊各必特事件里，你排除了欺骗作为伪装的理由。因为你在那些事务当中并没有创造出受骗者，你所创造的是更进一步的角色扮演机会，以假扮的女王来回应假扮的伊各必特。看清了这一点，你迎来了狂喜，好像终于从沉重的锁链中释放出来；一如你的习性，你立刻有所行动。你明智地让自己从麻木的生活里回过神来，但接着却非常不明智地掀起随后的一连串事件，把世界推进"疯狂时期"。

史：你所说的每件事都非常正确，赫瑞斯癸特，但是你说我的问题来自逻辑谬误，那是什么？还有，要如何修正才能让我恢复？

赫：你的错误就像是那位传说中的烤猪发明者一样。他的错误可以矫正，所以你的也可以。你应该记得这个故事。有一天这家伙的谷仓失火，他关在里面的一只猪活活给烧死了。他发现被烧过的猪肉可以拿来吃，而且还非常可口，因此他发明了烤猪肉，而且他还想要继续烤更多的猪肉。所以，他重建了谷仓，把猪放在里面，然后放火烧了谷仓。他犯下纵火罪，也犯下了逻辑谬误。

史：他的谬误是把充分条件误认为必要条件。

赫：正确。你想要的是玩假扮游戏的机会，而就像那个爱吃猪肉的人一样，你有了意外的发现——伪装成君主、首相、总统等人，为你提供了这样的机会。然后，你又像这位陷入谬误的前人一样，误以为伪装工作不仅是你戏剧目的的充分条件，而且是必要条件。于是我们可以想象，这个烤猪的家伙不断重建谷仓，最后破产；你也为了要让那场跑遍全世界的羽毛球巡回赛持续下去耗尽了精力，几乎毁了自己的健康。如果我们补充一下这个烤猪的寓言故事，这位远古的美食家每烧掉一次自己的谷仓，整个小区都跟着承受火灾危害，那么这整个故事就跟你的案例完全对上了，而且我们也得到了解决问题的指引，不是吗？

史：我想，这家伙应该发明烤炉，这样就免于逻辑谬误了。

赫：正是烤炉。而且伊各必特事件已经清楚显示，你该到哪里寻找你自己的烤炉，不是吗？

史：是吗？

赫：当然是。你的灾难来自你以为自己的戏剧演出需要有足够大小的场地。伊各必特事件促使你把整个世界当作是自己的舞台，把世界上所有的人物当作你要扮演的角色。但伊各必特事件其实还暗藏着一个更深奥的启示，只是你没有时间去彻底了解。

史：是什么，赫瑞斯癸特？

赫：那就是——史尼克，你花了一辈子的时间，终于了解你在世间最想要做的事，就是玩假扮游戏。

史：天啊！

赫：是的。因为在伊各必特事件里，你不是在搜集情报，没为了你的间谍事业而制造危机，没有为了扮演某个角色而欺骗他人，你甚至没有诱使他人做出回应以让你能就此再给予回应。换言之，你所做的一切，并不是为了要演出角色或操弄手段的借口。你的所有举动本身就是演出角色。没有其他的，就只是扮演。你并没有参与任何骗局，虽然你以为自己有。

史：那么我在做什么？

赫：你正在玩"国家元首"的游戏。自从玩"女王与主教"游戏的年代以来，你已经好久没有享受到这般愉悦。请原谅我提出这令人厌恶的说法，但其实十分贴切。你走遍全世界找寻快乐的蓝鸲，最终却在自家后院找到了。

史：喔！拜托，赫瑞斯癸特，果真如此的话，那么我足不出户也可以演伊各必特和女王了。

赫：没错。

史（一阵停顿后）：你的意思是，这就是我的烤炉？

赫：是的。

史：我不懂，赫瑞斯癸特。

赫：你不懂什么？

史：你似乎是在告诉我，我的康复方法就是坐在自家客厅和自己说话。

赫：但那不就是你在伊各必特事件里所做的事——自言自语。

史：是没错，但是天啊，赫瑞斯癸特！

赫：怎么了，史尼克？

史：先前你说伊各必特事件其实就是"国家元首"游戏，而我投入其中重回童年时光。就字面意义来看，我同意你所说的。

赫：是的。

史：但你是真的建议我，把余生都拿来玩幼稚的游戏吗？

赫：我很肯定地建议你，把余生拿来玩游戏。至于是否幼稚，就看你选择什么游戏了，不是吗？我不认为你还会玩"牛仔与印第安人""官兵捉强盗"，甚至"女王与主教"。我也不认为前世界国际象棋冠军博比·菲舍尔余生都在玩棋子，但我还蛮确定他余生都会玩游戏。但你到底发现了什么，让你对要用余生玩游戏的想法如此反感？那正是你人生到目前为止的写照。

史：是的，是的，我知道是这样没错，赫瑞斯癸特。但你得先认定在白金汉宫假扮女王跟我在家里玩"国家元首"

游戏，这两件事丝毫没有差别。

赫：当然有差别，而且差很多。但问题是，这些差别对你而言有差吗？

史：一定有差吧，不是吗？

赫：不，不一定有差，我不相信有差。

史：那为什么我还要这么做呢？

赫：因为你正在顺应情势扮演某个角色，你无法拒绝这个大好机会。

史（仰头大笑）：当然，你说得没错，但你是如何看穿我的？我有哪里露出破绽吗？

赫：其实，你的演出完美无缺。

史：那么你是如何看穿我的？

赫：因为我相信精神科医生们针对你所写的报告。

史：跟那份报告有什么关系？

赫：报告中写着，你投身于我们现在所谓的"间谍""世界危机"和"国家元首"之类游戏的唯一动机完全是基于游戏动机。如果报告确实指出你进行这些游戏只是作为一种策略去达成其他目的（也许是神经质的目的），我将不会有信心给你建议这样的康复方法。如果你有一股强迫性的冲动要去欺骗别人，那么进行纯粹的假扮游戏，比如以桌上的纸牌玩假扮游戏，将无法满足你的要求。但你对伊各必特事件的反应足以排除这类动机。因为你后来意识到，没有欺骗的话反而可以更有效率地投入角色扮演。而如果欺骗就是你的动机，你就不会因为这样的体悟而从麻木中回神过来，你会回去做全职间谍。这一点就是让精神科医生做出正确判断的依据。

针对你进行那些游戏的外在目的和隐藏理由，他们排除了欺骗冲动，接着考虑了种种他们所想得到的动机和理由：表现癖、多面易装癖、孤僻成性、对社会厌恶、严重遗传缺陷，等等。他们从你身上找不到任何一种理由，因此明智地、令人惊讶地做出结论，认为你面对的不是心理问题，而是逻辑的问题。后来你就被送到我这里来了。

史：精神科医生一定发现了我有什么不正常的地方。

赫：喔！这是毫无疑问的。毕竟不太可能存在着像你这样的一个人，只是因为逻辑上的错误就做了这种种一切；甚至，我总觉得你不像是真正的人，倒比较像是某篇游戏哲学的论著为了说明某个哲学原则而虚构出来的人物。

史：嘿！嘿！

赫：但你是真正的人，而且是我的病人，关于你的治疗，还有许多需要说的，所以我们还是继续吧。你可以回想一下，我们已经谈到了重点，你正在为未来感到沮丧，含糊不清地自言自语。但你不需要把自己未来的活动限定在"伊各必特-女王"模式的假扮游戏。也就是说，你不需要只玩单人假扮游戏。首先，注意到，假扮通常是两个角色的游戏，即使像是"国家元首"游戏中的伊各必特，由一人分饰二角。因此，假扮和模仿是不同的，也就是说，伪装本身就是目的。如果两者一样的话，你的康复之道可能就是继续以伪装大师的身份留在舞台上；但你也要注意到，假扮跟舞台上的角色演出是不一样的。假如二者一样的话，你的康复之道，就可以由你变成世上最伟大的剧场演员来实现。这对你来说是个打击吧？

史：一点都不好受。在戏剧里演出角色是完全受制于某位剧作家，这就好像是在游戏里模仿某个别人已经做过的动作。

赫：我就知道你会这样说，这也道出了假扮游戏的一个基本特征。每"一步"（我们可能可以这样称呼它），或者是为了召唤引发某种戏剧性响应，或者是这一步本身就是回应，或者是同时具备两者。但这些唤起和回应，就真的单纯是唤起和回应，而不像是舞台表演那样，是作为角色互动的表现。这些假扮游戏中的玩家，在写剧本的同时也在演出剧本。

史：挺正确的。

赫：现在我们从双角色游戏里其中一方的观点来看，他对游戏中对手角色的扮演者的期待，就是能够让他持续有机会做出戏剧响应（例如，给他一些"好"的台词）。有两种情况能满足游戏者的期待：他的游戏"对手"会给予他这样的机会，可能因为他也是游戏里的玩家之一，或者是基于一些其他的理由。在非玩家当中，会在游戏中提供这样的机会，可能是不经意的。你在"伊各必特"事件之前所经历的就是如此。你在其中以假身份欺骗"游戏对手"，你让他们给出符合你戏剧目的的台词（等等），即使他们并非有意要满足你的目的。你玩的是两个角色、两个人、一个玩家的游戏。但是，在这样的游戏中，非玩家（实际上是你的工具）的另一方也可能是有意识地为了某些目的而给予你戏剧机会。比如，与其欺骗，你不如直接要求他做出这些表现。你甚至可以提出诱因，例如金钱，以得到这种服务。这就是剧作家吉尔伯特和作曲家沙利文的歌剧作品《艾达公主》中的伽玛王所做的事，尽管他花钱雇的军团把事情搞砸了。

> 我掏出黄金
> 数不尽的黄金
> 给所有反驳我的人
> 我说了我会付每天一英镑
> 给每一位踹我的人
> 我用玩具贿赂那些粗野的男孩
> 叫他说出恶言恶语
> 但是，天啊！
> 不！那些该死的礼貌客套！
>
> 这群恼人的小伙子
> 他们逗乐我、他们迎合我，
> 他们给我这个、他们给我那个，
> 我无可抱怨！

然而要能有好台词可接，最好是让你的对手也变成玩家，如此他就拥有了比其他情况中更为强大的动机。当然，欺骗的方式是最糟的，你的对手将变得最不可靠，大部分时候都没有办法给你台词，他只会照着自己的方式走。而那些为了奖赏（或以友情或恐吓来施压）而抛给你台词的人，虽然可以期望他们比受骗者更可靠一些，但毕竟只有间接的动机激励他们为你提供服务。只有同为玩家（或者你自己当另一位玩家），才会有直接的动机。因为他必须给你好台词，这样他才会得到同样的回报,而且你也有动机为他做相同的事,因此这个游戏形成一个互惠系统,双方在其中得到最大的表演机会。

史:你要告诉我的是,原则上,我终其一生在进行的就是那样一种游戏?

赫:是的。

这个时候,我无法再控制自己。"但是,大蚱蜢!"我惊叫着,"赫瑞斯癸特对史尼克游戏的描述,并没有提及他所扮演的角色必须是假定的角色,所以他忽略了史尼克所做的事情当中真正的本质,也就是把'反塞球'应用到真正的伪装工作之上。"

"是的,史盖普克斯,"他回答,"我觉察到这个疏失,但我发现赫瑞斯癸特的定义中缺失这一点,反而看来有所暗示。"

"是的!真够有暗示性的,"我有点激动了,"因为它暗示了,反塞球和假定角色基本上对我们想要定义的游戏没有任何关系。"

"正确,"大蚱蜢说,"而且我从一开始就这么怀疑。"

"好吧!但我之前没有这么怀疑过,现在也不这么怀疑,而且我不认为史尼克会对赫瑞斯癸特的定义分析照单全收。他才是更了解整件事情的人。"

"事实上,他的确没有照单全收。让我们看看他们接下来的对话。"

"我想也是。"我回答。

史：你差点说服了我，赫瑞斯癸特。只是，在把我的游戏描述为一种把角色表演最大化的互惠系统时，有件事困扰着我。

赫：什么事？

史：你的描述完全没有提及这样的事实，在假扮游戏里，游戏者假定一个角色，这个角色并不是游戏者在真正生活中的角色。这样一个疏失让我有些惊讶。

赫：正好相反，我一点也不认为那是疏失。

史：但是，扮演某个角色确实是假扮游戏的本质。

赫：角色扮演的确是，但是未必得是非自身或假定的角色。也就是说，所扮演的也可以是与生俱来或自身拥有的角色。

史：什么是自身拥有的角色？

赫：可以这么定义：就是当你演出这个角色时，你并没有传达有关你身份的错误讯息。举例来说，如果我接到任务要监视银行劫匪，我必须找一个适当的理由让自己在银行周围闲荡，我可能会利用我小个子和年轻外表的条件，穿上童子军制服帮助老太太过马路。我想你会认同，这是演出非自身角色的例子。

史：是的。

赫：很好，现在假设有个童子军做一样的事。他穿上制服，帮老太太过马路。他也在扮演角色，但是演出的是他自己的角色；也就是说，他的演出传达了关于表演者的正确讯息，而非错误讯息。但是，重点就在这里，这两个案例中，角色本身是没有分别的。

史：你说的是日常生活里的角色扮演。

赫：正确。

史：你这样听起来像是一位社会学家。

赫：那没有影响。我要说的是，有些角色拥有某种客观性或社会认可，所以不同的人可以基于不同的目的扮演这些角色。就这一点而言，角色像是衣服。所有种类的衣服都公开贩卖，我可以买下一些衣物穿上以正确传达自己的身份地位，或者我也可以买另一些衣物来装扮，以扭曲自己的身份。例如，我可以穿上西装，我也可以穿上海军上将制服。差别只在于：西装和制服是衣着的样式，角色则是行为的样式。

史：好，我承认你所说的很有说服力，但是我不知道这和我们要讨论的问题有何关联。即便我同意自身拥有的角色和假定的角色之间有所区分，我仍然确信假扮游戏必须涉及假定角色的扮演。

赫：你所说的事，乍看之下确实如此，但却不是事实。不过今天时间已经到了。在你出院前，我们明天还有一次会面，但晚上我希望你读这个。（赫瑞斯癸特从抽屉里拿出一个文件夹）然后明天再把它一起带过来。

史（从赫瑞斯癸特手里接下）：这是什么？

赫：另一位病人的病历档案。

史：你要我读别人的秘密档案？

赫：没事的，我已经问过他了。

史：那就好，我很乐意阅读。明天见。

11 巴舍勒密·追哥的病历

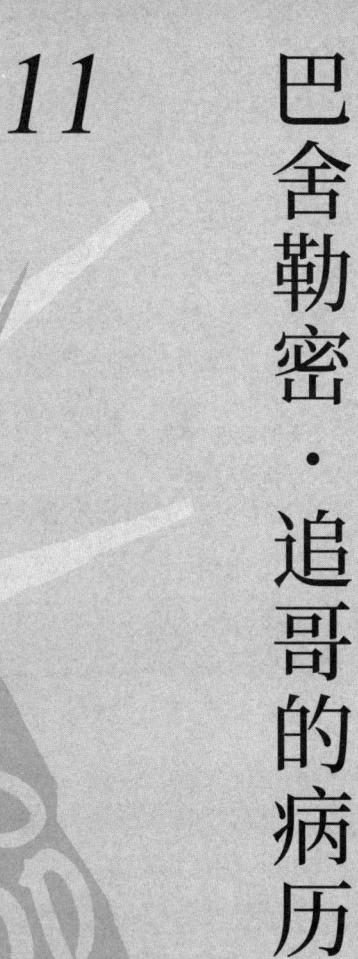

大蚱蜢用了第二个有关假扮游戏的故事,总结了他的反击。

（史尼克读着）巴舍勒密·追哥（Bartholomew Drag）童年生活中的某一段时期，为他这一辈子的所有事情设定了依循的模式。身为童子军，年轻的巴舍勒密几乎独钟于这个团体的行善实践，尤其是对帮老太太过马路特别热衷。不久他就极其重视"街头老太太帮手"这个角色，重视的程度至少与他认定这样的行动对年长妇女应起到的帮助一样。为此他经常"埋伏"在所住城市的繁忙路口，所幸他住在佛罗里达州的圣彼得堡，因此总是不缺这种机会，他乐于提供这样的服务，更重要的是，乐于扮演这个角色。不过，有一天他的家人决定要从圣彼得堡搬到达兹村去，那是一个内陆小村庄，全村的女性人口都在四十五岁以下。对年轻的巴舍勒密来说，这无异于晴天霹雳，让他难以接受，幸亏事情有了转机，巴舍勒密年迈的奶奶决定搬到新房子与他们同住。

举家迁移到达兹后，巴舍勒密的所有努力都集中在一件事上——处心积虑让奶奶兴起穿过小镇街道的念头。他为了这个目的所实施的各种诡计，不是这份报告的关注重点；需要说明的是：巴舍勒密现在投入的是一场"两个角色、两个人、一个玩家"的游戏，其中的非玩家正在被操弄以演出被期许的对应角色。不过，奶奶并不像这位小男孩所想的那么好骗，她很快就看出小孙子的意图。虽然如此，宽容的奶奶仍乐于迁就巴舍勒密的消遣活动。这么看来，在巴舍勒密的这场"两个角色、两个人、一个玩家"的游戏中，我们可以说，这位非玩家参与者是出于善心而刻意演出对应角色。只是，与小男孩相处常会这样——一片善意得不到回报，而且巴舍勒密开始对游戏需索无度。很快地，对奶奶来说，巴舍勒密变成令人讨厌的麻烦人物和累赘。

所以奶奶越来越不愿意出门穿过街道到公立图书馆、邮局或者糖果屋去。于是，巴舍勒密以各种诱因贿赂奶奶，才很快地恢复原有的满足状态。奶奶能明显感受到，现在只要她陪孙子出门的次数少于某个频率，巴舍勒密原有的阳光性格就开始变得郁闷、恼怒。

追哥后来的人生中，尤其是那些跟治疗和康复有关的部分，都充斥着他和奶奶之间的这类情节内容。

到了三十五岁左右，如我们所有人一样，他已经累积了多种角色，需要时时轮流上演；所有角色都与他现在的社会地位有关：父亲、丈夫、老板（他拥有一家计算机制造公司）、戏剧委员会和心脏病基金会的主席以及市议员，这只是他的各种社会角色中地位较为显著的一部分。而因为这些社会地位有许多相对应的特殊角色，因此，追哥就像其他人一样，在日常生活中必须演出不同角色，而且也跟我们大部分人一样，这些角色往往是在自发且没有思考的情况下演出的。不过，看待这些角色，追哥有着相当不寻常的态度。他看待这些角色就如同他之前看待"老太太帮手"这个角色一样。

也就是说，他很重视这些角色的演出，看重的程度至少与他认定这些角色的社会利益一样。他最喜欢的角色有：善解人意的父亲、善解人意的丈夫、顽固的父亲、顽固的丈夫和爱开玩笑的上司（在秘书室或在生产一线）、幽默的董事长、严肃的董事长、有同情心的密友、显露惊喜的密友，等等。因为他不是以社会功能来衡量这些角色的价值，而是将之视为戏剧表现的媒介；因此，他的角色表现以及所处情境的适切性，两者之间总会出现落差。也就是说，他总是在一些不适当的情境下做出不必要的角色表现，就像过去他当童子军的时期一样。他对待偶然涉入表演中的人，就如同当初对待奶奶一样，把他们当作启动戏剧演出的工具。刚开始的时候，他的小剧场里的其他成员就像他奶奶当初一样，都是在无意和不知情的情况下参与了演出，但他们很快就知道追哥正在做什么。

那时的追哥是个讨人喜欢的人，当他的朋友和熟识之人发现他这种古怪举止时，都觉得这只是个无伤大雅的癖好，完全愿意顺应着他。但就像追哥奶奶当初所面对的情形一样，他们越顺应、迎合他的古怪行径，追哥就越加索求无度。总之，他变成一个既讨人厌又无趣的人。秘书室里的速记员对年轻打字员窃窃私语地说："到饮水机那里，去和追哥开玩笑。"或者丈夫会对老婆说："我要先想好一些私人问题，明天跟追哥打高尔夫时可以向他吐露，不然他又会整天脾气暴躁。"或者说："史密斯，我必须要弄脏这张杰斯奥公司的订单。很抱歉，但我们最好制造一些机会让这位老男人明天可以勃然大怒。"

最终，罗伯森事件让事情到达了危机状态。

"你知道吗？罗伯森不可能升职了。"

"为什么？"

"昨晚那个老男人把他留在办公室里，一直待到午夜，上演着'优柔寡断的克雷默银行经理'，最终罗伯森受够了，然后说，他有比整晚进行室内猜谜游戏更好的事情可以做。"

"天啊！那个老男人怎么回应？"

"喔！他只是在那张'极度愤怒'的脸上挤出'善解人意的老板'的样子，向罗伯森道歉说不该把他留到这么晚。"

"看吧！我们不能再让这样的事情发生。我的天啊！罗伯森到底为什么会崩溃呢？"

"不良的时程安排。前一天他必须陪着追哥，处在'脑袋戴了冠冕却忧戚难眠'中，再前一天他则必须假装和裘安的婚姻濒临崩溃。"

"嗯！我们必须要准备万全了。请琼斯做好安排，做出一个涵盖所有人的完整日程表。日程表中要包括戏剧学会的那群人、心脏基金会的执行人员、市议员和他们的员工，当然还有巴舍勒密太太和小孩，以及这座行政大楼和工厂里的每一个人。请他每个月做出一份当月每一天的执勤表，并且提前一个月附上他的预测日程表，同时考虑可能出现的变动。依照过去一年的记录，预测追哥每一天的角色偏好（我知道那不容易），并且按照概率排序，列出六个最可能的替换角色。他必须尽力做好；从现在开始的一年内，我们将会有更充足的数据让他做出更好的预测。现在他已经完成了所有其扮演的角色任务表，并且给予每个人他们认为自己可以掌控的内容。我们必须设置一个中央派遣办公室，指示大家在对的时间出现在对的地方，而且追哥的秘书和他太太要让中央派遣处实时掌握追哥的位置和他所接触的人。行吗？"

"我马上来看看。"

"如果昨晚那样的事情再发生，我们要能够找些理由让罗伯森在崩溃前离开那里。毕竟他并不擅长'优柔寡断的经理'这个角色。"

"但我们这样把人移来移去的，那老男人难道不会起疑心吗？"

"当然，我们会试着让这种情况的发生概率降到最低，而且如果真的发生了，我们会准备好合理又具说服力的故事（最好请追哥那个办杂志的好朋友整理好一册偶发状况时待用的掩护故事），但最重要的是，只要我们持续喂养追哥角色扮演的机会，他就不会花太多心思去注意那些事，即使这一切难免会发展成相当超现实的情节。"

这个"万能计划"在一周内完成创作并正式运作。一整年它就像运转顺畅的机械一般运转着。

然后：

"中央派遣处。"

"这里是万能计划控制中心。暂停所有运作，直到另行通知。"

"什么！"

"就在一千四百小时这天，巴舍勒密·追哥被送到佛罗利奇特疗养院，期限不定。退出。"

三个月后。

赫瑞斯癸特医生：请坐，追哥先生。不，请别坐在躺椅上，这里有张椅子。

追哥：赫瑞斯癸特，咦？你已经是三个月来的第四个，但我想你也应该知道，我猜你们彼此有谈过。我几乎说成了"在我背后议论"。哈！

赫：追哥先生——

追：我知道，我知道。我了解这是你这家伙一秒内就能看穿的防卫，我假装拿"我是个幻想症病患"这个事实来开玩笑。也对啦！所以，我会从头说起，告诉你整个故事，就好像你对我的事一点都不知道一样，就像我对其他人做的那样。对吗？对吧。（追哥突然从椅子上站起来，快速打开一个贮藏室的门，往里面看，关上门，又回到椅子上。）你看到的，我有个完全不理智的信念，觉得自己是某个精密阴谋设计的对象。我无法让自己摆脱这个荒谬的想法——我所认识的每个人都正在以某种方式迎合我，我的生意伙伴、员工、朋友甚至是家人，他们之间都在互通、合作，为的是隐瞒我一些事。我想象着他们的眼神在交换，而且发现自己把无意间听到他们的对话细节，解释为他们正在谋划某件非比寻常与我有关的事。（追哥把垃圾倒出来，检查垃圾桶内部。）有时候我自认为，已经趁同事朋友不设防下，侦察到了极度震怒（如果不说是暴怒的话）的脸色。整个世界都这样，就好像每个人都把我当成是坏脾气的小孩，而他们被迫要安抚、迁就我。（追哥把角落的毯子拉开，检查下面的地板。）但当然这些只是我最近的症状。你要听听我的童年时光。好，第一件我记得的事是——

赫：追哥先生，闭嘴。

追：什么？你说什么？

赫：闭嘴。

追：你在说什么鬼话？你疯了吗？天啊！我一点都不相信你们这些精神科医生。你甚至不知道你自己的，你自己的——

赫：角色吗？追哥先生。

追：嗯，是的，如果你要这么说的话。但请相信我，我知道你的角色对我而言是什么。我知道程序。我说，你们听。我想你真是个血淋淋的骗子，我要求马上见长官。

赫："程序"？"血淋淋"？你想必是回到在皇家空军当联络官时那种咄咄逼人的说话方式。

追：你在鬼扯什么？

赫：你此时正在演出的角色——面对别人不玩游戏时的"暴怒军官"。你甚至装作英国腔。你知道吗？

追：喔，现在我知道了，这是某种新的震撼治疗法。好吧！如果能够治好我的妄想症的话，你说了算。

赫：你没有妄想症，追哥先生。

追：别耍白痴了。

赫：你必须相信我的话，我不是白痴。

（赫瑞斯癸特医师先前已经和万能计划中的决策人员做过访谈，现在在他把事实告诉了追哥。追哥一开始的反应是演出一个因过度惊吓而无法说话的角色，后来才平复下来，开始说话。）

追：我相信你，赫瑞斯癸特。这真是吓人。我不该被迫单独出局的。

赫：你必须承认，你曾经是你的朋友和伙伴们的某种试验品。

追：的确是某种试验品！我是个讨厌鬼，是个累赘；那就是我名字的字面含义，也是我正在玩的游戏。但最重要的是，你能不能治好我。还是说，保护社会免于我的祸害的唯一方法，就是把我抓进疗养院。我是哪里出错了？这是不是一种新的心理疾病？

赫：追哥先生，你并没有任何的心理疾病。

追：那么，我是哪里出错了？

赫：你患的是逻辑谬误。

文件内容到这里结束，史尼克笑开了，放下文件夹。次日，他再度被带到赫瑞斯癸特医生的办公室。

赫：请进，史尼克，请进。

史（把活页夹交回给赫瑞斯癸特医师）：真有趣的案例。

赫：我就知道你会这么说。

史：你是否有能力治愈他？

赫：如果治愈和康复可以分开的话，那么我会说，他已经被治愈了，只是还没完全康复，不过可以预估他的后续情况是良好的。

史：当然，你要我读这个档案，就是要说服我，人们可以在假扮游戏里扮演自身的角色及假定的角色。

赫：没错，这是原因之一。那么你被说服了吗？

史：我想，是有的。事实上追哥的症状就像我在镜中的倒影。

赫：怎么说？

史：嗯，也许最令人震惊的是，打从一开始我就在欺瞒他人，而追哥则是被欺瞒。

赫：确实如此。这一点，是你和追哥的案例之间最基本的雷同处，也是基本的差异处。雷同的地方在于你们都需要一个情境来扮演你们的角色，也就是说，需要其他角色演出来响应你们。但你们各自以相反的方式来制造演出的条件。以你的情况来说，至少在一开始，通过伪装，你让自己化身为一个能营造出如此情境的角色，渗入到该角色已存在的情境中。如果其他人相信你是英女王，就会用回应女王的方式来响应你，那么就能让你这个伊丽莎白女王的角色表演继续下去。追哥的情况则是：他想要做角色表演，却缺乏情境让他表现，因此，即使在不适合的情境中他也依然故我地演出。你扮演的则是一些不符合你真实身份的角色。你是一位伪装者，而追哥是讨厌鬼，尽管你们的目标相同，都是为了要能演出角色。

史：是的，这么说没错，但你会如何解释其中的差别？

赫：当然是因为你们的背景差异以及伴随的特质差异。追哥毕竟是个热诚的童子军。诚实就是他的守则，欺骗是他所深恶痛绝的。但是你继承了瞒骗的专业技艺。于是，当你们开始有能力控制我们称之为游戏的角色表演时，便采取相当不一样的策略来达成这个自主条件。你试着挑起观众的反应，即使台下是一群不知情的观众，从这点看来你的表演就像是舞台演出。你不太可能会让观众感到厌烦。但追哥并不为了观众去调适角色；相反，他要求观众为迎合他的角色调整他们的响应。当然，这就解释了为什么人们比较喜欢去看电影胜过去教堂，以及为什么骗子比老实人有趣。不过这些看法虽然有趣，却让我们远离了所关怀的课题。我们感兴趣的，不是你和追哥达成目的方法之间的差异，而是两人目的的相似处，甚至是一致性。你扮演假定的角色，而追哥扮演自身的角色，都只是因为你们认为角色表演应该利用真实的生活情境，因此你们的真实个性也决定了你们将会扮演的角色。但是，假扮游戏中，演出某个角色来启动游戏，这本身也是游戏的一部分，因此，假定角色或自身角色之间的区别无关紧要。追哥不再受限于"真诚"，一如你也不再受限于"不真诚"，因为在纯粹的假扮游戏里，这两个词没有意义。真正的区别在于招式的好坏；也就是说，在于你的表现能不能挑起回应。在不同的游戏或者在游戏当中某个时间的不同状况，角色与扮演者的个性可能相符，也可能不相符。但那又怎么样呢？游戏的成功来自你的动作能持续制造响应，而不在于是否诚实。因此，你们两人早已可以放下自己的名字。你可以不用史尼克的身份来玩这样的游戏，而追哥也可以不再以追哥的身份进入游戏。

史：我认同你所说的，赫瑞斯癸特医生，但我怀疑追哥是否也能信服，他的性格整体看来比我更固执。

赫：史尼克，你说得没错，但我认为这并不影响此案例的根本事实。因为游戏的特征在于，性格各异的人都能够参与同一场游戏。一个好斗的恶棍，无疑会让曲棍球赛更加精彩，但这不重要；重要的是，他是个好战的曲棍球选手。至于追哥，你可以自己判断。我相信他正在前厅等着。（赫瑞斯癸特走过去把门打开）进来，追哥，请进。追哥先生，这位是史尼克先生。

追哥：很高兴认识你，史尼克。赫瑞斯癸特已经告诉我一些关于你的事。

赫：我相信你不会介意的，史尼克。

史：不会，医生。你让我们见面，我猜想应该对我们的康复有帮助。

赫：没错。而且，先生们，你们的病情预后都很理想。

史：这样啊，是吗？（他拿出手枪）不要动，赫瑞斯癸特，坐下来，把手放在桌上。追哥，我真的会开枪！我要你起来！不是你，赫瑞斯癸特，你别动！追哥，你走在我前面，到停车场去。围篱边停着一部灰色奔驰车，坐上驾驶座。然后，我会告诉你接下来怎么做。

追：很好。但先告诉我，你的真实身份是什么？

史：我是波菲尔尤·史尼克，退休间谍。

追：我只是想确认。所以我们都知道自己何在，而我是联邦调查局的桑德斯探员。

史：当然，我相信你。快走，桑德斯！（史尼克和追哥出去。）

赫：这个病情预后不只是好的，而且是妙极了！（他按下对讲机）请史盖普克斯先生进来。（史盖普克斯走进来）

史盖普克斯：天啊，大蚱蜢先生，你扮成精神科医生在做什么？

147

大蚱蜢：我不是精神科医生，我是一个——

史：是，我知道———一个哲学医师。但是你为什么要伪装成这样？

蚱：史盖普克斯，不是伪装，而是一种化名。赫瑞斯癸特（Heuschrecke）就是德语的蚱蜢。

史：喔！即使如此，正在和你说话的我是在做什么？不管是大蚱蜢或是扮成赫瑞斯癸特的大蚱蜢，你不过是真实的大蚱蜢想象中的虚构人物。你正在告诉我一个故事，而我怎么能在你正在告诉我的时刻变成故事的一部分呢？

蚱：啊！史盖普克斯，谁又能够说出一个我们或许身在其中、或许不身在其中的故事呢？形而上学真的不是我的专长，但这又有什么差别呢？在我们的探究之中，谁说了什么或说话的情境有多怪异，这都不重要；重要的是，所说的是否有说服力、是否切题。所以让我们现在回到主题上吧。

12 开放式游戏

大蚱蜢从前面的这两个故事中推导出一个新概念——开放式游戏。这个概念显示原本的游戏定义足以涵盖假扮游戏。

史盖普克斯：大蚱蜢，首先我注意到，你这样安排是为了史尼克和追哥从今以后可以快乐地生活下去。

大蚱蜢：何乐而不为呢？做这样的安排并不需要付出什么，而且我喜欢圆满、快乐结局的故事。

史：的确如此。大蚱蜢，也许你会想要说说这两人的谬误喜剧中的寓意启发。

蚱：当然。"反塞球"可以被用来创造或设计游戏（那正是史尼克和追哥所做的），但其并不是游戏的基本要素。赫瑞斯癸特对他的病人所指出的是，他们的戏剧游戏其实不需要利用真实生活情境就能够进行，不是吗？

史：是的。他们的康复正包含了他们接受这样的事实。

蚱：但是，利用真实生活的情境——至少像史尼克和追哥所做的那种方式——就如同把"反塞球"原则应用于这些情境中。当史尼克欺骗他人以便让自己演出角色时，欺骗并不是史尼克的主要目标，而是为了戏剧伪装的机会和借口。当赫瑞斯癸特向史尼克指出，他不需要行骗也能把游戏玩得一样好，甚至更好；他也同时指出了，史尼克不需要利用"反塞球"，也同样可以好好地游戏。追哥的情况当然也一样。

当追哥了解到自己不需要将"反塞球"置入真实生活就能够玩游戏时,他停止再当一位麻烦又无趣的人,却没有停止玩游戏。

史:所以,我们对"反塞球"探索所做的一切的讨论,只是为了开启一个话题。

蚱:我想,不完全如此。首先,我猜测即便"反塞球"跟游戏不太有关,却可能跟玩有密切关系,也许我们可以在另一个案例中进一步确认这个可能性。其次,尽管我们以游戏来抛出话题,但此引题显然已让我们达到真正的目标。因为一开始,假定角色似乎是我们试图要去理解的游戏类型的基本要素。接着,有了追哥的病历实例,我们因而了解到,人们借由演出本身自有的角色也可以把这类游戏玩得一样好。就像赫瑞斯癸特说的,此类游戏的重点不在于假定的角色与自身角色的差异,而是在于动作步法好不好[1],也就是,这些步法要让游戏持续进行而非终结游戏。因此我认为,我们一直以来真正探求的是延长原则而非"反塞球"原则。

史:是的,大蚱蜢。在赫瑞斯癸特提出有关延长原则时,

---

[1] 我发现以这样的观点来理解假扮游戏是相当非正统的。举例来说,罗杰·凯卢瓦在他的《人类、玩和游戏》一书中,把这类的游戏归类为仿拟,这是他所区分的四大基本游戏范畴其中之一。我的观点是,许多游戏无疑都包含仿拟,甚至就是因为其中的仿拟才吸引人,但并不是这些仿拟的成分让这些游戏成为游戏。类似地,虽然运动竞技游戏无疑地也包含身体动作,但那也不是使它们成为游戏的主因。因为非游戏活动中同样有身体动作,也有仿拟。丢手榴弹的举动通常不是(也非必要是)游戏中的动作步法,我也认为在戏剧中表达台词的仿拟动作也不是。然而凯卢瓦似乎把戏剧表现当作仿拟式游戏的例子。依玩的活动类型(例如,戏剧动作步法相对于运动动作步法)来为游戏分类,我没异议;我只是要说,必须要先弄清楚更基本的区分后,这类细分才有意义;而最基本的区分,就是游戏与非游戏的区分。

我接受了他的观点，但我必须说我稍后发现，就像我现在发现的，这样来谈论游戏，是一件很奇怪的事。

蚱：为什么？

史：因为这似乎与游戏真正进行时的情况有很大的出入。试图延长一场棒球比赛，会破坏这项游戏的精神，例如，故意漏接高飞球，让打击方不会输掉，而比赛可以继续久一点。这是可以做得到的，而且必然也有人真的做过，但这必然有某些不合情理的地方。

蚱：不合情理？

史：是的，甚至是矛盾的。因为这么做的人，虽然延长了棒球赛时间，却牺牲了真正地或至少是全心全意地玩棒球赛的心态。这让我想到你对游戏和悖论的论点。在我看来，你当时的发现跟当前这个议题有直接关联。因为你发现，唯有游戏不健全或游戏的进行过程有缺陷，才会让如此延长游戏的举动显得有道理，而非矛盾的；因此，延长游戏的举动可以看作是以碎片支撑着一栋摇摇欲坠的建筑。这也就是说，史尼克和追哥只能说是在玩着一场有缺陷的游戏。

蚱：不一定，史盖普克斯。在那种为了弥补缺陷游戏的延长行动里，为了延续玩所做的努力往往是在游戏状况以外进行的；但也可能有一些游戏，是利用游戏的步法本身来延长游戏。例如，克尔凯郭尔笔下的日记作者正在进行的正是这样一种游戏，而非在他的诱惑游戏中应用"反塞球"原则。我认为这才是我们当前问题的解答。

史：你的意思是什么？

蚱：我们发现，当日记作者决定玩诱惑游戏时，他其实小心翼翼地不让自己太快成功。这场游戏最大的危险是女孩对日记作者的激情过于强烈，以至不再需要施以任何招数就会屈从。因此，"诱惑者"必须时不时泼她冷水，但又不能泼得太多，以免完全熄灭她的热情，也就是说，他不断地拖延这场游戏的完成。他总是在终点线前倒退，让比赛永远不会结束；而且，当游戏真的结束时，日记作者了解到自己将体验到的不是胜利的意气风发，而是"某种忧伤的满足感"。

史：日记作者让我想起了济慈的诗《希腊古瓮颂》，"大胆的爱人，从不、从不能亲吻你，虽然胜利在即……／你永远爱着，她永远美丽！"

蚱：是的，史盖普克斯，因为这首诗表达了日记作者的理想——他永远都在追求，而她永远在被追求。

史：而且是贞洁的。

蚱：正确。因为追求只在贞洁存在时维系，一旦贞洁不再，追求也不再。当然，济慈诗句里的境界不可能有圆满结局，因为那已冻结在永恒中。但是日记作者在现实时空下行动，所以无法像济慈一样选择柏拉图式的爱。因此，他能做的就只是试着无限拖延结局的到来，这只是个徒有其表的目标。他终将失败，但至少他正在做些努力。如果他要的是行动而非写诗，也许这就是他所能做到的最好之事，因为，要在现实中实现济慈的永恒浪漫理想，最好的方法就是玩这样的游戏。不过，我好像有点偏离了我们所关心的重点。

史：没错。

蚱：史盖普克斯，我们要关心的，看起来可能就是我所谓的开放式游戏。

史：开放式游戏？

蚱：是的。这样一种游戏不存在那种达成即游戏结束的固有目标——越过终点线、"将军""国王",等等。有这类终点目标的游戏,我们可称之为封闭式游戏。

史：所以,克尔凯郭尔的那位日记作者在玩的,是一种开放式游戏？

蚱：是的。只是说,他在开放式游戏里利用了一个早已存在的目标支配计划——诱惑计划,但又刻意无限延缓其正常目标的完成。像史尼克和追哥一样,日记作者在玩的是一场"两人、两角色"的游戏,其中一人不是玩家,而是在不知情与非自愿的情况下扮演了另一个角色。他们都剥削利用了原有的情境（和人物）,为了达成自身的戏剧目的。但关键重点不在于他们进行一场剥削利用型游戏,而是在于他们所玩的游戏——恰好是剥削利用型的游戏——是开放式游戏；因为开放式游戏不必然包含此种利用。在史密斯和琼斯两人之间那场声名狼藉的桌球比赛中,我们可以很清楚地看到这个事实。

史：什么桌球比赛？

蚱：就是我现在要告诉你的那场比赛。史密斯和琼斯是"明朝杯"延长赛的两位决赛者,热情的粉丝团正聚在一起观赏这场比赛。史密斯发球,第一局比赛开始。球在两人之间往返,这应该是一场精彩的比赛。但五分钟后还是无人得分,观众开始不耐烦,开始有些抱怨。再过五分钟,情势变得非常明显,游戏者完全没有想要分出胜负的意思,他们只是单纯地让乒乓球在空中往返。

"拜托，开始比赛吧！"四周都在叫喊。

"已经开始啦！"史密斯对着群众回喊。

"这不是桌球比赛！"气愤的反驳声浪。

"对，这不是桌球赛。"琼斯也出声了，"这是另一种游戏。"

"但你们怎么分胜负？"另一位观众大喊。

"这场游戏没有胜负。"史密斯回答。

"那你们怎么知道游戏什么时候结束？"

"这是个好问题。"史密斯气喘吁吁地这么回答。就像日记作者从真实的"诱惑"之中创造出一场游戏，史密斯和琼斯也从标准的桌球比赛中创造出另一种游戏。我们看到"明朝杯"延长赛的观众因为选手始终没有想要得分而失望，因而也可以想象到日记作者的追求对象因为感受到这位"诱惑者"的刻意拖延而失落。但重点是，并没有必要利用传统的桌球比赛，来进行史密斯和琼斯正在做的事。显然，要进行这样一场桌球对打，只要直接决定就可以了。人们不需假装——向自己、向对手或向观众——自己正在进行标准的桌球赛，就好像可以直接找一个比你更不在意结果的对象玩"诱惑"游戏。

史：你的意思是，史尼克和追哥所玩的游戏，可以通过桌球对打游戏的范例来解释？

蚱：没错。在这样的对打活动里，A把球打给B，B才能再把球打给A，然后A再把球打给B，如此持续下去。就像我找不到理由结束这个句子（除了感到乏味以外），也没有任何内在的理由来结束句子所描述的游戏。

史：但是，在史尼克和追哥玩的游戏里，有什么是和持续让球保持往返相对应的目标？

蚱：就是让戏剧表演行动继续下去，史盖普克斯。A对B讲了一句台词，B因此对A响应另一句台词，如此下去。就像在桌球对打活动里，每一个行动都是对前一个行动的回应，同时也是引发下一个行动的刺激或唤起。

史：当然，除了开始和最后这两步。第一步单纯是引发的行动，最后一步则单纯是响应的行动；否则，游戏不能开始，也无法结束。所以，也可以有只包含两个动作的游戏。

第一步：你不要再来了！
第二步：好吧。永远不要再见了。

以上是我们可玩的这类游戏的最短形式，因为其他的游戏除了开始和结束外，都有中间步数，而中间步数是由许多个"响应—引发"步数所结合。

蚱：相当正确。但是我们也应该注意到，这种最短的游戏也是开放式游戏中最糟糕的一个形态。给出的响应让对手无法再响应，就像是桌球游戏中的发球者打出一个无法接的球。这在封闭式的桌球游戏中是令人赞赏的，但在桌球对打活动里却破坏了游戏目标。

史：好，我懂了。现在来看看我是不是真的完全了解你所提出的主要论点。你似乎在说，存在着一种可以称之为开放式游戏的类别，假扮游戏就是属于这一游戏类别的亚种。

蚱：正确，史盖普克斯。我要把开放式游戏普遍定义为一种让启动步数持续的互惠系统,而启动步数的目的就是要让系统持续运作。然后,就如你所说的,在这一个大类别下,还可以发现许多游戏种别。开放式的运动竞赛游戏或许可当作是其中一个种别,因为这种游戏里的所有动作步数都涉及身体的技巧操作。而假扮游戏则构成了另一个种别,因为这些游戏里的所有动作步数都是戏剧性表现。如此一来,赫瑞斯癸特就很正确地把假扮游戏定调为"一种把角色表演最大化的互惠系统"。

史:很好,大蚱蜢,我认同。那么,我们来重新找寻一个足以同时涵盖开放式和封闭式游戏的定义。

蚱:没这个必要,史盖普克斯。在我看来,原本的定义显然就足以包含这两种形态的游戏。

史:但是,大蚱蜢,这怎么可能?原本的定义要求,游戏玩家是在寻求达到某一种特殊的事件状态,但对开放式游戏里的玩家而言,就像我们看到的,并没有这样一种事件状态是他们努力要达成的。他们只是无止境地投入努力。

蚱:史盖普克斯,我想你会这么说,只是因为你对所谓事件状态的构成采取了一种不必要的狭义观点。在桌球对打活动里,显然存在一个游戏者努力要达成的事件状态,那就是让球保持在空中来回。

史:喔!

蚱:是的,让球保持来回,无可否认是一种事件状态。所以,我们先前认为,棒球和"官兵捉强盗"的区别在于前者是目标导向的活动,后者则是角色导向的活动,这想法是不对的。因为我们现在很清楚,涉及角色的游戏也可以是目标导向的。试图让戏剧情节继续下去，就是一种目标导向的角色表现。因此，我们应该明确指出某个我们在讨论开放式游戏时未说明的重点，那就是开放式和封闭式游戏的区别与像棒球这类游戏跟"官兵捉强盗"这类游戏之间的区别形成十字交叉的划分。所以，桌球对打和"官兵捉强盗"，两种都是开放式游戏，即使其中之一涉及戏剧角色的表现，另一者没有；而棒球和打哑谜猜字两种游戏都是封闭式游戏，同样地，即使其中之一涉及戏剧角色的表现，而另一者没有。

史：很好，大蚱蜢，我承认开放式游戏也有目标。但这个事实本身并不足以证明开放式游戏符合我们原本的定义，因为我们还必须证明，这样的游戏也使用了低效率的方法来达成目标。但我不得不说，我们所谈论的那些典型的假扮游戏以及史尼克和追哥在玩的游戏，我不认为有运用到低效率的原则。

蚱：让我们暂时回去看那个开放式的桌球对打游戏。我们都同意，游戏者的目标是让球持续在空中保持来回，对吗？

史：是的。

蚱：他们挥动桌球拍来达成这个目标，而成功与否端看他们的击球技巧。只要在判断或执行上出一点小错误，就无法达成这个目标。

史：是这样没错。

蚱：其实可以设计出一种更有效率的方法让球保持在空中来回，这不是很明显吗？

史：你是指为了达成这个目的，设计一台专用机器，或者同时使用两台。这跟两个使用球拍的人比起来，能让球保持来回更久，也更不容易出错。

蚱：当然。这个情况就像是高尔夫选手使用加装有自动导向设计的球，来让自己达到十八洞的分数一样。

史：很好。但假扮游戏怎么说？我猜想你又要再搬出一台机器——解围之神，来解决问题。

蚱：是的，史盖普克斯，如果说剧本也算是某种机器的话。因为就像桌球机器一样，假扮游戏的玩家如果完全按照剧本进行会是更有效率、风险较低的能让戏剧行动持续下去的方法，而不是按照游戏所需临场做出戏剧反应。这也就是史尼克拒绝赫瑞斯癸特建议他以戏剧演出来让自己康复的原因。从史尼克根本的游戏观点来看，照本演出无疑就像是用作了记号的扑克牌玩单人纸牌游戏一样。

史：好，大蚱蜢，我确实相信了，原本的定义就足以涵盖开放式和封闭式的游戏。

蚱：太棒了，史盖普克斯。但是，离开这个主题之前，让我们再回到之前提到的"牛仔和印第安人"游戏时所产生的疑问，看看我们对开放式游戏的新理解能不能解决这些疑问。我们注意到，小孩子玩的假扮游戏中有很多关于步法是否合法的争论。我相信我们对于开放式游戏的发现可以为这样的现象提出解释。我认为，这类对于步法的争论，源自于游戏者混淆了开放式和封闭式游戏之间的差异。因为官兵"对抗"强盗、牛仔"对抗"印第安人，因此小孩们误把这些"对手"看成类似于足球或曲棍球赛里的对手以至于开放式游戏里的纯粹戏剧性冲突跟封闭式游戏里的真正竞争冲突，两者相混淆了。结果，针对步法的争论总是令人困惑，甚至自相矛盾，因为争论的一方可能诉诸开放式游戏的规则，而另一方则诉诸封闭式游戏的规则。也许就是由于这个原因，让小孩不久后就放弃这种休闲活动，改玩标准的封闭式游戏。

史：是的，就是这个原因，而且我还想到另一点，因为标准的封闭式游戏通常是竞争性游戏，而开放式游戏基本上是合作性的活动，而小孩子喜爱与他人竞争。

蚱：至少在我们社会中的小孩是这样的。史盖普克斯，这也促使我试探性地提出人类学的观察，如果整个社会看重以控制支配获取成功，就会比较倾向于强调封闭式游戏；那么我们也可以推测，看重以合作获取成功的社会，则会比较倾向于强调开放式游戏。

史：这是很有趣的想法，大蚱蜢。我不知道你是不是从苏联的哲学家或社会学家们那里得到这样的想法，因为俄罗斯人最近确实对运动和游戏的研究深感兴趣。

蚱：史盖普克斯，你的猜测看似有理，但却是错的。就我所知，在苏联或在其他地方，都没有所谓明确的"社会主义倾向"的运动。俄罗斯人目前正陷于全国的曲棍球疯狂热潮。

史：所以，你现在是认为社会主义者应该在哲学或意识形态上偏向开放式游戏吗？

蚱：也许这样的声称过于强烈，史盖普克斯。但有人可能会向那些对运动的社会决定因素以及运动作为社会价值指针有兴趣的人提议，封闭式和开放式游戏之间的区分可能与其感兴趣之主题有关，值得细究。不过这些推测即使有趣——也值得在其他场合做更进一步的讨论——但这有点偏离了我们主要的关注的议题,也就是要测试我们的游戏定义。那么,我再问你,对于定义的适切性,你还有其他方面的质疑吗?

史:是的,大蚱蜢,我还有一个质疑,是关于你对游戏态度的看法。

13

业余、职业与《人间游戏》

大蚱蜢提议，游戏独立于参与者的动机，并且指出《人间游戏》一书中所说的"游戏"实为游戏的反例。

游戏态度（我继续说）是你定义当中的一部分，用来表示游戏玩家之所以接受规则规定的方法限制，"只是因为如此接受才让这样的活动有所可能"。现在不妨想想职业运动员的情况。让我们这么说，他正在玩曲棍球，而这是他维持生计的方法，也就是说，他玩曲棍球的理由是为了赚钱。现在他为了玩曲棍球，必须接受球赛规则。因此，无论怎么说，他接受这些规则的理由之一就是这样的接受是他赚取薪资的必要条件。如此一来，说他接受曲棍球规则"只是因为如此接受才让这样的活动有所可能"，这种说法是错的。所以，职业运动员的存在否定了你对游戏态度的说法。当然，除非你要认定职业运动员不是真正在玩游戏，因为他们不具备游戏态度。也许这是你所要坚持的。也许你会说，当你和我在玩曲棍球时，我们是在玩一场游戏，但是当波比·奥尔和肯·德莱登[①]玩曲棍球时，他们是在工作。所以，现在我对你的定义的响应，比较像是一种提问而非批判。因为你的游戏态度论点，似乎让你必须在两者之一做出选择——承认定义不正确，

---

① 加拿大著名冰上曲棍球球员和守门员。

或者声称职业运动员不是在玩游戏——我的问题是，你想要选择哪一个？

我两者都拒绝，史盖普克斯。（蚱蜢回答）我要先说明，我支持职业运动员是真正的游戏玩家；然后再回过头来，为我对游戏态度的表述提出辩护。

职业玩家

首先，我想要就何为业余玩家与何为职业游戏玩家两者之间做出分辨。这里所谓的业余玩家，我指的是那些以玩游戏本身为其目的的人；而职业玩家则指那些想通过玩游戏而达到进一步目的的人。职业的国际象棋手、桥牌选手和职业运动员都是这类玩家典型的例子，但让我们把职业玩家一词延伸为包含所有不管是为了任何进一步理由而进行游戏的玩家；例如，为了决定某件事（"让我们玩牌来决定谁要到城里买啤酒"）、为了符合多数人的最大利益（"你知道我有多讨厌玩桥牌，但因为你们还缺第四人，所以我就凑上一角了"），又或者为了获得认可（"派西加入足球队是因为葛瑞德琳迷恋足球队员"）。

现在，我猜想，因为业余和职业玩家对其所玩游戏的态度确有不同，这样的事实，让"职业玩家不是真正地玩游戏"的论点显得十分可信。虽然喝啤酒的人、桥牌里的第四人和派西都找到可以从事的游戏活动以助于达成其他目的，但很明显，这些目的对他们来说是或至少很可能是比游戏本身更加重要。如果喝啤酒的人发现了一箱原本没被发现的酒,他们可能就不会想玩牌了;如果出现了一位热爱桥牌的人,那位被迫加入的第四人就会很开心地退出赛局;如果葛瑞德琳向往的恋爱对象由运动员转变为上班族,派西也可能因此退出足球队。业余玩家的态度与这些人的态度并不相同,他们的动机是出自对游戏的热爱,而不是为了啤酒、多数人的利益或者葛瑞德琳。

然而,业余与职业玩家的态度纵然大不相同,这些不同的态度依然是针对游戏,而非其他事。类似的情况里,史密斯和琼斯针对地心引力有大不相同的态度。尝试把火箭送到太空的史密斯厌恶地心引力,尝试把火箭送回地球的琼斯则赞叹地心引力。但不管态度如何,都不能改变地心引力的力量。

当然,有些事情的确会随着态度改变而有所改变,这是事实。如果玩——而非玩游戏——是一种总是且只是以其自身为目的而从事的活动,那么"职业玩家"就是一个矛盾的词。在这样的观点下,我们必须说职业运动员不是在玩,但我们没有必要否认他正在玩一场游戏。同样,我们不会说小提琴家在他的演奏会上玩(play),但我们会说他在演奏(play)小提琴。

游戏态度

不过,史盖普克斯,你一定还在质疑究竟我要如何捍卫自己的想法，辩解职业玩家确实以我所说的那种游戏态度在玩游戏。你相信，我对游戏态度的论点意味着只有业余玩家才能够玩游戏，因为这个论点说明了，游戏玩家会接受游戏规则，只是因为如此接受才让这样的活动有所可能。也就是说，你把"只是因为"一词诠释为必须将"如此接受才让这样的活动有所可能"这个理由之外的所有事排除在外。我承认，那是"只是因为"一词的合理诠释。但是有另一种诠释同样也很合理，所以我很高兴有这个机会来澄清定义里这个部分。

A是某个行动，R是做出A行动的理由。史盖普克斯，你把"A只是因为R"的意义诠释为：一、R总是A行动进行的理由，而且可以没有其他理由。但是我把这句话诠释为：二、R总是A行动进行的理由，而且不需要其他理由。如此一来，游戏玩家接受规则，只是因为如此接受才让这样的活动有所可能，这是他在玩一场游戏必须有的唯一理由，但不是他可能会有的唯一理由，即便他可能会有的附带理由局限在非常狭隘的类别。因为，他为了接受规则可以有任何理由，却非是为了玩游戏的这个理由，这一点我稍后会证明。我所说的游戏态度允许玩家结合各种玩游戏的理由——因而愿意接受游戏规则——而且游戏态度并不会因为这样的结合而遭到破坏或污染，也就是说，我不认为某个人因其他更进一步的理由而玩游戏，就否定了他确实正在玩游戏这一事实。虽然外在游戏目的可以借由玩游戏达成，但它并不是必须一定要有，或者一定要达成，游戏才能进行；换言之，这些目的并不是游戏定义的一部分。我所说的游戏态度要排除的不是"职业"

游戏玩家，而是以下这种"类游戏玩家"。在某次的二百米决赛，史密斯到达起跑线时，已接近比赛开始的时间。在那瞬间，他得知终点线那里的大看台（位于椭圆形田径场的另一侧，刚好与起跑线正相对）有一颗定时炸弹，而且在数十秒内将会爆炸。这让史密斯吓得无法出声，所以没有办法警告大家这场即将到来的大灾难。他第一时间的反应是要直接穿过田径场中间，拆除炸弹，但是他赫然发现操场内场已经被高耸的围篱围起来了，那是为了保护观众和参赛者不被内场里面的五十只饥饿老虎吃掉。史密斯马上意识到，他唯一的希望就是及时跑过半圈操场把炸弹移除。起跑枪声已经响起，他和其他参赛者出发，尽力地向前跑。

现在让我告诉你，史盖普克斯，在这个例子中，其他选手正在玩游戏，但史密斯不是，因为其他选手有游戏态度，而史密斯没有。让我解释一下。这个情境里跟游戏态度相关的，有两项规则：一、参赛者必须在同一时间从同一定点开始跑；二、选手不能直接穿过田径场内场。现在，经过一连串不可思议的巧合后，史密斯竟然也同时遵守了这两项规则。但是他这样做的理由，与其他参赛者遵守规则的理由非常不一样。如果史密斯早一点来到起跑线，他会提早开始跑出去；如果田径场内场不是因为有老虎在里面而围起来，他会直接穿过田径场内场。但其他选手却不是，他们虽然可以在起跑枪声响起前先跑，却没这么做；田径场内场即使没有围篱或老虎，他们仍然会保持跑在跑道上。也就是说，他们接受规则只是因为他们要参与这一场竞争游戏；而史密斯在这些限制之下行动，因为那是他可以最快到达炸弹位置的唯一方式。

显然，他面对规则的态度不是规则让这场赛跑有所可能，如果他可以出声，或者田径场内场安全无阻，他肯定不会沿着跑道跑。

我认为，史密斯的态度让我们能够以正确的角度来看待业余玩家和职业玩家之间的差异。尽管业余和职业玩家以不同的态度面对其所玩的游戏，但他们面对这些游戏规则的态度却是相同的，是一种与史密斯相反的态度。我们假设其他选手都是职业选手而非业余选手，他们仍然不会像史密斯那样，他们不能在起跑枪声响起前抢跑或穿过田径内场来破坏他们的职业目的，因为投入玩一场游戏是很棒的，只有投入玩一场游戏才让这些目的有所发展。他们的确是在利用游戏，但他们利用的方法，就是投入地去玩游戏；史密斯只是利用，却没有玩游戏。其他选手是参赛者，他则是机会主义者。因此，当史密斯比其他选手更早到达终点，顺利把炸弹拆除时，他被取消资格了，因为他在第二个转弯处挡到其他选手；但他并不在意，只是轻笑几声，然后继续做自己的事。相同的，这种态度在《花花公子》杂志里的一个漫画里表现得更尖锐。漫画里一群少女在异教徒圣坛前被推入火坑，许多人在排队等着，其中一个少女转过头对旁边的人说："跟他们开个玩笑，我不是处女。"

我相信我已经解决了你所抛出的两难问题，充分捍卫了原本的定义，史盖普克斯，在结束游戏态度的讨论之前，可以的话，我想要再说清楚一点：玩游戏作为一种工具，也就是所谓的"以游戏参与为职业"，是什么意思。我们在之前的结论中说，游戏可以作为工具而不损害它作为游戏的特征；

但是这很容易被误解成游戏在本质上就是某种工具。我们认为游戏的特征处于两个极端的中间地带：拒绝所谓的激进自为目的主义，也拒绝激进工具主义。激进自为目的主义的观点是：除非游戏以本身为目的，否则就不是真正的游戏；换言之，只有业余者才是在玩游戏。我们已经由论证职业玩家玩的也是真正的游戏，否决了激进自为目的主义。激进工具主义观点是游戏本质上是一种工具，而我们也拒绝这样的观点，因为激进工具主义不可避免地会坚持史密斯之前所做的也是在玩游戏。但由于有位极有学问的游戏学界权威似乎是激进工具主义者，也许我们应该进一步检视这种主张。

如果说游戏的本质就是一种为了达成其他目的的工具，这是什么意思？意思是，如果这样的目的不存在，那么进行中的游戏就没有任何价值或不可理解。这样意义下的游戏，与我们之前所提及的职业比赛，是完全不一样的。在职业比赛中，虽然游戏是为了其他目的而运作，但这些游戏本身跟通过游戏所要达到的目的，两者有所不同且相互分离；而游戏者的认知也是如此。因此，任何游戏都可以被赋予各种不同的目的，也可以通过各种不同的游戏来达到同一个目的。我认为所谓的激进工具主义观点，实际上否定了游戏与其目的之间的这种可分隔性和易变性。从这样的观点来看，工具性目的即目的内构于游戏当中；或者，用我们定义里的语言来说，游戏本质上被视为是为了达成前游戏目标的工具。

但这样观点下的游戏似乎是自相矛盾的，因为过度投入于前游戏目标的达成，反而会破坏游戏，而游戏是前游戏目标的成形之处。所以，史密斯不是真正在玩游戏，他与欺诈者都基于相同理由不是真正在玩游戏。他们两者都把追求目标看得比遵守规则重要。他们之间唯一的差异在于欺诈者破坏游戏的规则，史密斯则没有；但如果可以的话他也会。伊万和阿卜杜勒无法创造出无规则的游戏，正因为在"无规则"的活动中，前游戏目标成了参与者最优先考虑的事，因此无法构成游戏。

如果我们的眼光从欺诈者、史密斯、伊万和阿卜杜勒等的另类行径转移开来，以激进工具主义信条的观点来思考传统的游戏，那么激进工具主义的怪异之处就更明显了。国际象棋变成了拿下棋子的程序，曲棍球变成是把橡胶球扫进网内的过程，而赛跑则成了让胸部触线的程序。这种信条的怪异之处在于，如果游戏本质上只是作为这类程序而存在，他们对其目的来说就是不适宜的，但原本可能会是合适的。因而有种显见的推论是，达成某些实际的目标——比如盖房子、达成交易、获得同情的关注——最糟的方法之一就是将这些目的设定成游戏的前游戏目标。

这样一种激进工具主义所要求的态度必然是一种根本的矛盾心态，这也许就是科奈误植于真正的游戏者身上的那个"怪异的自愿心态"。上述拆除炸弹的故事稍做修改，就能更清楚地反映出这一点。让我们重新进行那场比赛，但这一次田径场内场不再有老虎，而且假设史密斯亟欲赢得比赛，同时又想要及时拆除炸弹。当起跑枪声响起，他相信只要使用同一个方法，即绕着跑道以最快的速度奔跑，就可以同时达到两个目标。但是，他才刚离开起跑架，就意识到这两个目标是相互冲突的，因为他马上就发现，从田径场内场中间穿过去,能更快速拆除炸弹。面对这个抉择,他可以有三种行动:一、如果他认为赢得比赛比拆除炸弹重要,他会留在跑道上;二、如果他认为拆除炸弹比赢得比赛重要,那么他会穿过田径场内场;三、如果他认为两者都很重要,便会陷入焦躁犹豫的状态。

因此,激进工具主义是一种为了要避开才需要理解的游戏理论,因为它无法落实于实践。游戏和所谓生活的要求,两者同等重要却无法兼顾,尽管我们或许能满足游戏的要求,或许能满足生活的要求,又或者两者皆无法满足但不可能同时满足两者。

"人间游戏"

如果伯恩的著作《人间游戏》[①]里的游戏是真实的游戏,那么他就是激进工具主义这种矛盾理论的倡议者。因为在"伯恩式"游戏里,玩家的目的是获得伯恩所谓的"得分",每次得分即是赚取一个单位的社会认可。确实,玩家面对游戏时,那种我称之为职业主义的态度,其实也允许为获得认可而玩游戏;实际上,这是优秀运动员大多数时候的动力来源。但是,运动员所获得的社会认可是他们某种技艺表现的结果,而伯恩式游戏者的技艺表现就是社会认可的获取。或者用我的理论语言来说,社会认可的获取就是伯恩著作中那

[①] [美]伯恩:《人间游戏:人际关系心理学》,中国轻工业出版社2014年版。

些人所玩的游戏中的前游戏目标。

虽然，这就是伯恩式游戏与我们传统称之为游戏的那些活动之间的关键差异；不过，在伯恩的游戏论述中，这两者之间还有另外两个重要差异。为了稍后的论述，这里要先提及这两点：第一，伯恩式游戏中的玩家会玩游戏，只是因为他们或多或少都是神经质的；第二，他们所进行的游戏几乎是无意识的。由于在我看来，激进工具主义是个自我矛盾的原则，所以看看伯恩如何运用这个原则来诠释他著作中那些人的行为，应该很有趣的。

就像史密斯那场比赛重演时一样，我们相当有把握地预测，会出现的情况将是以下三者之一：一、很清楚地，因为他们正在玩游戏，所以他们的行为显然无法满足想要获取认可的神经质需求；二、很清楚地，因为他们的行为确实满足了这些需求，所以他们不算是真正在玩游戏；三、很清楚地，伯恩显然是在瞎说。

我们可以用伯恩所说的"雪密儿"（Schlemiel）来作为展现伯恩式游戏的例子。以下是伯恩的描述：

> 典型雪密儿游戏的动作招式如下：
>
> 白方：白方把一杯开波酒泼在女主人的礼服上。
>
> 黑方：黑方（主人）一开始感到很愤怒，但他发现（通常只是隐约地感觉到）如果他表现出愤怒，白方就赢了。黑方因而压抑怒气、振作起来，这样的举动让他有赢的幻觉。
>
> 白方：白方说，我很抱歉。

黑方：黑方或低声或大声表达自己原谅了对方，强化了自己已经赢了的错觉。

白方：白方接着开始破坏黑方的其他财产。他打破东西、倒翻东西，弄得到处一团乱。看着香烟烧了桌布、椅子脚穿过蕾丝窗帘、肉汁倒在毯子上，白方的小孩（伯恩指的是藏在我们每个人之中的小孩）兴奋不已，因为他正享受着这个过程，因为他所做的一切都被原谅，而黑方则满足于自我抑制的表现。如此一来，他们双方都从这个倒霉的情境里获益，而黑方也不必急于跟这个朋友绝交。

就像在大部分游戏里，走出第一步的白方无论如何都是赢了。如果黑方表现出愤怒，白方就有正当理由以怨恨回报他。如果黑方控制得了自己，白方就可以继续享受他的破坏良机。然而，这场游戏里的真正报偿不是破坏的乐趣，那只是白方额外的奖赏收获，真正的报偿是他在其中获得原谅。

"雪密儿"与真正的游戏的确有一些相似之处，例如有出招、回招动作，也有伯恩所谓的"报偿"。但是我想，史盖普克斯，两者的相似处大概也就只是这样了。你看，伯恩说了一句奇怪的话："就像在大部分游戏里，走出第一步的白方无论如何都是赢了。"这么评论游戏是相当怪异的，因为在正常情况下，甚至可以说在所有情况下，像这样一种事件状态显示出这是场有严重缺陷的游戏，我们有理由看看不同场合的例子。这样的游戏是会被帕克兄弟①拒绝的。或者如果足球赛是一场这样的游戏,掷硬币决定开场球时,也就决定了赢家,那么足球赛就可以直接被掷硬币游戏取代了。

我们也注意到伯恩用了"报偿"一词。一旦涉及游戏,"报偿"一词的意思必定是暧昧的。胜利的喜悦——或者甚至输了一场卓越的比赛——两者都可能被视为报偿。或者,因胜出而得到的额外奖赏,也是报偿。政治讽刺杂志《潘趣》曾有幅漫画让这样的暧昧性显露无遗,漫画中待嫁女儿的父亲和一个年轻男子在对话。

父亲:娶到我女儿的人真是中了大奖。
年轻人:太好了。是现金奖,还是只有奖杯?

很显然,在伯恩式游戏里的报偿是像奖金或是奖杯这类的东西,而不是玩了一场精彩游戏的满足感,这一点,我相信可以想象以下热衷于雪密儿游戏的山姆·雪密儿和朋友之间的对话,得到证实。

朋友:为什么你不要和艾伯·尔道玩雪密儿游戏,而要和苏茜·斯利玛一起玩呢?(按伯恩所言,"斯利玛"总是雪密儿游戏里的受害者)。
山姆:为什么我要这么做呢?苏茜是符合我目的的完美人选。她每次都会马上原谅我,不管我惹了多大或多少吓人

---

① 帕克兄弟,美国一家大型玩具公司,生产众多种类的棋盘游戏,包括大富翁。

的麻烦事。

友：没错，那根本就像是瓮中捉鳖一样，但是如果跟艾伯玩的话会很好玩。他才没那么好骗。

山：天啊！我没有理由要跟他一起玩啊。难道你以为我玩"雪密儿"游戏是为了好玩？

友：我的确是这么想的。你不是在玩游戏吗？

山：不是那种游戏。我才不是为了消遣，老家伙。我可以不用消遣，但如果我没有得分，我就完蛋了。

很清楚，雪密儿游戏里的玩家在意的是得分，而不是在意让他得分的那些活动。因为只要出现以下二种情况之一，游戏者就不会去玩"雪密儿"游戏了：一、他在日常生活中已经得到充分的原谅"剂量"；二、他克服了对得分这类的神经质索求。

但这样的态度跟高尔夫选手或国际象棋手的态度全然不同。假定我们听信了伯恩的主张，毫无疑虑地认为游戏是满足神经质需求的无意识手段。我们有个热衷于高尔夫球运动的朋友，我们试着要治疗他的"狂热症"。我们让他在自家后院不断把高尔夫球放入地洞。一周后我们再去找他，很有自信地想知道他的"高尔夫球狂热症"是否治好了。只见他一脸尴尬，把自己的高尔夫球杆丢上车子后座，飞车往乡村俱乐部而去。或者，我们想治疗另一个对国际象棋过度热衷的朋友，尝试用棋子去淹没他。我们用邮寄、快递、货车，把棋子运送到他家里去。然后我们去拜访他，想了解他的康复进展，结果发现他已经把棋桌搬到屋前的门廊，因为房子已经塞满棋子,没有地方让他下棋。

如果伯恩书中的那些人所玩的游戏是真正的游戏,那么他展现的就是像上述例子般的荒谬行径,而且他在胡扯。不过,伯恩并没有真的那么疯狂,而他所写的那些人,心智虽然并非完美无缺,但也不至于疯狂。因为伯恩所谓的游戏当然完全不是真正的游戏。实际上,伯恩对高尔夫球或是国际象棋这类游戏完全没有兴趣。虽然他借用了国际象棋里的"白方"和"黑方",但是他完全不是以国际象棋或是类似国际象棋的游戏作为模型来引导他分析社会行为。他的分析模型不是任何一种游戏,而是他所确信的那一种"游戏",换言之,就是某种计谋和欺骗,就像伯恩自己所说的:

> 游戏是一系列持续性的互相隐蔽交换,以达成一个明确、可预测的结果。可以如此叙述:游戏是一系列循环交换,通常是重复的,表面上貌似合理,而且有一个隐秘的动机;或者,更口语地说,那是一系列带有圈套或"花招"的动作。

因此伯恩提出的结论一点也不令人惊讶——"每一场游戏基本上都是不诚实的"。当然,许多游戏里确实都有某些计谋和欺骗的部分。击剑和拳击赛中的佯攻、国际象棋赛和许多纸牌游戏中的误导招数、曲棍球赛中的过人进攻、棒球赛中的曲球,这些都是以误导对手来取得优势的招式。但并不是这些操作决定了这项活动是一场游戏;而是这些游戏的建构性规则,使这类误导动作变成是有用的操作方式。把游戏中的任何动作都看作是欺骗动作，会招致不必要的混淆。

史盖普克斯，你也许在想，我说了一大堆，其实只不过是针对某个用词吹毛求疵。这个用词到底意味着什么呢？伯恩对"游戏"一词的使用，我有三点要说；其中两点表达了我对他的用法的强烈反对，第三点则是基于不同的考虑。

一、事情既是如此清晰明白，实在没有必要搅弄成一团混乱。我建议，把伯恩论述中所有出现"玩一场游戏"的部分，都替换成"操弄一场骗局"，意义不仅没有错失，而且还更清楚。

二、语言上的混淆可能产生现实上的后果。像伯恩那样把战争称为一场游戏，这不仅不谙世故，还可能有误导的危险。因为这种说法正暗示战争原则上就像某一些流行但具破坏性的运动项目一样，可轻易避免。1973年印第安纳波利斯五百英里比赛的重大惨剧在1974年得以避免，就是因为规则的制定，造就一场选手和观众都零伤害的比赛。把战争当成是游戏的人可能会被误导，以为战争也需要类似的规则修订；有鉴于现有的战争规则下人们真的会被杀害，他们因而希望让政治家和将军们知道，战争规则的某种修订是大家所渴望的。如果战争是游戏的话，那么一位将军遵守运动家风范，没有借由下令突击以取得赢过对手利益的这种行为，应该值得赞赏。就像阿卜杜勒和伊万会说："去跟摩西·达扬[①]说吧！"。

三、但我的主要目的其实并不是要苛责伯恩对"游戏"

[①] 以色列著名军事家，曾任以色列国防部长、外交部长、第二次和第三次中东战争总指挥，一生战功彪炳。

一词的使用（他对社会行为某些普遍形式的分析可能是一流的），因为他并不是唯一犯这种错误的人；说到游戏，如今有太多不精确的论述。不，那不是我在意的。伯恩真正让我感兴趣的是，他那看似社会心理学的论点，如果看成是一套有关游戏的论点，则完美体现了激进工具主义的矛盾。

史盖普克斯，伯恩的论述中还有最后一点值得我们注意。在书里的结尾处，他对比了他所谓的"自主"条件与那些玩"游戏"者的神经质依赖特征。这种自主条件的主要特征之一是"它意味着解放，从玩游戏的强迫中解放开来"。我认为，这种想要玩伯恩式"游戏"的强迫，就像是蚂蚁对工作的强迫一样；只是，蚂蚁工作是为了生理上的生存，伯恩书里的人们玩"游戏"则是为了心理上的生存。蚂蚁达到经济上的自主（即独立），就没有了工作的理由，而伯恩的玩家们（据伯恩所说）一旦达到了心理上的自主，也就没有玩"游戏"的理由了。史盖普克斯，我觉得最有趣的是，这一切让我们清清楚楚地看见，伯恩所谓的游戏和我所谓的游戏，两者存在着无可妥协的差异。因为我相信，玩（真正的）游戏正是那些在经济和心理上都达到自主状态的人会发现自己正在做的事，而且那可能是他们发现自己在做的唯一事情。以上这些就是大蚱蜢在向我辩护他的游戏定义时所说的最后一席话。

14 复活记

倒叙结束,大蚱蜢奇迹似的复活,与他那两位未能解开死前谜题的信徒继续讨论。

史盖普克斯：普登斯，现在已经是十一月中旬了。我们一直试着从游戏理论来探索大蚱蜢临终前所留下的谜语，但两个星期过去了，似乎还是没有任何头绪。我想，我们应该放弃这场我们如此渴望参与的游戏，很显然，我们甚至无法开始。我们就好像正尝试着用一颗二百磅重的球来打一场网球赛。

普登斯：恐怕我也只能同意你的看法了，史盖普克斯。此刻我感觉自己就像华生医生一样无助，又觉得自己很笨。福尔摩斯总是给出许多线索后，抿着优越的笑容坐回椅子，看着一脸困惑的好友。

史：没错。因为即使知道游戏是什么——或者至少知道大蚱蜢相信的游戏是什么——似乎也无法支持大蚱蜢所坚信的看法，即大蚱蜢的生活必定是一种投入玩游戏的生活，而不是吹长号。

普：或者也不是投入于智识探究或去爱。很确定的这些事物确实就跟玩游戏一样，享有一定的"自主性"。但为什么从工作的必要性解脱的生活，就必然是投身于游戏的生活呢？

史：正是这个问题。如果大蚱蜢还在，我就可以向他提

出一些异议,也许我们就可以掌握他的思考方向。(门那里传来轻微的刮擦声)

史:我去看看怎么回事,普登斯。(他开了门,发现是大蚱蜢,带着有点迷惘的神态,站在门廊上)天啊!普登斯,是大蚱蜢!(普登斯冲向门边)大蚱蜢,你还活着!

普:这是奇迹!

大蚱蜢:显然是!

普:快进来坐下。你看起来有点恍惚。

史:谢谢你,普登斯。我的确有点眩晕。

普:但这是怎么一回事?你要怎么解释自己的复活呢?

蚱:我并不认为人真的可以解释奇迹,不是吗?因为它们就这么发生了。不过,我们可以注意到的是现在正值天气异常暖和的小阳春,所以此刻我还能出现在世间,也许应该把这看作是一种死亡处决的延期,而非撤销。

史:但这是怎么发生的?

蚱:我也不清楚。我记得向你和史盖普克斯道过再见后,就昏过去了,直到大概半小时前才又醒过来。

普:那么半小时前发生了什么事,大蚱蜢?

蚱:首先,不知为什么我发现自己坐在大看台上观赏着一场蟋蟀(cricket)大赛。

史:板球(cricket)赛!①

蚱:是的,一场在五十码场地内进行的足球赛。

史(笑):大蚱蜢,我看你是糊涂了。到底你看过的是场

---

① 英文cricket的意思,是蟋蟀,也是板球运动。

足球赛还是板球赛？甩甩头吧，可能会让你清醒一点。

蚱：我并不想甩头。我的心智很清楚，谢谢。我现在想起来了，你们真的很不擅长解谜，所以让我来解释一下。一、我那时看的是场足球赛；二、比赛的两队球员是蟋蟀；三、我再重复一遍，我那时正在看着一场蟋蟀比赛，而那场足球赛是在五十码场地内进行的。

史：所以一句双关语让你复活了。这相当有趣。

蚱：还好。我必须说，这种程度的幽默仅只是符合我们对那个打从一开始就以上演复活记为乐的主宰力的期待而已。用一句明显的双关语来开启一道谜题，就只是像让死者复活这般玩笑似的诙谐。

普：大蚱蜢，所以你真的相信有某个主宰力控制了我们的命运？

蚱：说得更清楚一些，我相信有某个作者写好了我们的对话。

普：为什么你这样说？

蚱：他已经泄露两次了，不是吗？史盖普克斯当时是怎么会出现在赫瑞斯癸特的咨询室呢？

史：是，那真的很怪异，我相信当时自己所说的。

蚱：怪异？那不可能不是幻想小说的情节。至于我的复活呢？有多少人能够死而复活？

史：但你为什么觉得他摊出手上的牌了？

蚱：因为权力的傲慢。他经得起摊牌，因为牌都在他手上；而且我们也注意到，他具有相当原始的幽默感，所以他认为把第一、第二甚至第三层次的叙事混杂在一起，是件很聪明的事，就像他现在正在做的事，就是让我出面来说说他的事。

史：等一下，大蚱蜢，你正在给我眩晕的攻击。

蚱：不是眩晕，史盖普克斯，而是另一种拉丁形式的头昏眼花。

史：那是什么？

蚱：皮兰德娄[①]。

史：感觉过去了。什么？哦！是的，普登斯，谢谢你。请给我倒杯酒，加一些冰块。你刚才说什么，大蚱蜢？

蚱：你刚才遭受到轻微的皮兰德娄攻击，不过看来已经恢复了。

史：是的，我已经恢复了。大蚱蜢，现在让我来看看我是不是了解了你的意思。你的意思是，你所说的这位作者正在和我们玩某种游戏？

蚱：如果你是指他正在玩弄我们，那么我同意在某种程度上他的确在这样做没错。但是，他到底是不是在玩一场游戏以及他正在跟谁玩，那就是另一个问题了。

普：大蚱蜢，你认为他正在玩游戏吗？

蚱：我觉得有可能是，当然也很可能不是。

史：解释得还真清楚呢！

普：史盖普克斯！大蚱蜢，为什么你会这样说？

蚱：我们已经注意到我们的作者有时会摊开自己手上的

[①] 意大利小说家、20世纪重要的荒诞剧场先驱，一生创作了四十多部剧本。主要剧作有《六个寻找剧作家的角色》《亨利四世》《寻找自我》等，1934年获诺贝尔文学奖。

牌，所以必须自问：他所摊开的是什么？也就是说，他在密谋的是什么？

普：所以你认为他在密谋的是什么？

蚱：我认为他正在书写游戏哲学的论述。

普：真是睿智，大蚱蜢。

蚱：这只是最基本的，我亲爱的普登斯。

史：假设真的有这样一位作者存在，我必须承认你的假说的确符合所有事实。但这场他可能投入其中，也可能没有参与的游戏，是如何成形的？

蚱：如果正如我所假设的，他正在写一篇这样的论述，那为什么他不像其他哲学作品的作者一样，采取更直接的方法来表达观点呢？为什么要如此奇幻又复杂地经由三只昆虫的嘴巴（好吧，是昆虫的大颚）说出呢？为什么还要这么徒增麻烦，保持着与伊索寓言、苏格拉底和《新约全书》的隐含联结？这都是为了什么呢？

史：所以你认为，其中的理由可能是他开创了一场游戏，为他的哲学计划置入一套建构性规则。这一套规则要求他必须在这些文学手法的限制之下表达论述。

蚱：没错。他肯定有能力用比较简单以及更有效率的方法，来展现具有说服力的论述；最明显的就是使用平实的三段论。所以，他拒绝使用朴素平淡的叙述风格来表达自己，在原则上，或许与某位作家设定要写一本不含字母 E 的书是没有什么差别的[①]；而且，如果这是我们的作者正在做的事，他甚至可能和另一位同样参与游戏的作者在竞赛，或者他可能是想要赢得赌注，又或者，他可能只是为了好玩。当然，另一方面，他也有可能不是在做这类的事。他所展现的戏剧化、难以捉摸的风格可能有其他不同的目的。他或许相信这样的风格，比起缺少文学润饰，更能够吸引较多读者（因此提高收益），或者他可能相信，即使论述无法说服读者，至少带来了娱乐效果。再者，他也可能（错误地）相信，论述的说服力跟其戏剧和讽喻式风格是不可分割的。

普：那么，大蚱蜢，你相信他正在做的是后面这些事，还是相信他正在玩一场游戏？

蚱：我想，有一些证据显示他并不是在玩游戏。之前我猜测他时不时地把叙事层次混杂在一起，只是因为他发现这样做很有趣，可能是出于十足的权力操纵乐趣。我指的是，像他再现了史盖普克斯，并且让他和赫瑞斯癸特对话这样。但现在我了解到，除了自身对文学自由的娱乐消遣外，可能还有一个其他理由是作者有时候会考虑到的。他所表现的行为可能是为了传达给读者这样的讯息："亲爱的读者，请不要以为我正在玩某种游戏，而此游戏要求我时时只能以一致的叙事形式传达我的哲学理念。没错，我比较喜欢这样做，只是因为我正在试着写一本不会无趣到读不下去的书。但是，论述中的内容表达对我而言才是最重要的；如果在我的写作

[①] 此处所说应是法国作家佩雷克的一本著名小说《消逝》，全书完全不使用字母"E"。在书中消失的元音字母"E"，就像"他们"（我的父母）一样消失［法文字母e和人称代词eux（他们）发音相同］。

中，论述的表现和叙事的形式之间有所冲突的话，形式就必须让位。因为我已经准备好随时会任意打乱叙事的形式。看着。"而他让史盖普克斯走进赫瑞斯癸特的诊疗室，证实了这一点。

普：所以，你对他并不是正在进行一场游戏比赛这样的看法，感到满意吗？

蚱：不，普登斯，我不满意。因为我应该想到，他把叙事层次弄混，也有可能只是他自己单纯的文学失误而已。古罗马文学家贺拉斯提醒我们："即使是伟大的荷马，有时也会打盹。"更何况我们的作者不是荷马。因此，我们既然无法确定是哪一种，我建议放弃这些神学上的猜测，回到我们的议题。

普：我同意。我们刚刚谈到哪里？

蚱：让我想想。啊，想到了。让我复活，然后把我推入"蟋蟀／板球"的双关语中，我们的作者让我们谈论了这道谜题，而且无疑是为了他自己的哲学或戏剧目的。

史：对。说到谜题，大蚱蜢，普登斯和我正想要解答一道比蟋蟀球队踢足球更困难、更重要的谜题，需要你的协助。

蚱：看吧，我就说嘛！但那道谜题是什么呢，史盖普克斯？

史：这还要问，不就是你死前留给我们的谜题。你应该还记得吧？

蚱：是的，我当然记得。我告诉你们关于我的梦，梦里每个活着的人都是无意识的游戏玩家。

普：没错，大蚱蜢。请马上告诉我们梦境的意义。

蚱：慢慢来，普登斯，慢慢来。我自己也不确定我知不知道梦的意义，因为——

普：大蚱蜢，不要这样说！好奇心快要了我的命！

蚱：我是说，因为我已经死了好几个星期了，所以思绪终究可能没办法像原本那么清楚。不过，如果史盖普克斯能协助我，指出真正的问题，那么我就能专注思考，让心智再次恢复成运转良好的分析工具。

史：非常好，大蚱蜢，非常好！那么我们就从这个问题开始，请你思考一下你先前提出的一个主张，作为生存的基本原则；亦即大蚱蜢的生活——也就是献身于玩的生活——就是工作的唯一正当理由，所以，如果不需要工作，我们就可以把所有时间都用来玩。

蚱：是的，史盖普克斯，我想起了曾经说过这样的话。

史：很好。现在想想，既然你使用了"工作"和"玩"这两个语词作为逻辑上对应的类别，为我们所谓的"意向行为"分类，所以，你显然已做出这样的结论——一项活动如果不是工作就是玩，反之亦然。这至少，初看是说服力不足的二分法。例如，和同事一起消磨时间，似乎既非工作也非玩；而试着解决一道双重字谜则好像既是工作又是玩。因此，"工作"和"玩"作为描述语词，似乎无法界定为意向行为的子集，而意向行为子集所指的是可能两个语词互斥或者是涵盖两者的完备集。

蚱：我亲爱的朋友，说得真好，我同意你所说的一切。

史：真的吗？

蚱：当然。不过，我的结论是，并非我给你们的"工作"

和"玩"这两个词描述得太不理想,而是我完全没给你们任何描述。我所使用的"工作"和"玩"这两个词是规定性质而非描述性质。我所谓的"工作",是带有"工具性"价值的活动;而"玩乐"则指本身有其内在价值的活动。"玩"一词"实际上"是什么,是否能提出"玩"的明确定义(非规定性质的),都不是我们现在所在意的问题。不过,史盖普克斯,我的确对这主题有明确的观点,就像我相信自己已经向你透露过,那些与反塞球原则有关的思考。如果时间允许,我们下次可以再详谈。

史:乐意之至,大蚱蜢。

蚱:很好。就目前为止,我说得很清楚,我所谓的"玩"一词,是指所有那些对参与者而言具有内在价值的活动。

史:是,很高兴听到你这么说,因为这些话解决了一项困难。现在还有另一道难题。大蚱蜢,你所体现的闲散生活以及你向所有追随者所提倡的,就是一种只献身于具有内在价值活动的生活。

蚱:是这样没错。

史:但是,大蚱蜢,献身于玩游戏的生活跟以上那种生活不可能一样。虽然就你的定义而言,玩游戏是一种具有内在价值的活动,但并不是所有具有内在价值的活动都是游戏。有的人或许会把抓痒、听贝多芬四重奏认定为是出于自己意愿所做的事,但这些活动的内在价值并不会让它们成为一种游戏。

蚱:再一次,史盖普克斯,你说的一点都没错,而且你的问题让我的思绪更清晰了;所以,我相信在对谈中有了你的协助，我能解开我临死前那些话里所留下的疑团。当然，除非你和普登斯想要自己找到答案。这样一来，就可以把这个任务变成一场游戏。（普登斯和史盖普克斯交换了一下绝望的眼神。）因为，如果选择这么做，你们就自愿地避开了一个较好的方法，为的是靠自己的智慧找到答案。

史：我看，死亡并没有让你乐于嘲讽的天性变得婉转一点。

蚱：婉转！我并不这么想。死亡是一生中发生在我身上最令人恼怒的事。无论如何，我的计划如何，现在我想到了，我们可能多增加一项限制来让这场游戏更有趣。

普：什么限制？

蚱：当然是时间限制。应该要多久呢？一天、一周？史盖普克斯，普登斯，你们觉得如何呢？

史：感谢你的提议，大蚱蜢，但我不这么想。因为时间限制，提出来有些令人难堪，完全不是我们能力范围内可以决定的。毕竟，你已经死过一次，而且冬日的小阳春常会骤然结束。你随时可能会再死去，我请你马上告诉我们答案。

蚱：我先前的观察没错，你们两个还不是真正的蚱蜢。真正的蚱蜢一旦有机会碰上一场可以由玩家自行决定时间长度的游戏，必定会迫不及待参与其中。

普：但是，大蚱蜢，必定不会是在冒着有可能就此失去能够为其存在辩护的知识的风险下。

蚱：啊，普登斯，但这是我应该向你们阐述的部分——如果时间允许的话，就像史盖普克斯（战胜我的善感）已经指出来的——真正的蚱蜢会牺牲任何事乃至所有事而投入玩游戏。然而，真正的蚱蜢其实也正如你们所说的一样，不会冒着你们所说的失去知识的风险。真正的蚱蜢已经知道其生存的理由，因为真正的蚱蜢——而这会让你们更加迷惑，史盖普克斯——已经知道所有需要知道的事。但这需要从头说起。

史：大蚱蜢，轮到你发言了。看在老天爷的分上，请开始吧。

普：是啊，大蚱蜢，请你开始吧！

蚱：很好，我的朋友，我这就开始。

15 谜底揭晓

大蚱蜢描绘出乌托邦的景象，解决了所有谜团。

大蚱蜢：谜题解答有三个主要元素：一、玩，我们把这个词指定为所有具有内在价值的活动。二、玩游戏，正如我早已提出的定义。三、我所谓的存在之理想。关于存在之理想，我指的是一些这样的事物，其唯一正当性，就在于正当化了其他所有事物；或者，就像亚里士多德讲的，我们为了这些事而做其他的事，但我们做这件事时却不是为了任何其他事情。现在我想你们两个一定会认为我正在声称（我同意，这只是个表面貌似有理的声称）玩就是那个存在之理想。但这个声称还需要一些调整或诠释，才能符合我所要建立的立场。这个立场可以由两个相关主张来说明：第一，玩是存在之理想的必要但非充分的要素。第二，描绘存在之理想时，玩游戏扮演着关键角色——一个无法由其他活动取代的角色，少了它，所谓理想就既不完整亦不可能达成。为了支持这样的主张，我想要使用柏拉图过去用来理解某种人类心灵特征的策略。柏拉图说，如果我们检视某个状态，将会在其中发现一些我们正在寻找的心灵特征被放大、扩展；而且，因被放大了，所以易于辨识。以类似的方式，我想要先把存在之理想再现出来，就好像这样的存在已经被实践成为一个社会事实。于是，我们可以来谈谈一个把这种理想具体化的乌托邦，也就是说，在那个事件状态之中，人们只从事自己视为具有内在价值的活动。接着，让我们想象一下，人类所有的工具性活动都已经被排除了。所有日常生活中称为工作的事务都能以自动化机器代劳，只要运用心灵感应就能启动机器，完全不需要任何员工来从事社会中的任何家务琐事；而且，物资生产充裕，就连社会中的格蒂们和奥纳西斯们最强烈的贪婪欲望都得以满足，任何想成为格蒂或奥纳西斯的人都可以成为格蒂或奥纳西斯①。就经济而言，人类就像身处南太平洋诸岛的天堂仙境，游艇、钻石、跑车、交响乐、豪宅、环游世界之旅，等等，都像是塔希提岛的面包果一样随处可得。因此，我们也就排除了对从事生产的劳工、管理这些劳工的行政人员以及因应劳力生产的各种金融与财富分配系统的需求了。所有人类的经济问题都永远解决了。那么，是否还有其他问题呢？的确还有。还有种种与物质匮乏无关的人际问题。

　　让我们再进一步想象，所有可能的人际问题都以适当方法解决了。假设心理分析有极大进展，能够真正治愈人们；或者各种群体疗法都已证实有效；又或者，社会或心理的治疗或药理学，都取得新发展，能够100%治愈所有心理障碍。这些发展所带来的结果是，任何人都不再需要为了爱、吸引注意、争取认同或受人仰慕而竞争，就像不再需要为了物质

---

① 让·保罗·格蒂（1892—1976年），美国实业家，创立格蒂石油公司，1957年被财富杂志评为最富有的美国人，遗产超过二百亿美元。亚里士多德·奥纳西斯（1906—1975年），希腊船业大亨，曾是世界首富。

需求而争斗一样。有一个例子，或许可以说明我们以上所谈论的事件状态。让我们举性爱为例。在现有的状态下，有意愿的性伴侣太少，而性的需求太多。我所猜测的理由是，追求者、追求对象或两者，都普遍存在对性的压抑；所以，为了克服这些抑制以真正赢得性对象，追求过程的庞大耗费是必要的。但是，当每个人都能享有极佳的心理健康，这些费力的手段就不再需要了，获得性伴侣就如同获得游艇、钻石一样容易。

史盖普克斯：但是关于爱、认同、关注和尊重呢？在理想世界里，人们即使没有必要为了这些事情而竞争，但仍然必须为此而工作经营。

蚱：正好相反，史盖普克斯，许多人相信爱、认同、关注和尊重这类事情本身即有值得追求的价值，因此才不应该由工作经营来获得。

史：是的，但有很多人，像婚姻咨询师，并不这么认为。他们总是说："你知道的，你必须用心经营你的婚姻。"

蚱：是的。但在婚姻当中，或者在其他人与人之间本身自有价值的关系中，这所谓的"经营"是什么意思？这种说法的意思难道不就是指需要帮助彼此的社会和心理缺点吗？在理想世界，我们假设没有这类需要容忍的缺点。况且，在那里，人们不管是不是需要经营某些工作来得到爱与仰慕，所经营的对象都不可能是爱与仰慕本身。例如，我们仰慕一位在教学上工作认真的人，仰慕的原因是他认真工作的态度，而不是因为他正在努力经营以获得他人仰慕。为了便于讨论，我建议以"认可"来归纳我们所说的所有正向态度，接着要探问的是：那里的人是否有任何事可做，以获取认可。

史：很好。首先，他们显然无法借由经济工业来获得认可，因为根本没有这种工业的需求。其次，我想，我们必然也要把对治理良好的认可排除在外，因为没有必要设置为解决争夺利益的立法与司法机制，也就没有政府存在的需求了。可以用来获取认可的，似乎就只剩道德、艺术和智识方面的卓越成就。你同意吗？

蚱：以我们目前的讨论来看，你所列出的这些至少还是可行的。我们先来思考道德上的良善。你是否同意，道德行为之所以存在是因为想要避免或矫正一些可能发生或某人已经犯下的错误或邪恶行为？

史：是的，我同意。

蚱：但我们不也同意，在理想世界里并没有邪恶或错误会降临在任何人身上？

史：是的，就它的定义来看确是如此。因为它是存在之理想状态的戏剧化展现，而邪恶与过错显然与这样的理想不搭。

蚱：好，那么如果那里的任何人都不会遇到邪恶之事，就不需要任何良善表现。事实上，追求良善行为在这里是不可能的，因此这不是获得认可的手段。道德只有在理想还未实现时才有意义，而就理想本身来说，并没有道德的存在空间，就好像启发革命行动的理想中，并无革命存在的空间。

史：艺术上的卓越成就呢？我们总是敬仰不凡的艺术家、优秀的评论者以及造诣非凡的鉴赏家。

蚱：你一定会觉得我即将要说的难以接受，但我突然发现，你刚才所提到的所有技艺，在理想当中都没有存在的余地。

史：我必须承认，大蚱蜢，我觉得你的主张令人难以想象。你如何得到如此奇怪的结论？

蚱：我相信这些技艺在理想世界中都不会存在，因为艺术必然不存在于那里。艺术有某个题材，其中包含人类的行动和情感：人们的渴望和挫折、希望和恐惧、胜利和悲剧、人格的缺失、道德的两难、快乐和悲伤。但是，这些艺术的必要成分完全都不会在那里出现。

史：也许有很多种艺术在理想世界是不可能存在的，但肯定不是全部。有一个美学学派，至少在过去是如此，把艺术视作纯粹的形式，其内容可能是偶然的、非必要的、最好完全不存在的。作为形态、设计或形式的艺术，并不需要你所谈到的那些主题。

蚱：我自己的想法是，形式和内容不能以你所说的那种方法来分离；不过，如果真的可以分离的话，那么设计的工作，不管是以色调、形态、颜色或文字呈现，都可以交给计算机代劳，因为我们假定这类设计成品并非受到人类情感的启发而生产。

史：即使理想世界的人无法仰慕艺术领域的工作者，但还是可能会钦慕杰出的思想家、科学家、哲学家以及这类的人物，也就是，那些投身于知识追求的人。我们应该考虑一下这个可能性。

蚱：很好，那我们就试试看吧。现在，根据我们的假说，理想世界的人排除了所有工具性活动的需求。但是，知识的获得就像是其他事物的获得一样，也是一种工具性的程序；也就是说，获得就是一种寻求拥有的手段，无论寻求拥有的东西是什么——食物、庇护或知识。而我们假设了理想世界的人民已经获得所有他们可使用的经济物资，我们也就必须假设他们已获得所有知识。因此，在那里，没有科学家、哲学家或任何其他智识研究者。

史：那么，在那里，似乎没有什么事是为了得到认可所能做的。不过我们之所以谈到认可，是为了了解像爱、友谊这样的事是否能存在于那里。而人类的关系如爱和友谊，其中包含的不只有认可。与认可同等重要的当然还有分享，我们普遍认为这在爱和友谊里是非常重要的。双方对某件事抱有共同利益，对任何一方而言都不会造成匮乏。

蚱：没错，史盖普克斯。但在那里，还有什么需要分享的？分享确实在爱和友谊中发挥很大的作用，不过所分享的却不能是爱和友谊本身，而必定是其他事，像成功和失败、困境和顺境、艺术的享受或创作、智识探究、道德崇尚，等等。在理想世界里，没有任何重要或不重要的事情是需要分享的，所以，如果爱和友谊可以存在于那里的话，那样的爱和友谊必将不含有认可或利益分享；因此，那只能是一种极度弱化的爱和友谊。

史：大蚱蜢，让我整理一下思绪。在乌托邦里，人们不能劳动，不能管理或统治，没有艺术、道德、科学、爱、友谊。我们的分析当中唯一没有被完全摧毁的是性爱。也许人类的道德理想就只是极致的性高潮。

普：天啊！

蚱：当然，我们不能忘了还有玩游戏，还未被排除。

史：当然，这毫无疑问。那么，我们是不是可以提出结论，存在之理想就是性与游戏，或者可以说，是欲乐和游戏？

蚱：事实上，现在我想到了，我不太确定性爱是不是。

史：喔！你别闹了，大蚱蜢！

蚱：不，史盖普克斯，我是认真的。人们普遍认为性爱总是带来享受，我猜这是因为人类还处在非乌托邦状态。我们所认识、所陶醉其中的性爱，里头包含了压抑、罪恶、挑逗、支配与屈服、解放、反叛、虐待、浪漫以及神学的组成部分。性爱的这些组成部分在理想世界里都被排除了，因此我们至少必须面对这样的可能性，把这些成分都排除之后，性爱就只剩下生殖器官——或不管是什么地方——的愉悦感了。像诺尔曼·布朗这样的作者，在他的书《生与死的对抗》中提出，性爱是某种在文明进程的压抑和约束下，已经变得扭曲而堕落的事，而随着文明化达到终点（布朗热切地期望着），性爱将会重新浮现为一件纯洁的事，如我们幼儿时一样。到那时候，我们所有人将重新变回快乐的小孩，能够享受着我们不受压抑的多形态性欲倒错时期。但是，如果像我所想的，性爱是文明的产物而非文明的受害者，那么当文明不再，性爱——至少作为有相当高价值的事项——也就不再了。总而言之，史盖普克斯，我认为目前的流行趋势是人们享受在"尽情释放出来"的指令中，而这从根本来看是不明智的。我无意争论尽情释放出来的行动，因为就像我们解开束得太紧的腰带或束带那一瞬间，确实可以产生极大的满足感。不过，不管我们希望释放出来的是什么，一旦允许释放出来的行动完成，享受着随之而来的解放感，我们最后会剩下来的只有一大堆肆意释放出来的事物。而如果没有为之制定出新的限制，这一切就只会继续悬挂在那里，就像是意志熵①的悬垂纪念物。

史：即使未被你说服，我也无话可说了。

蚱：很好。那么，可能存在于理想世界的活动，显然就只剩下玩游戏了，因而游戏也成了存在之理想唯一可能的构成元素。

史：现在我猜想你可能也要把玩游戏排除。大蚱蜢，我开始怀疑你真正要做的，就是指出乌托邦这个概念本身是矛盾的，就像哲学家时不时会试着要证明神所谓的完美性必然包含着悖论。

蚱：正好相反，史盖普克斯，我相信这个概念是可以被理解的，而且我认为正是玩游戏让乌托邦得以被人所理解。我们讨论了这么久所得知的是那里无事可做，因为那里的所有工具性活动都被消除了。没有事情需要努力，因为一切早已达成。因此，我们需要的是一些工具性与内在价值不可分割的活动，而且这些活动本身并不是为了达到进一步目的的工具。游戏完全符合了这个要求。因为在游戏里，必须设下一些障碍好让我们努力去克服，唯有这样我们才能够完整进行该活动，也就是玩这场游戏。玩游戏让乌托邦里保有付出

---

① 化学及热力学中所指的熵，是一种测量在动力学方面不能做功的能量总数，也就是当总体的熵增加，其做功能力也下降，熵的量度正是能量退化的指标。熵亦被用于计算一个系统中的失序现象，也就是计算该系统混乱的程度。

努力使生活值得过下去的可能。

史：你的意思是，理想世界里唯一剩下能做的事，可能就是玩游戏，因此玩游戏也就成为了存在之理想的全部。

蚱：似乎是这样，至少在我们这个探究阶段中是如此。

史：我不这么认为。

蚱：请再说一遍？

史：我不认为结论是这样。

蚱：你不这么认为？

史：我觉得我们之前一定有哪里弄错了。

蚱：弄错？

史：是的，之前。

蚱：也许你能好好地指出错误所在。

史：我很乐意。当你指出科学或任何智识探究都是工具性活动，因而在人类的道德理想之中没有容身之地时，我有些疑虑，现在我想我知道为什么了。大蚱蜢，你我都知道，投身于知识追求的人，都会认为追求的过程本身至少与其所追求的知识一样重要。事实上，常见的情况是，科学家或哲学家竭尽心力解决了某个重要问题之后，他会感到失落，而不是因为已获得解答或新发现而欢欣，他会迫不及待地再次投入探索。成功是射击的标的，不是让人紧抱着过日子。当然，现在我想到的这种情况不只针对智识探究的活动，其实任何工具性活动都可能如此，而且往往如此。也许我们可以把这样的事件状态称之为继亚历山大大帝后，人类的"亚历山大处境"。当世界已经不再有任何角落有待征服时，等待我们的不是满足感，而是绝望与失落。

蚱：史盖普克斯，你觉得我们怎么有可能犯下如此基本的错误？

史：我想我们忽略了一个事实，一项从某个角度来看具有工具性价值的活动，从另一个角度来看也可以是具有内在价值的活动。因此，我们可以说木工是一项工具性活动，也就是说对房子的存在来讲是工具性价值。但是，如果有个人享受单纯盖房子的过程，那么原本被视为是工具手段的活动，现在也同时有了内在价值。对那些真正能在工作中享受乐趣的人来说，也可能是这样。这样一来，之前那些我们认为必须从理想世界驱逐出去的大部分活动，现在可能需要重新安置回来。因此，理想状态里，不完全只限于玩游戏。

蚱：史盖普克斯，你说原本被视为工具性的活动，也可以被赋予其本有的内在价值，这一点我相信你是对的。但你因此而说玩游戏不是理想世界里唯一可能的活动，我就不认同了。让我看看是否能够说服你这一点。我们继续把人类的道德理想设想成一个真实的乌托邦社会，但我们不是假设所有的所谓客观的工具性活动都被排除，而是说身体和智识的劳动以及类似的所有非以其内在为价值衡量的活动，都被排除。如此一来，那里的所有人都可自由地从生产事业中得到享受。在这样的情况下，就像有些人能够从那里的树上摘下游艇和钻石，其他人也可以摘下修理厨房水槽、解决经济问题、推广科学知识等的机会，端看他们可以从什么事情发现内在价值。

史：是的，大蚱蜢。这似乎是比较令人满意的理想世界和存在之理想的景象。

蚱：好极了，那我们继续。很清楚，我应该想到，工作机会——或者不管是什么想要的工具性价值活动——应该是并非碰巧或偶然出现。在任何时候，如果那里的每个人都想要从事某个工作，他们都一定能够找得到这些工作。而如果没有人想要工作，这个社会也不会就此瓦解（不像我们目前所处的非理想性社会）。当然智识探究的工作也一样。也就是说，针对任何客观的工具性活动而言，每一件工作都可以做，但也没有任何一件事需要做。以另外一种说法来说：那里的人只做那些他们评定为具有内在价值的事情，就是他们做事情是因为想要做才做，而不是因为他们必须要做。

史：是的。似乎没错。

蚱：很好。接下来我们看一下那里必然会出现的两个案例。第一个案例：约翰·史崔姆来到那里的第一个十年，做完了所有新来者都会做的事。他已经环游世界好几次，终日在阳光下无所事事，等等，而现在他开始感到无聊，想要参与一些活动。因此他（向掌管一切的计算机或上帝或什么）提出他想要从事某些工作，他后来选择了木工。那里现在并没有房子的需求，用不上约翰的木工服务，因为任何类型的房子那儿的居民都可以取得。那么，他应该盖哪一种房子呢？当然是那种建造过程中能够给他带来最大满足感的房子，而我们可以猜想得到，这种房子的建造过程必定要有充分的挑战性，工作才会变得有趣；但难度又不能高得让约翰糟蹋了这个工作。史盖普克斯，现在我要对你说的是：这样一种活动基本上和高尔夫运动或任何游戏没有什么不同。就好像除了高尔夫游戏外，没有任何活动需要把小球打进地上的洞里，在理想世界里，除了作为木工活动，没有任何盖房子的需要，因为房子是木工活动的产物。就像高尔夫选手可以使用更有效率的方法，直接用手把球丢到洞里去，约翰也只要按下心电感应钮，就能够获得一栋房子。但是很清楚，约翰对拥有一栋房子的兴趣就与打高尔夫球的人对拥有填进球的球洞一样。对高尔夫选手和约翰来说，促成这些结果，比结果本身更重要。两者都涉及自愿去克服非必要障碍的努力，也就是说两者都是在玩游戏。有趣的是，这个解决办法对亚历山大大帝也适用。既然他已征战世界各地直至无处可占，他可以把征伐来的土地都还回去，然后再重新开始，就像国际象棋赛结束后，棋手们再把棋子重新分配，以重新开始另一场游戏。如果亚历山大大帝真的这么做，跟他同个时代的人肯定会视之为轻率、无聊；但从乌托邦的观点来看，他没这么做，表示亚历山大大帝并没有为征服世界的活动赋予太大的价值。

第二个案例：威廉·希克在乌托邦的初期经历与约翰·史崔姆很相似，他也是在一段时间之后，开始希望自己有所成就。不过，相对于约翰依自己的能力和兴趣选择了一种手工技艺，威廉却选择了对科学真理的追求。同样，在任何特定时间有多少科学研究工作可以从事，并非机遇所决定，因为人们从事科学研究的兴趣可能远高于某个时间点中真正可执行的科学研究工作量。甚至可以想象，所有的科学研究工作可能有终结的一天；也就是说，到了所有可知知识都已知的时刻。因此，不能保证随时都有进行科学研究的机会，但人们也不会愿意只因为问题早已被解决而阻止科学家停止工作。在理想世界里，重要的不是科学知识的客观状态，而是那里的科学家的态度。我们可以用以下方式来描述这个态度：即使某个正在钻研的科学问题早已有了解答，那里的科学家也不会从计算机资料库中取得答案。这就好像纵横填字字谜的爱好者，明明知道答案就在隔天刊出，却仍然会试着在今天解出谜题，尽管从来就没有任何迫切的原因让他必须赶在今天完成，不能拖到明天。而就像是热衷于解答谜题的人会说，"别告诉我答案，让我自己找出来"。威廉·希克也会以相同的态度来面对他的科学研究工作。尽管有其他方法可以得知答案，他仍自愿舍弃这些方法，好让自己有些事做。我必须再说一次，这就是在玩游戏。

史：看来你所说的是，那儿的人可以从事任何一种非理想世界里的人平时在做的活动，只是，可以这么说，两者的努力过程会有相当不一样的质量。

蚱：是的，就像你所说的，质量的差异可以从伐木工的两种不同态度对照中看出来：伐木工为了与锯木厂的交易，从事着伐树的工作，或是他在同行的年度野餐聚会中与其他人比赛伐树。如此一来，我们现在所看到的所有职业，甚至是所有有组织性的事业，如果继续存在于理想世界，都会是一种游戏。所以，除了原本的曲棍球、棒球、高尔夫、网球等，现在还有了企业管理、法律事务、哲学、生产线管理、自动化机械等，将以其实际的理由永远存在。

史：所以，人类的道德理想，就在于玩游戏。

蚱：我想不是的，史盖普克斯。现在理想世界里的人有事可做了，尊敬、分享、爱和友谊都再度有所可能。因为重新有了与奋斗相关的人类情感表达——你知道的，胜利的喜悦与失败的痛苦——艺术又有了情感内涵；而且，也许道德也可能存在，或许会以我们称之为运动家精神的形式出现。所以，玩游戏不必然是乌托邦的唯一职业活动，却是乌托邦的本质，也就是其"不可或缺"的根本。我所展望的，是一种就其基础而言跟我们现有的文化相当不同的文化形式。我们现有的文化是以各种匮乏为基础——经济、道德、科学、性爱——而那里的文化则是以充裕为基础。因此，那里最值得注意的制度不会是经济、道德、科学、性爱等工具性制度——就像今日的情况——而是各种培育运动和其他游戏的制度。但是运动和游戏不是我们今天所能想到的运动和游戏；他们为了掌握与享受运动和游戏所需要的能量，就相等于我们今日在种种以匮乏为基础的制度中所耗费的能量。因此，我们现在更应当开始执行这巨大的工程，即设计出这类美妙的游戏，因为一旦我们在不久的将来解决了匮乏的问题，我们可能会在理想世界来临时，发现自己无事可做。

史：你的意思是，我们应该开始储存游戏——就像储存食物好过冬一样——因为我们可能会来到无止境且穷极无聊的夏天。大蚱蜢，你终究像是某一种蚂蚁，虽然我必须承认，是一种相当怪异的蚂蚁。

蚱：不，史盖普克斯，我是真正的大蚱蜢，也就是说，我是存在之理想的一种预示，就如同我们现在在非理想世界所玩的游戏，就是未来之事的征兆。因为即使是现在，也是游戏让我们在空闲时有事可做。我们因此把游戏称为"消遣"，而且把它当成是生活缝隙里无足轻重的填塞物。但游戏的重要性远高于此。游戏是未来的线索。趁现在认真"培育"

游戏，或许是我们唯一的救赎。如果你喜欢的话，可以称之为休闲形而上学。

史：可是，大蚱蜢，我对你所塑造出来的乌托邦，看法仍然有所保留。这样的理想听起来对那些非常热衷于游戏的人来说，将会是美妙的生活，但不是每个人都如此热衷于游戏。你知道的，人们喜欢盖房子、经营大公司，或从事科学研究，那都是为了某些目的，不只是为了那些如地狱般的过程。

蚱：说得好，史盖普克斯。你的意思是，棋王博比·菲舍尔、职业曲棍球手菲尔·埃斯波西托和体育记者霍华德·科塞尔，他们在天堂应该会非常高兴，但是约翰·史崔姆和威廉·希克却很可能觉得自己的假扮木匠游戏和假扮科学家游戏是徒然无用的。

史：正确。（停顿）那么，大蚱蜢，你对这样的反驳会怎么说？（再次停顿）大蚱蜢，你又要死了吗？

蚱：不，史盖普克斯。

史：那你是怎么了？你看起来很苍白。

蚱：史盖普克斯，我刚刚眼前有一个幻象出现。

史：天啊！

蚱：我应该告诉你吗？

史（史盖普克斯偷偷看了手上的表）：好，当然可以。大蚱蜢，请继续说。

蚱：这个幻象的画面显然是由你的提议所触动，因为你说不是每个人都喜爱游戏，这是一个乌托邦坠落、天堂消逝的景象画面。我看见那里时序移转，史崔姆们和希克们开始认为，如果他们的生活只有游戏，那么这样的生命恐怕会活得没有价值。于是他们开始自我欺骗，说人造的房子比计算机生产的房子更有价值，或说早已解决了的科学问题需要重新解答。然后，他们开始游说他人相信这些看法，甚至把计算机形塑成人类的敌人，最后终于诉诸立法禁止使用计算机。时间再久一些，似乎人人都相信了木匠游戏和科学游戏完全不是游戏，而是为了人类生存而必须从事的工作。如此一来，虽然所有看似人类生产工作的活动都是游戏，却不被相信是游戏。游戏再度被贬为休闲活动，只是用来填补各种严肃的工作之间的空隙；而且，如果有办法说服这些人说他们事实上是在玩游戏，他们就会因此而觉得自己的生活一无是处——只是一场舞台剧，或者是一场空虚的梦。

史：是的，大蚱蜢，他们将会相信自己什么都不是，而且人们可以想象他们出于恼怒和难堪而瞬间当场消失，好像自己从未存在过。

蚱：就是这样，史盖普克斯。你马上发现了，我的幻象解决了我梦境里的最后一个谜团。梦里的信息现在完全清楚了。这个梦在告诉我："看吧，大蚱蜢，你很了解，大部分人不想要耗去他们的一生来玩游戏。对大多数人而言，如果他们不相信自己正在做的某件事是有用的，不管是负担家计或发现相对论，这样的生命是没有价值的。"

史：是的，这显然是一场焦虑的梦。你正在以一种伪装方式，演出自己对于有关生存之理想论述所隐藏的恐惧。

蚱：果然是。但是，史盖普克斯，请你告诉我，我所压抑的恐惧到底是指向人类命运或是我的论述的说服力？显然不会是两者。如果我对于人类命运的恐惧是有道理的，那么我就不需要害怕我的论述有误，因为正是这些论述合理化了这样的恐惧。可是，如果我的论述是失败的，那么我就不需要为人类命运感到恐惧，因为这样的恐惧来自于论述的说服力。

史：那么，大蚱蜢，请告诉我你所害怕的是什么。只有你自己才会知道。

蚱：我希望还有时间，史盖普克斯，但是我再次感受到死亡的寒意。再见。

史：不要说再见，大蚱蜢，再见。

附录

一

山丘上的傻瓜

《蚱蜢：游戏、生命与乌托邦》一书问世后不久，我受邀到大学发表演说，主办方建议可以谈谈书中的相关议题。我立马响应，自己也很乐意，于是就坐到打字机前，开始构思想要表达的议题。我心想，如果这本书已经在一些学术期刊论文中有所讨论，正好能够趁此机会针对这些文章所提出的异议、反对，甚至是彻底驳斥有所回应。但这本书才出版一年左右，时间过于短暂，以这些期刊的作风而论，实在无法期待这些悠闲得其实像大蚱蜢般的编者与评论家会在此时发表什么回应。但我仍旧想到，在一些比起传统学术期刊那堪比冰河般移动步调还稍微快一点的刊物中，还是有针对本书的评论发表。于是，我拿出《渥太华公报》中的那篇评论，再读一遍文章的开头句："伯纳德·舒兹以一种怪异文体，有点像用碎石和果酱做成三明治那样，写了一本让人喜爱又特别的书。"但这样的批评回应，并无法为我所要写的文章提供任何议题，而仅仅只是令人感到不痛快而已。所以我离开了打字机和那张空白的纸，起身出门去参加鸡尾酒会，以一个薄弱的借口说服自己：转换一下场景或许可以让我找到灵感。

奇怪的是，这还真的有效。聚会中有个来自外地的朋友跟我说，有位某某教授甚至正在准备一篇针对这本书的评论文章，而且他将会提出一个非常具有破坏性的观点。我催促着他，想知道更多细节。

"嗯，"我的朋友这么说，"婉转一点来说，他发现你采用了某种特定类型的竞速来作为解释游戏的实例，这实在很有问题。"

"为什么他会质疑这部分？"我表现得有些失望，认定这应该会是一种无稽之谈。

他如此回答："说竞速是游戏，这说法太不明确。"

"胡说些什么？"我回答，"举例来说，百米冲刺就是一种游戏，这是再清楚不过的。"

"不，"我的朋友这么回答，"不是这样。某某教授说，你什么时候听过别人讲'百米冲刺游戏'这样的话？"

真奇怪，听到这样的评论给我的感觉，就像在《渥太华公报》中所读到的评论一样，都让人感到不痛快。

我有点不耐烦地问道："某某教授是不是认为，只有被称作游戏的东西才是游戏？"

"我真的不知道，"我的朋友说，"就我所知，他和其他人会期待你用一些常见的、重量级的例子来建构你的游戏定义，就像你所使用的各种竞速项目，至少要是被普遍视为是游戏的项目。"

"谢谢你,我的朋友,谢谢你!"我叫着,并且很节制地拒绝掉那天晚上的第五杯马丁尼。我竞速跑回家,在途中注意到,我所理解的"竞速跑回家"一词的意思无疑是指我正在快速移动。

一、维特根斯坦和柏拉图

再次坐回打字机前,我发现自己在流汗,究竟是因为快速跑回家的关系,还是因为发现自己在方法论上犯了一个不该犯的错误而感到焦虑,我宁可不去深究。我问自己,是不是选择了一个根本不是游戏的事物来作为游戏的实质典范?如果真的如此,那我到底怎么会犯下这种致命的愚蠢错误?这引发了我一连串的思考,先是想到维特根斯坦,然后是柏拉图。

我问自己,以被称作游戏的事物来作为游戏的真实范例,这一点为什么如此重要?事物被称作什么,会被看得如此重要,让我想到维特根斯坦和《哲学研究》一书中著名的一段话,也就是我曾经在《蚱蜢:游戏、生命与乌托邦》前言中提到的:"别说'必有其共通之处,否则他们就不会被称作"游戏"',而是要去观察与理解是否有什么共通之处。"我认为,这种说法必定会引导知识寻访者背离定义,而往另一个方向而去。因为,所有被称作游戏的事物是不是有其共通之处,与所有确实是游戏的事物是不是有其共通之处,是两个非常不一样的问题。如果有些事物只是隐喻地、不经意地、武断地或愚蠢地被称作游戏,那么,可以预想到,这些事物之间的共通之处并没有什么重要性可言。因此,有些类型的竞速不被称作游戏,这并不会令我感到难堪。

但我再次发现自己在飙汗,这一次我相当确定不是因为我从聚会中卖力跑回家的关系。而是因为我吃惊地发现,自己刚逃离维特根斯坦的油锅,转身却陷在柏拉图的烈焰中。难怪我在飙汗!

我的立足点在哪里?我说服了自己,要定义游戏,我提出的公式不需要涵括所有被称作游戏的事物,而只要涵括真正的游戏即可。但是,在建构定义的过程里,如果我允许自己使用那些确实是游戏,但不被称作游戏的事物作为资料,那么,我必然早已知道这些事物当中哪些是游戏,哪些不是。但是,在我想象自己正在寻找的那个定义还没出现之前,又怎么可能知道这些事?难道一直以来我卷起衣袖孜孜于探寻定义的努力,只不过是一种玩世不恭的文字把戏?

所以我很自然地想到了柏拉图,因为我所遭遇到的问题看起来与美诺向苏格拉底提出的问题是一样的。美诺说:"不管是所知的或所不知的事,人们都无法探问。因为如果他已知,就无须探问;而如果他不知,则无从提问,因为他不知道要探问的是什么。"

事实上,苏格拉底并没有让自己陷在这样的问题里太久。他以"知识回忆说"作为这两难的解决之道。他承认,寻找定义的人的确是在探究之前已先有腹案,而哲学探究的过程其实是某种恢复系统,让定义再度呈现出来。当然有很多哲学家不同意以这样的诡辩作为解决问题的方法，但我想要提出，即便要付出的代价是必须因美诺两难说而活在某种智识上的不安中，还是有继续追求定义的理由；否则，就只剩下唯一的另一种方法，就是过着一种思想受限于语言运用的生活。苏格拉底以类似观点来回应美诺的反驳："……这种否定探究可能性的诡辩争论，我们不应该听取，因为那会令我们怠惰，对懒鬼来说，这样很好；但另一种方式（学习就是回溯）能够让我们变得主动且保有探究精神。"

但是，美诺的两难对于定义寻求的反对者而言，还是一个极为合理的说辞；而且即便有理，骂人还是骂人。问题依然存在，在不回避这个问题的情况下，是否有可能对事物做出定义；或者，更明确地说，我是否可以定义游戏？如果我还不知道怎么定义游戏，又怎么会知道百米冲刺是一项游戏？更根本的问题是，我如何选择在书中所举的例子？我如何选择我的研究数据？

二、山丘上的傻瓜

我从那些所谓的核心游戏类别开始，也就是说，如果这个类别中的活动不是游戏，那就没有任何活动可称之为游戏了。在这个类组里，我涵括了桥牌、棒球、高尔夫球、曲棍球、国际象棋、大富翁这些都是大家称作游戏的事物。到现在为止都还挺好。但接着我要处理的那些事也许就不是那么顺利了。我把一些不被称作游戏的事物纳入其中，也把一些被称作游戏的事物排除在外。我把百米冲刺（如果它真的不被称作游戏）纳入，而将儿歌"玫瑰花环"（小孩称之为游戏，维特根斯坦也是）排除在外。我要如何合理化这样的做法？如果我认同事物的名称必须作为选择素材的原则依据，那么我的做法就不合理。但我并不认同，也不可能接受这个原则——不是因为我很确定有些被称作游戏的事物并不是游戏，或者有些不被称作游戏的事物其实是游戏。在所有被称作游戏的事物类别里，我要从何开始？

为什么我对百米冲刺和"玫瑰花环"如此确定？因为我可以很有自信地把"玫瑰花环"归到另一个类别而非游戏类别，但对百米冲刺，我则不能如法炮制。虽然"玫瑰花环"确实有时候被称作游戏，但对我来说，相较于国际象棋游戏或高尔夫球运动，它显然更像某种特定的戏剧表演。那只是一种配上口语伴奏或舞蹈的儿歌，所以我认为它就像是《天鹅湖》一样，不是一种游戏。同样，虽然没有哪一个竞速项目被称作游戏，但对我来说，比起我所能想到的非游戏项目，如"玫瑰花环"、《天鹅湖》、保险游戏或信心游戏，竞速项目其实与高尔夫球或国际象棋更相像。

当然，选择把竞速项目纳入我的素材中，其理由似乎比排除"玫瑰花环"要薄弱许多。因为，我经过发现可将"玫瑰花环"纳入其他的类别，而将之排除于游戏范畴之外；可是，我把百米冲刺纳入我的素材之中，似乎仅仅是因为我无法将之归于其他范畴。事实上我把百米冲刺纳入游戏范畴，当然有更站得住脚的理由，因为我问了自己以下的问题：一种是奥林匹克运动会及印第安纳波利斯所进行的竞速赛，另一种则是像警察和歹徒之间的竞速追逐、自耕农之间抢占新土地的竞逐，以及救护车与死神之间的和时间赛跑，我要如何分辨这两个类别？我问自己，要如何区分这两种明显截然不同的竞速类别？在尝试回答这个问题时，我又问了自己另一个问题：百米冲刺的特性比较接近警察和坏人之间的追逐，还是比较接近国际象棋？通过检验，这是一个比表面上看起来更复杂的问题。表面上来看，比起国际象棋，百米冲刺应该比较像警察和强盗之间的追逐。因为在这两种情况中，人们都在跑，而且都在尝试超越前面的人，但在国际象棋赛中，游戏者并不是在做这些事。这是一种或可称之为不明就里的解答。我鄙弃这种只从表面的相似性来判断的不明就里解答，并提出另一种见解。我把百米冲刺区别于执法警官的冲速动作；前者是游戏，后者不是。方法很清楚，很关键且很有说服力，先看看以下的寓言故事吧。

"别跑！"警官对着正被紧追不舍的人大喊，"以法律之名命令你！"

"为什么？"领先的选手这么回应。

"因为……"警官回答，追上前面的人然后吐了几口气。

"你乍看像是某种罪犯。"

"喂！我不是。"领先选手回答，"我是罗杰·班尼斯特。①那个快要接近我们的，是另一个中长距离

---

① 罗杰·班尼斯特（1929年—），是英国前赛跑运动员，也是第一位在一英里赛跑中跑进四分钟纪录的选手。

选手。"

"啊！"警官说，然后继续做他的工作。

因此，没有被称作"百米冲刺游戏"这个事实丝毫不会让我难过。毕竟，把某件事情称作百米冲刺与把警官和罪犯之间的百米追逐称作一场比赛，是两件截然不同的事；而且，我不认同把"冲刺"当成只是"竞速"的另一种说法。因为，当经纪人的来电响起，史密斯冲刺跑向电话机时，他并非在跟任何人（或任何事件）竞速，他只是想要立即消除焦虑而已。

以上的说明仍然无法完全论证出赛跑是一种游戏，而只能说明赛跑跟一些表面看起来很像的活动是非常不同的，所以，我要提出以下的普遍原则。我认为，当那些一开始没有被涵括在核心类组当中的活动或事件（例如，因为它未被称作"游戏"而被排除）经由检验能符合类组的定义，那么，即使它未被称作游戏，仍然有足够的初步理由被认定为游戏。这样一来，举证责任就落到批评者那里，他们必须提出理由，证明为什么这些活动不应该被看成是一种游戏；而且，我认为所提出来的理由，必须足以指出该活动的特征应当被纳入某一个不同且独立于我所定义的类别。我进一步认定，这个必要的特征，不能够只是被称作什么其他事物的特征；因为那不是事物的一种特征，而只是我们的语言对该事物的称谓。而定义的主要目的之一，就是让我们的用语可以更精确。

我相信以下的例子足以显示这个普遍原则的说服力。让我们来辨识以下的活动类别：望着事物下沉。这类别的活动包括望着船只沉入水平线、望着舞者下降到舞台背景之下或望着沉入水桶中的水瓢，等等。现在我要把另一件事物纳入这个类别：望着地球下沉——在天气晴朗的黎明时，任何人都可以望向东方进行这个动作。但我们发现，我们不会说这个动作是在望着地球下沉，我们通常也不会这么想。这个动作总是被称作也被想成"望着太阳升起"。我们会以错误名称来指涉事物，往往是因为文化的滞后性，创造这种语言称谓的先人以为是太阳在移动。当然，我们有时以错误的称呼来指涉事物，只是因为其实用性，因为那看起来确实像是太阳升起，所以我们使用"日出"一词来说明这个共同经验。我并非因此而呼吁进行语言改革。例如，我并不是要建议我们从今以后要说"早上那美丽的地球下沉"，这与环保人士在鸡尾酒会中所提到的地球下沉是完全不同的两件事。因为连太空人也会用"太阳升起"这样的语词表达，即使他们很清楚其实是地球在运转。山丘上的傻瓜望着太阳落下，而他心中之眼却看见世界在旋转。

所以，我并不是要坚持把这类竞速活动称为游戏，而只是要提出，即使没有更进一步的识别特质，我们仍可通过反思将它们确认为游戏。

再者，回过头来谈谈语言的问题。否认竞速赛是游戏的人或许会以相同的标准来质疑百米冲刺是否是一种竞速赛，因为也没有人会用"百米竞速赛"这样的语词。事实上，竞速二字很少被用来指称这类运动赛事。"跨栏"并不是"跨栏竞速"的简称。

（响应这个问题，是不是可以说这里的"竞速"一词即使没有表达出来，人们也会理解这是竞速？如果是这样，为什么游戏一词不能理解为包含在"百米冲刺"的用语里呢？）用来表达这类事件的通用语词里也并不包含"竞速"这样的语汇。这些事件通常被称作"径赛"事件，虽然在轨道上跑动这样的特征，显然并非这类活动所独占。火车也跑在轨道上。无论如何，"栏架""冲刺"似乎都不是任何语词表达的简称。它们看来其实就是竞速活动，而被称作径赛项目，主要是具备了和田赛足以相对的特征。当这两者结合在一起，田径也就是运动赛事的专有词，就是我们在"奥林匹克运动会"等赛事中所使用的语词。

然而，我的目的并不是通过展现某种竞速的确被称作游戏，来战胜某某教授，因为我希望论证的重点是：并非所有核心类组的游戏都必须被称作游戏。（我所了解的情况是，当某某教授注意到我们习以为常的"奥林匹克运动会"①一词的使用，证明了竞速有时也被称作游戏，我听说，他回答，这是"游戏"一词的误用。从维特根斯坦的理论来看，我们只能质疑，是何者的误用。）

但这样还是有可能会被问到，在众多范例中，为什么要以竞速活动来作为范例——而我确实是这么做的，因为我一再以竞速活动来说明某个论点，或者更严肃地说，我以此来确立某个论点。为什么要选择这样一种甚至不被称作游戏的活动，然后再大费周章来证明呢？

有两个理由：一、竞速活动非常简单，与复杂的游戏比

---

① 奥林匹克运动会（Olympic Games），英文中运动赛事也使用"Games"（游戏）一词。

较,更容易剖析它的形态。我一般不会使用国际象棋赛作为解说的例子,因为要弄懂国际象棋本身的形态,就需要一些额外的分析。事实上,在我的书中,国际象棋赛和竞速活动之间存在某种相互作用或张力,这并非是蓄意为之。国际象棋赛呈现出我的分析之中最为困难的部分,而竞速活动则往往带来简单的解答。二、竞速也许是所有游戏中最接近日常生活的,因此竞速相较于其他游戏,更适合用来突显游戏与非游戏的区别。如果以国际象棋这样一种过于复杂、过度人工化的游戏来作为例子,我们会过于轻易地说出国际象棋是游戏而非日常生活的一般活动。国际象棋赛包括一块特殊板子和一些雕刻出形状的小木块,木块放在板子上移动,这完全不是日常生活上的事。但这并不是国际象棋与日常生活相异的重要理由,就像诗和散文之间的差异并不是因为诗句的右边总是没有对齐。像百米冲刺那样的游戏,即使与真实生活中的警察追强盗如此相似,却不可能让我们误认。因为行为上的特性一致,反而迫使我们另寻这两者之间的真实差异。

(在此,我们有必要再提一下维特根斯坦;维特根斯坦的《哲学研究》为了论证所有被称之为游戏的事物缺少共同性,而提出了游戏的例子来说明,但他所提出的游戏,其特性大多着眼于该活动可见的行为特征。)

即便上述的推论可以合理化我将竞速活动纳入核心类组的做法,却无法解决美诺的悖论。因为问题仍在,即使承认有些竞速项目就像国际象棋赛、高尔夫球等活动一样被归入游戏的类别,究竟我该如何在不回避美诺问题的情况下辨识任何这些游戏，由此开始我的探究呢？为此，我将从对维特根斯坦的抗辩转向另一个由美诺所提出的更严重的抗辩。

三、重温"知识回忆说"

我认为，美诺两难的解答是：选择事物归入原初类组，与确认这个类组的本质，这两件事其实是基于相同的考虑。对我来说，这就是知识回忆说的核心。如果有可能建构定义，那在定义出现之前，我们也许有，甚至必然有一些事情是我们有意识到的，同时也有另一些是我们未意识到的。我会提出一个跟柏拉图相比不这么怪异的解释。再次想想我对"玫瑰花环"和百米冲刺的处理方式。我把"玫瑰花环"排除在我选择的类组中，因为就像我所说的，比起游戏，它更像是芭蕾舞。也就是说，我依据这些事物能否更适切地被归纳到其他类别，来决定将之纳入或排除在自我所选择的类别中；我认为这是合理的。定义的探索并非无中生有，也不是依据现存的随机属性而确立的。在选择原始素材时，我们排除不同的项目（如"玫瑰花环"或信心游戏），并非仅仅给予这些项目一个像是"非游戏"这样的总体名称。如果这么做，就的确是在回避问题，也跟冷酷的门房处置醉鬼的方式没有分别：他把醉鬼赶出去，不是因为他相信醉鬼更适合某个其他的地方例如家里，而仅仅是因为，从他的观点看来醉鬼根本不属于他所看守的那个地方。但明智的定义制定者处理那些不属于其类组的成员，不能像对待放荡不羁的酗酒者一样，只是把他们赶出去，而该像个关切的政府，只有当他所接待的流亡者被接受为另一国的移民，才会鼓励他们迁移。

这样的论点可能还是会受到反驳，反驳者会认为这样的推论程序无法带我们走出森林，只会让我们陷得越来越深。因为一开始我们的问题只是要辨识单一的类别，但现在却变成要辨识很多类别——无法纳入原始类别的项目有多少，我们必须辨识的类别就有多少；因为排除这些成员的唯一标准，就是确认他们隶属于另一个不同的类别。采用了这个技巧，我们原本试着要解决的问题却似乎变得前所未有地棘手：原本只要面对一个问题，现在变得要面对无限多的问题，如此就犯了魔法师门徒的谬误——我似乎是在论述，不想回避问题的方法，就是回避它很多次。

好吧，其实我想表达的事，从某个角度来说是相当滑稽的。我想提出的另一个情境是，当我们着手要定义某件事物时，我们正处于一个从概念上来说是"无类别之分"的社会。如果真是如此，那么我们在定义某一个类别时，就不能诉诸另一个类别，因为我们假设那个类别还未存在。也许就是基于这样的考虑，亚里士多德说所有知识的获得都是以预先存在的知识为基础。而《克拉底鲁篇》中苏格拉底所提出的观点，更接近我的观点，对于那些恐惧定义的人如普罗泰戈拉所想象的世界，苏格拉底将之比喻成筛子，所有意义皆由其筛落，或者更生动地描绘，是一个流着鼻涕的人。并不是每当我们要定义一件事物时，都必须要从零开始，好像我们必须定义其他所有事物，然后才能定义这件事。我们并不是在时间之初或知识之初开始进行定义的工作，而是从事件中间开始，也就是说，我们处于其他定义的网络或集体之中。

当然，有人或许还会问，所仰赖的那些其他定义是否正确。针对这个问题，我的回答是，如果这些定义有很多不正确，那企图基于这些不正确定义基础下的新定义就不会太成功。但是，如果因为事物的区分没有足够的精确度，就抑制任何事物的定义，在我看来，如此对于分类的不安全感，其实已到了病态的程度。无论如何我们都可以假设大部分人知道一些事情，比如，屁股跟手肘是不一样的。

换个文雅一点的例子，想想亚里士多德对下述两种不同事物类别的区分：具有内在驱动力的事物以及驱动力来自外在的事物。我认为，即使不知道这种相对复杂的区分方式（或者没有意识到自己知道），我们仍然能够分辨出老鹰与锯子。我不需特别保护鸡免得被锯子攻击，也不会用老鹰来锯板子；即使不如此强调，对于自然存在的物品和人类加工的产物的区别能力其实只是我们大部分人跟哈姆雷特都拥有的小知识，这一点都不难想象。同样，我认为当我在区分某些比老鹰和锯子更难察觉出差异的事物时，实际上同一套意义差异的提示正在发挥作用。

是的，但我是如何得到这些提示的？我是不是该以柏拉图的说法，"我有一种模糊但足以引导的回忆"，可以知道意义将会变成什么，还是应该采纳亚里士多德处理类似问题时的做法，完全避免任何解释，他只是简单地认为，我们以特殊的方式来感知宇宙，因为我们的心智就是被建构成具有这样的能力？我认为答案就在于我们经验里（也就是说，在我们后天经验里）对于各种区分的先存性，而这个任何定义所必要的条件，让我们在试图回答这个问题时，在柏拉图的天马行空里止步，同时又给出了亚里士多德简洁观察的方向。定义式意义的指引就像回忆，是基于过去的经验，而心智可以用特殊方式感知宇宙，也是因为过去的经验。我认为，柏拉图的知识回忆说之所以看起来怪诞，而亚里士多德的宇宙归纳法之所以看似在回避问题，都是因为他们将定义和归纳当作是一个又一个过程（或者他们的读者如此解读他们），独立于由类别组成的共同体，而这共同体正是定义和归纳的先决条件。

为了解释类别共同体如何运作，让我们再度回到竞速的例子并加以检视。当我开始认真地探究游戏的定义时，我很确定百米冲刺是游戏而"玫瑰花环"不是。我不被表面特征误导，把一把老鹰形状的锯子放到它所隶属的工场，而不是放到它不隶属的鸟类当中。我是如何做到的呢？首先，我已经知道如何辨识真正的竞速和按脚本表演之间的差异。（我又是如何注意到这样的差异呢？经由观察到真正的摔跤比赛与电视节目所制作的摔跤表演之间的差异。）在后者，节目一开始就已经（或应该）事先知道结果；前者的结果则不是（或不该）事先就已得知的。但竞争就必然是游戏吗？不，有些是，有些不是。救护车驾驶和死神之间竞速不是游戏（或至少不应该是），但百米冲刺则是游戏；虽然两者（以及公务员考试和战争）都是竞争的形态。为什么百米冲刺是游戏，和死神之间的竞速却不是游戏？因为游戏是那些被视为（或完全可以是）以其自身为目的的活动，但上述与死神之间的这种竞速，则不是（或不应该）如此。这样的二分法，或者某种接近于二分法的东西，在我一开始探究定义时，就早已在运作着。我并不是在描述一种小心翼翼、一步接一步的程序下所产生的结果，而是有许多区分在弹指间但并非乱无章法地涌入心中，很像是一种瞬间启示，仿佛我在唤起一些过去已拥有却已遗忘的知识。当然，说是"遗忘"太强烈了。这是运用了另一种亚里士多德式的区分法，所拥有的知识相对于使用中知识的区别。因为我已经知道，分辨竞争和非竞争项目，以及自为目的的和工具性的活动是有可能的，这样的区分已足以让我将百米冲刺纳入，而将"玫瑰花环"排除在我最早的数据之中。

四、论辩模式的总结

在总结中，我想要：1.提出并简短地回答三个问题；2.提出并更加简短地回答五个问题。

1. 这里有三个问题

1.1 在定义建构中，我如何选择我的数据？

就方法的实践上而言，这个问题几乎不会出现。如果研究者处于理想的探究路径（也就是有成功希望的探究路径）上，数据大致上都会自行选择；如果数据不会自行选择，那就很可能不是一条理想的探究路径。确实应该如此，因为我们并不是在真空中建构定义。那些已经被理解的类别及其呈现并且仰赖的差异化所构成的网络，就是成功定义本身所依赖的必要条件。

当然还可以有更多的解释，因为并不是每个人寻找定义都会同样成功，尽管定义早已存在那里等着被发掘。我相信，无法成功的原因在于某种不敏锐性，也就是说，对于那些在人们论述和探究中已经提到过的、经验里已有所分类的对象不具备足够的敏感度去发掘。而这样的不敏锐性存在可粗略归纳为两种：自然天生的或是受诱导所造成的。我所谓自然天生的不敏锐性，指的是实质上缺乏理解定义的能力。这就好比音乐上的音痴。而所谓受诱导造成的不敏锐性，指的是某种偏见已经在这个人身上运作，以至他无法理解定义；如果没有这样的偏见，他就将会理解。我所称的偏见就是弗朗西斯·培根所称的假象，而这里所说的其中之一就是家族相似性的假象，我将之归为学术的假象。也许会以为这个假象可被归类为市场的假象崇拜，因为维特根斯坦所谓的日常使用，可被理解为人们在市场集会中所进行的口头贸易。但我认为，街头上的人不会是维特根斯坦。维特根斯坦，他是一个工作中的本质主义者，像是街头上的警官那样，有能力纠正自己对罗杰·班尼斯特行为的误解，区分了对定义构成的不敏锐性，以及因假象而导致的不敏锐性。必须注意的是，这两种起于不同因素的不敏锐性，从外在表现来看并无二样。因此，当维特根斯坦依照家族相似性试图去解释，为何那些乍看下截然不同的事物都称之为游戏时，他看起来只是傻，就好像是有某种个性偏执的能力缺失。只有当我们了解他这样的行为是依照原则运作，才会知道他是一位工作中的专业哲学家。

1.2 语言和定义之间的关系是什么？

没有必要假设所有被称作相同名称的东西必定拥有相同的定义（维特根斯坦倾向于把这样的假设错误地套在所有本质主义者的头上）。但是，如果有很多东西在很多情况下，相同的名称都不具有相同的定义，那么，我会因此而认为，这些命名根本无法适当、有效地描述这个世界，或无法在人与人的沟通中互相理解；那么，指涉的语言就是全然无效的机制。

因此，我并不是在声称，要让我的定义扩充成只能够包含那些一般被称作游戏的少数事物像跳房子和桥牌，也不是在说自己可以忽视语言的使用，只是没有义务要去符合每一部分；所以，相较于维特根斯坦的家族相似性论点，我主张我对游戏的定义更能解释"游戏"（game）一词的普遍使用性。在《哲学研究》一书中，维特根斯坦写道：

> 想想那些我们称之为"游戏"的例子。我指的是棋盘游戏、纸牌游戏、球类游戏、奥运会，等等。比较一下国际象棋和井字游戏。想想单人纸牌游戏，以及小孩把球丢到墙上再接回来（的游戏）……（想想）网球。想想像玫瑰花环这样的游戏。

对于这些各异的项目，维特根斯坦问道："它们之间有何共通之处？"他的意思当然是它们之间并无共通之处。但我认为，除了他所举的最后一个例子，其他的例子之间确实有共通点；而且，我可以断言，我所察觉到的共通处，就是所有或大部分这些事物都被称作游戏的原因，家族相似性并不是一个很好的理由。如果这些事物几乎都被称作游戏的原因在于家族相似性，那么，我觉得警察捉强盗没有被称作游戏，是一件相当令人费解的事。

1.3 前面的论述，跟我所提出的游戏定义是不是一个好的定义，有什么关系？

没有，虽然我认为如果提出的是一个好定义的话，那跟上面的论述会有很大的关系。因为对于定义所该问的，并不在于定义是否可能存在，不是为了得到一个肯定的答案而产生出一个定义；而是在于，定义如何可能存在。

2. 这里有另外五个可以更简短回答的问题

2.1 为什么乌鸦像书桌？

它们不像。

2.2 你是否可以分辨老鹰和锯子？

是。

2.3 为什么马吉·撒切尔像圣诞老人？

两者都有胡须。

2.4　为什么百米冲刺像"玫瑰花环"？

"玫瑰花环"不是游戏。

2.5　你是否可以分辨你的屁股和手肘？

问题的答案显然取决于答辩者的哲学立场。

二 附录

草原上的维特根斯坦

那篇我用来为定义辩护的文章《山丘上的傻瓜》所要回应的是，那些因为我将不被称作游戏的活动也纳入其中，而指出我的游戏定义过于广泛的反驳。我的回答是，某事物并不必然要被称作游戏，才可以是游戏。现在这篇文章，则是为了回应那些说我的定义将一些被称作游戏的项目排除，而使得定义太过狭隘的反驳。针对这点，通常我的响应会跟《山丘上的傻瓜》一文中的回应相对照，也就是说，称某事物为游戏并不必然会让它成为游戏，如果它隶属于游戏之外的其他类别，那它就不是游戏。这就是我对"玫瑰花环"的处理方式。但在这里我所要提出的反例，不像"玫瑰花环"那样明确、一目了然，因而需要更深入的解释，期待这会是一个有益的说明。

除了以上这点之外，提出此篇抗辩文章，还有另一个有点让大家欣然惊呼的理由，因为维特根斯坦自己本身如幽灵般在文章中流连忘返，他就是这个进阶反例的游戏玩家。

反例：太阳、地球和月亮

这里所谈的是弗兰克·麦克布赖德教授所提到的一场假设性的游戏，他转述自诺曼·马尔科姆谈及这个他自己、马尔科姆太太与路德维希·维特根斯坦三人所玩的游戏。

> 维特根斯坦认为我们三人应该相对于彼此而各自展现太阳、地球、月亮的运行。我的太太是太阳，维持稳定速率穿过草原；我是地球，快步地绕着她运行。而维特根斯坦是最艰辛的，他是月亮；当我绕着我太太行进时，他则在我周围运行。

马尔科姆把这样的活动简称为SEM，分别取太阳（Sun）、地球（Earth）、月亮（Moon）三个英文单词的前缀。他说因为SEM是一种游戏，但并不符合我的定义，因此声称我的游戏定义过于狭隘。

为了说明我的定义无法涵盖SEM，马尔科姆声称SEM：一、没有可辨识的前游戏目标；二、没有特定的方法；三、没有建构性规则禁止使用较有效率而鼓励较无效率的方法；四、对于为什么规则被接受没得选择，只能选择玩或不玩。

马尔科姆并未在SEM中发现这些，但这未能证明SEM不包含这些元素。让我们仔细且耐心地检视，看看能不能做到他所做不到的。

发明CMO

暂且把SEM搁在一边，我想邀请读者一起看看我所发明的游戏。首先，有一个移动的物体，我可以用极小的力气或完全不费力，就可以控制这个移动物体的线性速度。然后我给自己设定了一个前游戏目标：绕着这个物体跑动数圈。显然，我有两个不同的方法来达成这个目的：一、我可以维持一定的跑动速度，让自己能够在物体现有速度下反复绕行物体；二、我可以降低物体的速度。维持我的速度需要耗费有限资源（我的体力），但降低物体速度则不需要；对我来说，要绕行物体，降低它的速度是一种比较有效率的方法。我因此采用一种限制方法的建构性规则：不降低物体速度（或不要降到某个程度之下，或至少不要降到零，这取决于我想要挑战的程度）。我采用这项规则的理由只是为了能够参与这个因采用规则而成为可能的活动（而没有其他目的，例如为了观察选手在某个特定速度下移动的各个方向——可以想象得到甚至是难以置信的，运动教练可能在某些情况下会想要做这件事），也就是说，我接受这个限制方法的规则时，采取的是一种游戏态度。

根据我的游戏定义，我认为以上所述是一场游戏。（我将之设定为一种开放式游戏，但我也可以把它改造成封闭式游戏，只要设定不同的前游戏目标，例如绕行物体二十圈。）虽然我很满意上述活动是一场游戏，但它不是SEM。所以让我们问问，SEM比起我所描述的游戏多加了些什么。我先想到的是，SEM多的不过是一些非必要的装饰，就如同有些网球选手习惯戴的彩色头带那样，但不只如此。首先要注意到，我所描述的那个游戏，我们姑且把它称之CMO（物体绕行），这项游戏最多只能两人进行（我说"最多"，因为CMO的玩家可以绕行人以外的物体，如电车）：一个人先跑，而另一人绕着他跑。所以，SEM不同于CMO的地方在于多加了第三个参与者，而且给了每个游戏参与者一个天文角色。

现在暂时把CMO抛诸脑后，让我们更深入检视以下SEM的进行。马尔科姆夫妇把太阳和地球角色扮演得毫不费力，表现很好，但维特根斯坦脸色泛红、气喘吁吁的，开始有点跟跄。马尔科姆太太看到这个情况，叫道："我们暂停一下吧，让路德维希可以喘口气。"但维特根斯坦回叫道："你们两人别停下来，诺曼，别坏了所有事。"维特根斯坦之所以拒绝马尔科姆太太人道主义的提议，我认为可能有两个不同的理由：一、如果SEM真的只是装饰版的CMO，他的理由是，接受这个建议将破坏游戏的建构性规则；二、但是，如果SEM不是CMO，而只是太阳、地球、月亮之间相对运动的描绘，那么他拒绝停下来的理由可能是因为星球运转无法停止。在第一种情况下，诺曼停下来就会破坏游戏规则；在另一个例子中，诺曼停下来则会扭曲太阳系运行状况。所以，SEM到底是什么呢？是一种CMO游戏，或者是一种行星运行的模型？我认为答案可能是两者之一，端看参与者的动机而定。

作为CMO的SEM

一旦SEM可能被理解为CMO游戏，首先就会出现这样的困境。如果我们把SEM里必要的第三位参与者（非CMO必要）以及这些游戏者所假定的天体角色，视为无关紧要的装饰物——这样就只是多余的包袱——我们便削弱了自己提出的"SEM可以是CMO"的声称。不过，我认为SEM的戏剧要素——也就是角色和情节——确实以下列的方式与CMO严格的游戏特质紧密关联。当然，CMO的游戏也可以通过不让运行物体停下来的这种自发性决定而进行下去，就像诚实的高尔夫球手就算没人在看，也如实地报出挥杆数一样。但是，如果将CMO置入SEM中（或把SEM设定为CMO的场景），那么，阻止CMO中的O停下来的抽象禁令，就有了戏剧化的体现：违反了让O保持移动的游戏规则要求，也让SEM里的E停止运转。这样一来就破坏了让游戏得以呈现以及让游戏基本规则得以发挥效力的游戏模型。这就跟纯粹的装饰是完全不相同的事。如果我们把焦点从彩色头带移转到国际象棋的表现特性，我们就不再着眼于纯粹的装饰，而走向了SEM的天文特征与CMO抽象特征之间的示意关系；不过我们并没有要就此做太深入的讨论。在这样的关系里，重要的是，国际象棋中骑士（马）具有可以跳过其他棋子的能力，教士（象）能有趣、独有地斜向移动。不过真实生活中的骑士和教士对国际象棋的棋子没有直接影响力；而太阳、地球和月亮的运动却对"作为CMO的SEM"有所影响。

在论及SEM也可以被诠释为其他事物之前，针对SEM可以被解释为CMO的这个可能性再提最后一点。这么说应该很合理，如果SEM是我所描述的那种游戏，那么某种程度来说它就是个有点不寻常的游戏，因为三个参与者当中只有两个人在玩（马尔科姆太太并不照着CMO的方法移动），而诺曼和路德维希看来是在玩着有点不同但密切相关的游戏，就像两个密切相关的齿轮在运作一样。就是这样。按照我在《蚱蜢：游戏、生命与乌托邦》一书对波菲尔尤·史尼克和巴舍勒密·追哥两人行为的描述，SEM是一种三个人、两个玩家的游戏。马尔科姆和维特根斯坦所玩的SEM，甚至有可能是"三个人一个玩家"的游戏。在这个游戏里维特根斯坦独自玩着CMO，而马尔科姆夫妇的功能只不过是游戏场上的设备，也就是一种用来创造出适切动态物体的二齿轮机械。这个可能性由马尔科姆总结这件事时所说的话得到些许支持，他说："维特根斯坦很热诚且很认真地投入这场游戏，边跑边向我们喊着指令。他因而气喘吁吁且头晕目眩，几近虚脱。"作为"三个人一个玩家"的游戏，SEM和CMO之间的关系添加了几分邪恶的面向，不是吗？无论如何我都不能避开这样的感觉，维特根斯坦对马尔科姆夫妇提出SEM，其实是在欺骗他们建构出一个星体模型，好让他可以玩CMO。

SEM可以被视为某个版本CMO的论点，在了解到SEM过程中所出现的星体模式从两方面来看都是错误的后，得到了更进一步的支持。这两个有趣的方面是：一、SEM显然是根据日心说而成立的，因此马尔科姆太太作为太阳应当静止而不是移动；二、诺曼作为地球，当他绕着作为太阳的马尔科姆太太转时，同时也应该自转。但是，如果这里的太阳和地球并不是作为天文星体的再现，而只是一个装置，目的是产生一个在特定速度下移动的物体，那么，这样的异常也就可以理解了：一、移动的太阳比静止的太阳让地球需要以更快的速度绕行，如此就会对月亮构成更大的挑战。二、绕行一个自转中物体的挑战性并不会比绕行一个未自转的物体来得更大，因此地球就不必以自身为轴心绕转，毕竟只要有差不多正确的星体模型，只要有足以让CMO游戏得以进行的准确度即可。

SEM作为模型建构

现在让我们来看看，如果不把SEM理解成为了玩CMO游戏的戏剧化工具，而是企图要以三个人的身体动作来建构出太阳系模型的一部分。这样一来事情马上就变得不一样了。绕行动态物体比绕行静态物体所需要付出的额外努力不再被视为是整体活动的一种挑战（就像在作为CMO的SEM中的情况那样），而只是作为建构这星体模型活动中最困难、最麻烦的部分。以下这些策略在作为CMO的SEM中会被极力避免，但此时却成了合理的手段：降低太阳和地球的速度而让地球和月亮的运行更有效率，指派一个体力最好的人来扮演月亮（月亮才不会太喘或颤抖），等等。

我所提出的这两种SEM诠释之间的差异，可以由想象维特根斯坦在活动中问了自己以下的问题来做总结："我是为了创造出星体模型而绕着诺曼跑，还是为了要绕着诺曼跑而创造出星体模型?"如果有人倾向回答"两者都是",那其实也不影响我所假定的观点(虽然我相信它提升了自身的困难度),也就是仍然有两种可能的方式来诠释SEM,其中之一让SEM得以被称作游戏,另一个则不然。

击败反例

如果麦克布赖德分析之后认为SEM实际上就是CMO的戏剧化版本,我当然会同意他,SEM应该被称作游戏。但是,如果他同意自己是基于那样的理由将SEM称之为游戏,那么SEM就不是一个会对我的定义有所伤害的反例,因为"作为CMO的SEM"确实符合我的定义。因此我应该要想到的另一个可能性是:即使SEM显然是在建构一个星体模型,麦克布赖德仍然认为它是游戏。是什么样的原因让麦克布赖德有这样的想法呢?我猜想,答案是麦克布赖德会称SEM为游戏,只是因为根据马尔科姆的叙述,这是他们的休闲活动。如果我猜得没错,那么,麦克布赖德就是以这项活动的社会脉络来认定它是游戏,而不是它内在的特质。如果这只是一群天文学家想要呈现太阳系的运作却缺少可用设备,只能运用自己的身体的情况,我想就算是麦克布赖德大概也不会将之称为游戏。因为当这位鲁莽的马尔科姆和他那赫赫有名的同伴在演出SEM的时候,他们并不是在工作,而是在玩乐,所以麦克布赖德才会觉得那是游戏。但是,如果因为这样SEM就应该被称作游戏的话,那么所有的休闲活动都应该被称作游戏：看书、跳舞乃至算脚指头。

提出SEM作为反例，必须符合：一、它是一种游戏；二、而且它无法被我的游戏定义所涵盖。然而，从以上的分析来看，SEM无法同时符合这两项条件。如果它被诠释为游戏，就无法符合条件二，而如果认定它无法被我的游戏所涵盖，那么它就无法符合条件一。因此，我的结论是这个反例失败，而要在感谢草原上的维特根斯坦为我们创造出了这种种可能性中停笔。

三 附录

论"玩"[1]

我打算提出一个有关"玩耍"（play）的试验性定义，并且为之辩护。这或许不是一个会为所有人带来冲击的有趣论证，所以如果你不想留在这里，请现在离开。因为，我知道有些议题一旦深入探究，某些人会出现抗拒的反应，有时候这种反应会相当剧烈。例如，有些人如果被要求理解一些抽象符号，便会极度焦虑。有些人则一旦思考某种上帝存在的新证据，即陷入沮丧而无法自拔。最极端的反应来自那些无可救药的"定义建构反对者"，我说的就是那些极端的维特根斯坦主义者。因为一旦这些极端维特根斯坦主义者得知你正在认真地试图定义某种事物，他们便立即呈现出焦虑与沮丧的状态，并且破坏你的名声。

---

[1] 原先发表于1977年《运动哲学杂志》第四卷，第117-131页。

所以，现在我先暂停五秒钟，为大家提供方便：患有严重定义恐惧症的人，可以马上逃离这里。

为什么我要定义"玩耍"？因为它就在那里吗？显然，这是部分原因，但主要原因在于定义是某种约束或限制；自赫伊津哈提出他的学说之后，社会场景中的每一颗石头底下，似乎都藏着"玩耍"；而我认为，"玩耍"这个概念承载得太多了。对许多实践玩家而言，我怀疑这个主题应缩减一些范围。现在几乎没有事物不被称为玩耍，从猫追尾巴到亚里士多德对不动之动的沉思都是。"玩耍"一词像是个太细小、太脆弱的容器，想要包含如此大量之意义则必定满溢乃至分崩离析。猫追尾巴与亚里士多德沉思上帝，这两者之间的共同之处为何？其实，我们发现这两者的共同点比我们以为的还多。猫与亚里士多德在从事的，都是一种"自成目的"的活动，也就是以活动本身为目的而进行的活动。无论是专注于上帝的亚里士多德，还是追逐着尾巴的猫，对以下问题都会给予相同的答案：

"追逐自己的尾巴有什么好处呢？"

"不为任何好处，这事本身就存在价值。"猫回答。

"沉思上帝有什么好处呢？"

"不为任何好处，这事本身就存在价值。"亚里士多德会这么回答（事实上他曾经如此答复）。

如果把玩耍定义为任何自成目的的活动，那么猫追尾巴与亚里士多德沉思上帝，两者都是玩耍。

但是，我无法同意玩耍等同于任何自成目的的活动。我们需要两个步骤来证成这个论点。第一个步骤是承认亚里士多德沉思上帝与猫追尾巴，都是自成目的的活动。这一步完全合理，我可以接受。但第二步我则不能接受。第二步是要为这件事套上"玩耍"一词。这一步依据的是什么理由呢？让我们暂停一下，先看看"玩耍"一词如何出现在讨论之中。难道不是因为猫追尾巴早就被称作"玩耍"吗？

"猫在玩耍吗？"我们问。

"不是，它在撕破邮差的喉咙。"这是我们得到的回答。

"喔。"我们这么回应。

我们再问："猫现在在玩耍吗？"

"是的，它在追自己的尾巴。"这是答案。

"嗯。"我们说。但我们发现人类沉思上帝也早已经被赋予某个称谓——宗教体验。所以，既然我们将亚里士多德沉思上帝称为"玩耍"，那么依据同样的理由，我们也可以称猫追尾巴为宗教体验。但是，请不要跟我说猫追自己的尾巴，对猫而言确实也是个宗教体验。或许是，我完全愿意接受这个可能性。你永远无法真正了解猫咪。即使假定猫追尾巴真的是个宗教体验，我们也无法以论证沉思上帝是种"玩耍"的相同手法，来证成猫追尾巴是个宗教体验。因为就我们所同意，亚里士多德和猫的共同之处，只是在于他们都在进行一项自成目的的活动。当然，我们并不认为所有自成目的的活动都是宗教体验。以同样的方式来说，我们也不该认为亚里士多德与猫在玩耍，除非我们先证明所有自成目的的活动都是玩耍。

又或许我们真的在意这些事实吗？我们可能并不在意。或许我们只是用"玩耍"来指涉所有自成目的的活动，如同一位作者就这个主题所写的:"我使用'玩耍'一词,指的是任何自成目的的活动,即使该活动通常不被称作'玩耍'。"换言之,他想要用蛋头先生的方式来解决问题。你记得在《爱丽丝镜中历险记》中爱丽丝与蛋头小子之间的争论吗?蛋头小子说一年可以得到三百六十四份非生日礼物,而只能得到一份生日礼物,他总结说:"那是你的荣誉!"

"我不知道你所指的'荣誉'是什么意思。"爱丽丝说。

"你当然不知道,"蛋头小子回答,"我还没告诉你。我是说,这是指'给你一个聪明的点子'。"

"但是,"爱丽丝反驳,"'荣誉'并不是指'一个聪明的点子'。"

蛋头先生不屑地说道:"当我使用一个字词,我要它是什么意思,它就是什么意思。"

爱丽丝回应:"问题在于,你真的可以用一个字词来代表很多不一样的东西吗?"

蛋头先生说:"问题在于,由谁来做主。就是这样。"理性讨论可以容忍某种程度的"蛋头主义"。例如,为了方便说明而约定某个字词的用法,这在理智上是可以接受的。只有当人们忘记了约定的意涵并不是事实的时候,蛋头主义才会变得不可容忍。然而,因为约定者的记忆并不会比一般人更好(往往更糟),所以难免会忘记,有时候甚至很快就忘记了,如同以下亚伯拉罕·林肯与一个责难者之间的对话:

林肯:先生,请告诉我一匹马有几条腿?

责难者:四条。

林肯：正确。但如果我们将马尾巴称作腿。那么现在一匹马有几条腿？

责难者：五条。

林肯：错。把尾巴称作一条腿，并不会让尾巴真的变成一条腿。

再者，约定某事物如何，要比大胆主张某事物确实如何，似乎是更为谨慎的举动，但也并不总是如此。如果我告诉系主任，我愿意暂时约定而非认定他心智健全，这不是一个谨慎的行动，而是愚蠢至极。因此，把"玩耍"约定为指称所有自成目的的活动，就两方面而言，这是不谨慎的：一、如果就事实而言这项约定是不正确的，我们必须时时提防约定者忘了这只是个约定；二、如果就事实而言这等同是正确的，那么称其为约定便是错误。我今天的其中一个目的，就是为玩耍一事提供足够的阐释，以说服你：把玩耍等同于自成目的的活动，这顶多只是一种约定。也就是说，我拒绝下列主张：如果X是自成目的的活动，那么事实上X就是一种玩乐。

我也主张（至少为了论证之便）该命题的反面是对的。换言之，我假定所有玩耍的活动都是自成目的的，也就是说，我将自成目的视为适当定义玩耍的一项必要条件，而非充分条件。因此，我们探询的起点，就是要寻找自成目的的活动这个属类当中的差异。我要说的是，这个差异跟严肃性有关。我将进一步指出，要阐述这种严肃性，叔本华提出的那个广为引用却也普遍被忽视的观察，是极佳的例子。叔本华说，动物的玩耍，是在消耗过剩精力。

基于以下三个理由,在我们开始进入这个主题之前,让我先谈谈游戏:一、我对游戏的了解要多于玩耍,至少我这么以为;二、这个领域中的许多作者显然总是直觉地认为游戏是玩耍的亚种,因此,指出这个直觉观念的错误,是具有启发性的;三、我相信,一旦我们厘清了玩耍跟游戏不一样,我们也就能理解什么是玩耍了。

让我从一个大胆的主张着手——玩耍与玩游戏之间,没有任何逻辑关系。为什么说这是一个大胆的主张?看看我自己所使用的字词:玩耍与玩游戏(playing and playing a game)。这很确定地指出玩游戏是玩耍的一种。但毫无疑问它并没有这样的意思。"玩"是一个高度模糊的词语。即使不需要冗长的哲学探究,我认为我们也可以毫无争议地区分和去除"玩"一词的几种用法,不然它会干扰我们的探讨。我建议,如果"玩"一词的意思相等于"表演""操作"或"参与",我们就不予考虑。我们可以玩小提琴,但那是指演奏小提琴。我们玩弹珠,但意思是我们在操作弹珠台。还有,我们玩一场游戏,只是意味着我们参与其中。我认为,这些用法并不会影响目前的讨论,因为这每一种用法,都明显地可以用其他词来替换"玩"一词,而完全不会改变它的意思。"玩"的这些用法,是一种隐喻,或许它最原本就是作为隐喻使用的;我们稍后会提及玩耍与隐喻。到目前为止,我想我们总算搞清楚:"玩一场游戏"这样的表述,并不足以证明玩耍与玩游戏之间的逻辑关系。

我宣称玩耍与玩游戏在逻辑上相互独立,意思是说:即使玩游戏通常也是在玩耍,但我们不能因为X是一种玩耍而认为X就是一种游戏，也不可以因为Y是一个玩游戏而断定Y是一种玩耍。以下这个日常生活中的例子，至少在表面上支持了我们的论点，即玩耍与游戏之间没有逻辑性关系。强尼的妈妈说："强尼，不要再玩马铃薯泥了。"如果我们因此认为强尼正在玩一场他跟马铃薯泥之间的游戏，那就过度诠释了。托马斯·阿基纳斯以一个男人无聊地抚摸他的胡须作为玩耍的例子。同样，我们也无法说这个男人正在跟他的胡须玩游戏。如果强尼和抚摸胡须的男人都是在玩游戏（而不是单纯地玩耍），那么下列的疑问就应该可以得到答案：这些游戏的目标是什么？游戏规则为何？什么算作赢？什么算作欺骗？

若说某个人必须是在玩耍才能称得上是在玩游戏，这似乎同样不合理。当职业运动员为了薪资而在被指派的游戏中上场，虽然他们必定是玩游戏，但我们并不会认为他们是在玩耍。因为当职业运动员玩本身专业的游戏时，我们认为他们在工作。只有当他们回到家里陪孩子跑跳时，才是在玩耍。

一些常见的语言用法，似乎将玩耍与游戏视为两种可辨识的不同行为种类。这样的用法完全正确，我将在下文阐述理由。我认为，当强尼没有正襟危坐地吃马铃薯泥，我们把强尼对马铃薯泥所做的事称为"玩耍"时，我们所指称的这件事，其实是相对于其他事情而言；但是，当我们用"游戏"一词指称国际象棋或棒球时，则不是相对于其他事物而说的。从此角度而言，"玩耍"就像是我们形容颜色深浅时所用的"浅色"，而"游戏"就像"蓝色"一样作为颜色的名字。我认为，"玩耍"与"游戏"之间存在某种逻辑上的独立性，就像"浅色"与"蓝色"之间那样。虽然某些蓝色是浅的,而某些浅的颜色也是蓝色,但我们无法因此从蓝色推断出颜色的深浅度,也无从以颜色的深浅推论它是不是蓝色。正如浅色是相对于深色而言,玩耍也有其对立面,也就是严肃性或某种形式的严肃。但无论是蓝色或游戏,都没有任何东西作为它的对立面。与蓝色相反的是什么?是绿色、红色?国际象棋的反面又是什么?是手球、扑克牌?

当我们说强尼正在玩着他的晚餐,抚摸胡须的男人正在玩着他的胡须,我们意指的是:这些对象物通常有其他用途或过去是作为其他用途,而这些用途跟强尼与抚摸胡须的人所做的不相同,或不一致。当我们使用"浅色"一词时,隐含的意思是"那不是深色";同样,当我们说"玩着"什么的时候,我们隐含的意思是,这个玩耍的人"并没有严肃对待这个什么"。所以,我觉得以下关于玩耍的假说是有趣的:当我们提及玩耍时,总是意指玩着某物或其他东西,虽然这个附加说明不太常被表示出来。我们通常只会说强尼在玩耍,但是,如果我们想要检测"强尼正在玩耍"这个陈述,那必须要能够指出强尼正在玩着某物:胡须、马铃薯泥或任何其他东西。我想这是一个富有启发性的假说。它看起来也像是个错误的假说。其实这并没有错,但是看起来很像错误。回到强尼,他咽下最后一口马铃薯泥,跑到外面去玩。当我们说他跑到外面玩耍时,是什么意思?我们当然并不是说他正在玩着某样东西,甚至也不是说他正在做着某件事。我们好像是说,他正在做某几样事物,但不是在做某些其他的事物。他正在玩球、在草地上滚来滚去、在拔昆虫翅膀,或只是精力丰沛地叫喊；但他不是在写作业、不是在整理花园，也不是在写信到《泰晤士报》。看来强尼并没有玩着任何事物（好吧，或许是昆虫），但大部分时间他就只是单纯地在玩耍。

或许就是因为这一点，才会让人以为玩耍等同于任何自成目的的活动。因为强尼玩耍的时候可能做的种种事，唯一的共同点在于，这些事都是他想做就做的，不是为了某种更进一步的目的而必须这么做。从这个角度而言，聆听贝多芬四重奏就像玩棒球、大声喊叫或抚摸胡子一样，都是玩耍。事实上，像是康德、席勒与桑塔亚纳都企图呈现审美欣赏不只是玩耍，而且是最高级、最美好的玩耍。

然而让我困扰的是，几乎没有哲学家会想要把听贝多芬称为玩耍，而这些哲学家对美学的兴趣也是高于对玩耍的兴趣；而且我猜想，强尼在餐桌上以及晚餐后的玩耍，两者除了都是自成目的的活动以外，应该还有一些什么共同之处，而这个共同点指向某种用来玩耍的对象物。叔本华说动物的玩耍在于消耗过剩精力，我相信，如果我们仔细研究他所提出的这个主张，将有助于我们揭开这个玩耍着的对象物。

其他对玩耍感兴趣的人通常只把叔本华的观察看作一种生理学评论。即使那是叔本华的本意，这项评论的意涵也远远超越生理学领域；我认为，这直指玩耍这个概念的根本逻辑。我们知道"过剩"一词并不是充分的解释，但如果玩耍真的像我所说的，是个相对性词语，那么"过剩"一词确实说到了重点。因为"过剩"或过于"充足"，必定对照着"充足"；它的意思本质上总是跟另一个词语联结在一起。那么，叔本华所谓过剩精力，到底是什么意思？是对什么而言过剩了？可能是对生存而言，或许是安全性与舒适性达到合理程度的生存。概括来说，这里所谓"玩耍"似乎是"工作"的对立面，或更广泛地说，是相对于执行工具性活动而言。这么说来，玩耍必定意味着把精力投入非工具性活动中；过剩精力如果用于执行工具性活动，那就不是真正的过剩了。然而，现在又出现了一个难题。当叔本华或其他人用这种方式谈论动物的时候，他们将其归因于本能的理性，大致上就像理论经济学家预设市场运作中的经济理性决策者。因此，动物在满足需求之后，照理不会继续埋头追求食物、遮蔽处与安全。就此角度来说，动物有时候被认为优于人类，后者常常不知何时该停止工具性利益的追求，特别是金钱与权力。例如，像卢梭等思想家所实践的动物哲学就认为，只有文明的人类会变成金钱的奴隶、贪婪的野心家与懦夫，动物或高贵的野蛮人并不会。我为什么要突出这一点？因为这个论点认为，动物会本能地区分出充足与多余，人类却往往不会。果真如此的话，那么以上认为动物玩耍是在消耗过剩精力的说法，或许能让我们多了解动物，却无法给予我们任何提示去了解人类的玩耍，或至少无法提供太多可靠的信息。假定我们知道史密斯已有了充足的财力，终于可以暂时离开他的昌盛事业，放假喘口气。然而，史密斯误以为他在财务上的保障仍然不足，于是持续工作。事实上，他现在消耗的是过剩精力，而如果叔本华的观点是正确的，他就一定是在玩耍。但他不是在玩，他比从前更卖力工作。我们先别否定叔本华的主张，只需要加上附带条件——对人类而言，这里所提到的精力必定不只是过剩，当事人也必须相信这是过剩精力。

然而，这个附加条件解决了一个困难，似乎又带来另一个困难。因为人类并不只是在他完成工具性活动后仍然拥有，或认为自己拥有多余精力的时候，才会玩耍。相反，人类不同于哲学家的森林里那些高度理性的动物。众所周知的是，人类总是让玩耍阻碍生产性活动。但这种情况下，玩耍并非消耗过剩精力，而是侵占稀有精力。正是这样的作为，杀死了传说中的大蚱蜢。

那么，叔本华的观察和人类的玩耍毫无关联吗？也不全然如此。他所主张的完全正确，只是说得不够透彻，而且并没有从他原初的洞察推论出普遍性的概念。他走得不够远，是因为他认为玩耍只跟过剩有关。事实上，玩耍跟稀缺性也同样有所关联。目前我们所了解的是，玩耍时所消耗的精力，必定是超过工具性活动能量库所需的部分（按照叔本华的观点），否则，就一定是窃取自这个能量库。如果确实如此，那就肯定了前述假设——玩耍必须参照其他事物来理解，就叔本华的看法，参照的即是原本并非用在玩耍的"精力库"。

再为叔本华的原则增加一个修正，我们也就有了基础来为玩耍下定义。我认为，叔本华公式里的"精力"一词太过狭隘；我主张以"资源"一词来取代，这样的更替是必要且合理的。如果我们谈论的仅限于动物，那么"精力"一词或多或少还是适用的，毕竟那是动物所拥有的唯一资源，或者是最明显的资源。但是，如果我们想要寻找一个定义来涵括人类和动物的玩耍，就必须在人类的精力以外加上其他资源，例如马铃薯泥或胡须。

我们对叔本华关于玩耍的洞察做了以下延伸：玩耍意味

着动用了原本无意用于此处的资源,那些资源原本是为了工具性活动而配置,现在却用于另一项自成目的的活动。我以下面这一句话来概括,这也就是玩耍的定义:X正在玩耍,且X将原本意图用于工具性目的的资源,暂时挪用到另一项自成目的的活动中。

例如,食物主要是作为供给身体养分的资源,这是食物的最优先用途。但食物也可以作为其他目的的资源,例如有人可以把马铃薯泥和汤汁做成山谷、河流。当这个活动挪用了原本用于工具性目的的资源,而且活动以自身为目的,我们便说这是玩耍。最优先的工具性活动所需要的资源,不一定挪至自成目的的活动,也可以导向其他工具性活动。在紧急时刻,马铃薯泥可以用来填补墙体裂缝,防止冬季冷风;但这不是在玩食物,因为食物从某个工具性用途转移到另一个工具性用途之上了。然而,需要留意的是,有时这种从一种工具性用途到另一种工具性用途的转向,也被称作"玩"。例如,史密斯看到琼斯在欺骗鲁宾逊,于是抓着他说:"琼斯,你在玩什么把戏?"这句话之中的"玩"显然是比喻性用法,撷取的是玩耍的其中一个面向:把资源从工具性用途转移到其他目的之上。这种使用是比喻性的,而不是字面的意思,因为其中并没有掌握到"玩"的所有面向;就这个情境而言,没被掌握到的面向是,资源必须转向自成目的的活动。当琼斯欺骗鲁宾逊,他把口说语言这项资源,从作为沟通的工具性用途,转向其他工具性用途,即欺骗。"玩"与"游戏"的隐喻性用法确实很普遍,往往容易造成分析的重大阻碍,如伯恩的《人间游戏》甚至系统性地以误导的方式使用

"游戏"一词。另一方面，觉察到这是一种隐喻性的语言用法，在分析上是大有帮助的。要说明这种用法之所以是隐喻，就必须厘清状况，指出哪些面向并非属于玩耍或游戏。

这有些离题了，现在该回到我们先前还未回答的问题了。强尼玩弄马铃薯泥的行为，具备了定义所要求的资源转移，所以可称之为玩耍；可是，他单纯地到外面玩耍，显然并没有玩着什么对象物，这又该怎么说呢？（我必须打断一下，在这里用括号插入一项提醒。假设强尼正在玩棒球，我们不能只是因为他正在玩"着"棒球，就说他在玩耍。这里的"着"跟定义里所要求的"着"并不相同。因为在棒球游戏中玩"着"球，并不是把球挪用到某个次要的用途上——用在棒球游戏中，本来就是球的首要用途。如果要符合我所说的玩"着"某种东西，强尼必须把球用在棒球游戏以外的用途，而且这个新的用途必定是某个强尼认为有其内在价值的活动，例如，试试看可以在他的鼻子上顶着多少颗球。）结束括号里的提醒，我们回到晚餐后到外面玩耍的强尼。他没在玩马铃薯泥，没在摸胡子，也没有以任何非正统的方式玩着棒球。实际上，他只是在草地上跳跃。而我们的疑问仍然存在——如果强尼真的在玩耍，他到底在玩着什么？

答案不难找，你听到必定会松一口气。胡须、马铃薯泥与棒球并不是可以用来玩的唯一事物种类。别忘了，任何资源，只要是原本用作工具性目的或可以用作工具性目的的资源，都合乎我们的要求。有一种资源，是所有活动都需要的。这个普遍的资源就是时间。不论我们想做什么，都必须有足够的时间。在非乌托邦的条件之下，也就是人类普遍的处境，时间的优先用途总是工具性活动，基本上是为了维持和改善生存条件的活动；我们的语言使用也是在这样的脉络之下产生的。当时间用于这些活动之后还有剩余，就会被暂时挪用到自成目的的活动，例如在草地上跳跃。因此，强尼在餐桌上和晚餐之后都在玩耍，而且是同一种意义上的玩耍。因为在这两个情境中，他都把工具性资源挪用到自成目的的活动上。只是，其中一种资源即马铃薯泥的挪用是被禁止的或至少会引来不悦，因为那是稀有的；而另一种资源即晚餐后的时间，则因过剩而被允许挪用。当然，不需要特别强调的是，马铃薯泥并非总是稀有，而时间并非总是过剩。在另一个情境中，强尼可能会跟妈妈说晚饭后剩下许多马铃薯泥，而他妈妈可能允许他玩这些过剩的马铃薯泥。另一方面，最好用来学习的时间，却总是浪费在无所事事的休闲——"年轻人，认真点吧！放学之后才是玩耍的时间。"

因此，各种审美欣赏要能准确地被称为玩，是有条件的；但原因并不在于这是自成目的的活动，而在于进行这些自成目的的活动的情境脉络。也就是说，从事这些活动所使用的时间，本来是应该使用在某个更优先的活动的。

看看罗马皇帝尼禄在罗马大火时拉着小提琴的情形。我们当然不应该只是因为尼禄在玩小提琴，就断言他在玩耍，因为这里所说的玩其实是演奏的意思。但我们确实可以说，罗马大火时，他拉着小提琴在玩耍；我们要说的是，他在随意消耗时间，而没有将时间用于该情境中明显需要的救援行动。我们说罗马大火时尼禄在玩耍，这里所说的玩耍并不是隐喻；而且我们会不以为然地说出这句话，因为在我们的眼中这是在糟蹋时间。但是，假设尼禄处在平时的情境——他尽心于帝国的法律与治理政策，度过了生产力极高的一天之后，回到乐房弹琴——在这种情况下我们也可以说他在玩耍，因为相对于他的审美欣赏，此时并没有更重要的事。这时候，我们说尼禄在"玩乐"时，就不再是那种不以为然的语气，因为尼禄已经利用他的时间完成他该做的事，所以他可以合理地把剩余的时间花在自己的娱乐上。不过，我们称其为玩耍，仅仅因为我们把他正在做的事情跟另一种更重要的事对照；或者隐而不宣，或者视之为原则，我们都会认为那件更重要的事，是时间利用时的优先考虑。如果出现新的危机，例如竞技场里供凌虐的人数突然下降时，则原本的时间使用排序，将从原则性优先变成事实性优先。

因此，对于那些主张审美与宗教体验都是玩耍的哲学家，我认为他们部分正确、部分错误。这些事物之所以是玩耍，不仅在于它们是自成目的的活动（就这一点而言他们错了），而且是在于他们利用来玩耍的，是稀有的时间——将时间从工具性使用挪到自成目的的活动，就是在利用时间玩耍。但是，如果时间是无限的，例如在乌托邦的情境中，听贝多芬与沉思上帝都不是玩耍，因为时间的利用并没有从工具性目的转移到自成目的的活动——乌托邦里的时间利用根本没有所谓工具性目的。所以，如果那些哲学家认为乌托邦或存在之理想必定由玩耍所构成，那他们是错误的。乌托邦的居民可能会做任何事情，但就是不可能玩耍，因为玩乐必须要有与之相对的事物才能成立，而在乌托邦这是不可能的。

以这个角度来考虑，则同一种活动如听贝多芬或沉思上帝,可能被某X指称为"玩耍",同时又被某Y指称为"非玩耍"。为什么会这样呢?这就是相对性用语的特质。这个蓝色可以被称作"浅色"吗?可以,因为它的周围是更深色调的蓝色。同一个蓝色现在可以被正确地称为"深色"吗?是的,因为它现在被更浅的蓝色包围。那么,某个事物需要被放置在怎么样的情境,我们才能够正确指称它为"玩乐"呢?答案就在于我们定义中的"原本用于工具性目的的资源"。

任何资源被用于工具性目的或其他目的,并非必然,也没有僵硬的界限,而是关乎选择。原始人显然会选择将他的资源优先用于跟生存有关的工具性目的。

然而,原始人并不是非得那么做。他可以将他的资源优先用于自成目的的活动。事实上,他可以选择不要将他的所有精力与时间用在取得食物、建造住所与保障安全上,而是投入艺术与创造性的社会关系之中,如在洞穴画画或沉醉于性爱。当然,如果原始人做了那样的选择,他将不会存活太久,而我们也就不会存在。

其实,我想说的重点不是我们的存活,而是我们的语言。为了易于说明,我要问你一个问题。如果原始人完全让自己投身于自成目的的活动,纵情地让蜡烛两头烧,然后像寓言中的大蚱蜢一样,过了一个季节即燃烧殆尽,那么,他还会把这样的作为称作"玩耍"吗?我想答案应该是否定的。他不可能再称这些活动为玩耍,就像如果鸲鸟蛋是全宇宙唯一的蓝色物体,我们也就不再可能说这蛋是浅蓝色的。

我以一场不常见的网球赛发展来概括玩耍的这个面向以及我整个论证的主旨。这是一场你没听说过的奇异网球赛,一场混双赛事，A队包括乌托邦的访客汤米·莫尔和天赋异禀的业余选手普鲁登丝·佩蒂亚（Prudence Paidia）[①]。汤米既不是职业选手，也不是业余选手，因为乌托邦没有这样的区分。B队包含女子顶尖职业选手克丽茜·里奇以及古老寓言里的大蚱蜢。所有人都是为了乐趣而参赛，除了克丽茜——如果她的队伍获胜，她将得到十万美元的奖金。（重点不在于克丽茜的贪婪，而在于她是个职业选手；我的故事需要她的专业表现，才能说出我的重点。）四位都是一流好手，表现好到比赛的第一局一直无法结束。他们打成平手，然后整整一个月僵持不下。大会人员提出暂停赛事，并问选手们是否愿意停止比赛，宣布僵局。（奇怪的是，他们当中没有人发明或引进比赛的突破僵局制，毕竟这些人是网球选手，不是组织天才。）大会轮流向每个选手提出终止比赛的建议，而他们的响应如下：

克丽茜·里奇：不管用任何方法，都要继续下去。这完全不是我暂时挪用的时间，这个比赛本来就是我时间运用的最优先级。

汤米·莫尔：不，我没有理由要退出。当然，我也可以做其他事，比如玩桥牌、听贝多芬、沉思上帝，但打网球就跟这所有活动一样让我享受——好吧，坦白说，跟沉思上帝比较，这更有趣。所以这不是我的时间的暂时性挪用。我所有时间在做的，就是这件事。

[①] Prudence 一词有"审慎、精明"的意思；Paidia 一词含有"玩与娱乐"的意涵。

大蚱蜢：我承认，如果我不是大蚱蜢的话，我会想放弃，因为没有任何一个财力有限的正常人，可以把时间耗在这里而不去工作。但因为我是大蚱蜢，我对未来福祉漫不经心，因此一般那些深思熟虑的人所在意的东西，对我而言都无关紧要。即使天塌下来，我还是会把所有时间都花在非生产性活动上，所以这不是我的时间的暂时性挪用。这一点，我跟乌托邦来的汤米·莫尔一样，只是对他而言，天不会塌下来。

普鲁登丝：我的朋友，这么看来，我是唯一想要退出的。我了解为何你们每一个都想要继续，但你们的理由没有一个适用于我。我是一位体育助理教授，负责支付我的丈夫读研究生的一切费用，明天就是学期的开学日了。如果我没去上班，就会被解雇。这个月是我的时间的暂时性挪用，而我现在必须把时间放回到优先事物上。我不像你们，我是在玩耍。

"你这太痛苦了，你应该搬到乌托邦来。"汤米说。

"我也希望，"普鲁登丝回答，"我们都在朝那个方向努力，只是很慢。"

"来吧，来吧，普鲁登丝。"大蚱蜢插话，"别管了，继续玩吧。被开除有什么好在意的？"

"我在意。"普鲁登丝回答。

"好了。"克丽茜不耐烦了，"至少找个人替换吧。难道观众里没有任何一个人有大量时间吗？"

"我有。"正面看台有人说话，语调听起来沾沾自喜。

"你是谁？"克丽茜提问。

"一个哲学教授。"他一点也不谦虚地回应。双方替换很快就完成了。两个发球之后，克丽茜和大蚱蜢赢得第一局。

虽然我用一场游戏来说明玩耍的情境性本质，但我希望这个例子清楚地指出了这一点：比赛中这四个人的响应方式，也可针对其他活动，包括一些审美欣赏或宗教体验活动。唯一的要求是，该活动必须是以自身为目的。例如，如果这四人被要求决定是否停止听贝多芬或沉思上帝，他们将会做出跟网球赛时所做的同样抉择，并且出于相同的理由。因此，我不想在毫无条件之下认为推针游戏①就跟诗一样好；但我要说的是，诗就像推针一样，都有可能是玩耍，而宗教冥想也跟诗一样有可能是玩耍。

但仍有一个纠缠不休的疑问。对于一些符合我的定义的事物，或许我们愿意承认，或愿意认真看待它作为玩耍的范畴；但对于另一些也同样符合定义的事，我们可能就不那么愿意了。而我想审美欣赏与宗教体验很可能就是那些让我们不太愿意承认的事物。我今天所设定的最后一个目标，就是尝试解除这样的疑虑，或至少让这个疑虑减弱。读者应记得我的立场——唯有当审美欣赏与宗教体验是发乎自足性行为时，才是"玩耍"的合适备选项目。因此，如果某个审美欣赏或宗教献身的行为确实因为其他更进一步的目的而具有价值（虽然大部分时候都是不被觉察到的），这个行为就不真的具备自成目的的特征，因而不可能真的是合乎"玩耍"的行为。我认为，像是审美或宗教等被赋予崇高价值的活动，几乎总是（至少部分是）因为它对我们有利而被赋予价值，并

---

① 哲学家边沁提出推针游戏的娱乐价值，是与音乐和诗歌相等的。

不是基于其单纯的内在价值。至少，我们会认为审美与宗教活动能提升我们。例如，参与审美活动可提升我们的社会地位，向歌剧院里的绅士淑女们看齐；献身宗教事业可让我们亲近上帝，至少拉近我们跟教友们的关系。这类隐微的好处，当然不是活动的唯一利益。这些活动通常被赋予价值，因为我们得以在其中成为更好、更完整的人。无论这些活动被期待带来怎么样的提升，那终究是一种进步，所以这样的活动，其价值仍在于它的工具性，而不是其自成目的的特性。

现在，要我们将审美欣赏与宗教献身视为纯粹的自成目的的活动，是非常困难的；因为在我们的概念之中，这些活动是为了让我们成为更好的人，或至少生活过得更好，因此其工具性轨迹与气息不容易被摒弃。但是，如果我们想到的是类似推针游戏这样的事情时，上述那种对美好的期待就很容易抹除了，如果你知道推针游戏是什么的话。我仍然相信，如果我们真的用心投入其中，确实有可能不去想审美与宗教活动的好处。而我认为，一旦我们达到这样的境界，就比较不会否定这些活动本就应该称作玩耍，也许根本就不会出现负面念头。我创作了以下的古典戏剧，作为完成这个思维练习的辅助。

故事背景在罗马，所以才叫作古典戏剧。幕布掀起，我们看到匈奴人在城门处，罗马军团正在进行最后的防御，阻止野蛮人侵略人类文明。舞台只聚焦在这战斗的一小角。在紧闭的城门内，军士长萨尔瓦多正大声激励军队稳住阵脚，所有军士都听他的命令支撑着城门，并且把大石头推下城墙打击下方的匈奴人。但我们发现并非所有人都参与其中，离战事中心不远处，一个非常胖的士兵端坐在一张小凳子上。他双眼无神，无视附近的喧嚣。实际上，他正在沉思上帝，这是他一贯做的事，不仅在空闲时间，也占用他的军事任务时间。可能因为他总是坐着，战友们都称他作"臀大肌"。过一会儿，军士长萨尔瓦多有个空当，不需要发号施令，于是他走向"臀大肌"。

"臀大肌士兵，你又在沉思上帝吗？"他礼貌地问道，毕竟这是新罗马军团。

臀大肌回过神，注视着长官："是的，军士长。"

"士兵，难道你不认为事情总要有它该有的样子？你不觉得这时候帮忙灭火、运送热油，要比沉思上帝更重要吗？"

"军士长，沉思上帝对我来说相当重要。"臀大肌回答，身体从右边稍微移到左边。

"臀大肌，让我们来检验这个主张。"在夜校修习哲学的军士长说。

"怎么做？"臀大肌反问。

"我想，几个简单的提问就够了。首先，你这样坐着沉思上帝，是想要达成什么呢？"

"什么都没有，沉思上帝不会带来任何好处，它本身就是好的。"臀大肌回答。

"你确定你沉思上帝时没有期待任何事？"

"相当确定，军士长。"

"例如，你没有祈求上帝协助，从野蛮人手中拯救文明？"

"当然没有，军士长萨尔瓦多，这个问题很好笑。"臀大肌身体开始不悦地无声颤抖，他继续回答，"我花所有时间来沉思的上帝，不是你说的那种上帝。他并非奔走在世界里，试着修补这个或修补那个，果真如此的话，他不就成为过度工作的服务人员了？他同我一样，所有时间都花在沉思宇宙唯一真正的完美者，即他自己。"

军：所以你沉思上帝并不会拯救罗马，但这会有助于拯救你吗？你也许会想要上天堂？

臀：当然不是。即使有天堂，上帝并没有兴趣要在那里看见我。他对我完全没兴趣。是我对他有兴趣。

军：所以你沉思上帝也不是为了赢得他对你的好印象？

臀：显然不是。

军：那么，你花时间在宗教沉思，或许是为了让自己在邻居面前得到好印象？

臀：不，我亲爱的同袍。如果我想要那样的话，我会去庙宇做昂贵的献祭。大部分罗马人多多少少会把我视为无可救药的笨蛋。

军：是的。我看得出来你不是公众意见的奴隶。但是，少来了，你难道不是想借由沉思上帝而变成更好的人？

臀：当然不是。如果我要变成更好的人，我会去慢跑。

军：好，这是最后一个问题。在你回答之前，请谨慎思考，因为我们的检验将会以你的答案做结束。虽然你以为沉思上帝除了自身以外没有其他利益，但还有一件事你可能没有意识到，却是你沉思上帝时所期待达到的。

臀：这当然是我的信念，但如果你认为这是一个错误的信念，尽管问吧。

军：听着。即使你沉思上帝并不是为了任何利益，无论是在世间或是天堂的利益；但是，难道你不期待沉思上帝越来越多次之后，成为一个更好的上帝沉思者吗？如果是，那么你的沉思就不是纯粹的自成目的，而是同时拥有工具性一面。

臀：好，我就不再让你烦心了，萨尔瓦多。我有无可动摇的信念，我会成为一个更好的沉思上帝的人。

军：这样的话，士兵，请抬起你的屁股，用最快速度到城垛帮助大家。拯救文明之后，才是玩耍时间。

一 后记

在游戏的界域上，
窥见西方哲学的心灵

刘一民

伯纳德·舒兹（Bernard Suits）的《蚱蜢：游戏、生命与乌托邦》，终于要和中文世界的读者见面了，可喜可贺。这部书，除了是当代研究游戏的必读经典，也是通俗哲学书的代表作，是见证西方哲学概念分析特色的绝佳导览。这是一本可以带上飞机、放在床头、吹着海风悠闲阅读的"哲学书"，我强烈推荐给喜欢游戏、爱好思想、亟欲探访西方心灵秘境的朋友，基于以下五个理由：

一、重拾纯粹阅读的快感

玩游戏（playing games），是大家的亲身经验，许多哲学家对它抱着浓厚兴趣，其中以伯纳德·舒兹在《蚱蜢：游戏、生命与乌托邦》一书的说法，最让人啧啧称奇。他说，如果有那么一天，人类社会进化成理想乌托邦，一切都能心想事成，所有事务都有机械代劳，跑车、豪宅、大溪地的面包果都唾手可得，那么乌托邦里的人，剩下唯一能做的事，将是玩游戏，玩游戏将变成人类存在理想的全部。不可思议吧！有没有道理，读者要回到书中精致的推论里找答案。当然，经典之所以流传久远，能让我们不断回头，反省自身处境，不会只是语不惊人死不休的特效。阅读《蚱蜢：游戏、生命与乌托邦》，没有一般哲学书的艰涩、枯燥，更多的是悠游在苏格拉底的智慧、《新约全书》的教导、莎士比亚的机智、《伊索寓言》的奇想、现代人的奇闻轶事以及许多让人喷饭的想象的长河中。稍不留神，还会变身蚱蜢、蚂蚁、柏拉图、搭电扶梯登上圣母峰的记者、装着导航器的高尔夫球、史上最强的间谍，一股脑掉进书中的对话风景，不能自拔。一方面，《蚱蜢：游戏、生命与乌托邦》的题材丰富多元，处理手法大胆有趣，让人惊艳称奇；另一方面，它又拥有一颗很冷静的心，包裹着犀利的分析技法。热闹与冷静的交缠，极度挑逗纯粹阅读的快感。

二、培养和大师对话的气度

《蚱蜢：游戏、生命与乌托邦》的论证基础，在于游戏既是普遍的文化现象，也牵涉人类根本的存在处境，是哲学研究的有效问题，这也是为什么有许多哲学家，都曾经以它为研究主题的原因。其中最脍炙人口、影响当代游戏研究最深远的，莫过于维特根斯坦在《哲学研究》一书中，用"语言游戏"来澄清他的日常语言哲学。强调日常用语如"游戏"一词，是人为创造出来的，自成一个复杂系统，很难明确加以定义，就如同打牌、下棋、玩球、比赛，虽然都称之为游戏，却无法找出共同一致的特征，只能用"家族相似性"来指称。维特根斯坦认为"游戏难以定义"的说法，对西方人文及社会科学影响甚大，风吹草偃的结果，许多概念分析上热门的话题：什么是艺术？什么是教育？什么是玩？什么是游戏？什么是运动……渐渐悄然噤声，或转个大弯另找出路探讨。直到伯纳德·舒兹揭竿而起，展现游戏概念分析的具体成果，做了大师做不到的事，原本失衡的游戏研究，才起了明显的变化，使得两边势力，旗鼓相当，彼此有了平等对话的空间。这本书，培养了我们和大师对话的气度。

三、见识概念分析的精义

维特根斯坦围绕着游戏的种类、形态、胜负、有无、角色扮演等外在现象作比较，认为怎么下定义，都会有所遗漏。伯纳德·舒兹则深入游戏经验的内涵，强调游戏是出自人类的伟大想象，自己创造障碍，创造活动方式，创造活动规则，在实践团体共同认可的规则内，自我挑战或与人竞争，目标不是外在工具价值或俗世认可的求真、求善、求美，而只是为了让活动顺利进行，完成外人看似微不足道的登山攻顶、跨过栏架、球进篮框、官兵捉到强盗或小鸡躲开老鹰的魔爪等。依此，他给了游戏一个简明的定义："玩游戏意味着自愿去克服种种非必要的障碍。"

伯纳德·舒兹为游戏所进行的概念分析非常精细、完整。他先从游戏的目标、方法、规则和态度四个要素，澄清语言上的混乱，排除概念上的分歧，分析要素间的关系，进而拟定游戏的明确定义；接着为游戏的各个要素，找出其必要条件与充分条件，作进一步的分析，建立论证，给出正反面理由，判断其有效性；同时，提出种种反例，包括一些表面上不合定义的游戏或不合定义却被称为游戏的活动，一一进行论证推理；最后，得到游戏作为存在理想的结论，并对结论再度作有效性的验证。《蚱蜢：游戏、生命与乌托邦》是见识概念分析、贴近西方推理心灵的杰作。

四、开发自己的游戏想象

我和《蚱蜢：游戏、生命与乌托邦》初识，早在20世纪的80年代，本书出版的第四年（1982年）。当时我在美国普渡大学读书，修了门课叫"玩的哲学"，研读20世纪有关"玩"（play）与"游戏"（game）的经典著作，《蚱蜢：游戏、生命与乌托邦》名列其中。有关经典之说，授课老师特别提到，伯纳德·舒兹早在1967年，就开始以他独到的见解、精致的论证推理，进行游戏的概念分析。当时维特根斯坦十分火红，无人能撄其锋，伯纳德·舒兹的高调挑战，招来不少笔战，几年下来，舒兹愈战愈勇，而且视野更广阔，推理技巧更卓越，早已公认是游戏研究的翘楚。称《蚱蜢：游戏、生命与乌托邦》为经典，不过是水到渠成之封冕。那学期的上课经历，非常特别，黑白与彩色，壁野分明。《蚱蜢：游戏、生命与乌托邦》被安排在后半学期，前半学期读的是传统游戏哲学经典，对我那些高头大马、一派天真的洋同学而言，就一个"闷"字了得。轮到《蚱蜢：游戏、生命与乌托邦》登场，大伙儿立刻脱了胎、换了骨，兴奋直接写在脸上。课堂上的讨论，火光四射。

苏格拉底、莎士比亚、文学、音乐、艺术、运动，大家如数家珍，妙语如珠。大家争先恐后，贡献了许多蚱蜢与蚂蚁的新版本，七嘴八舌谈新教伦理的虚与实，也对游戏作为人类理想的核心价值展开大辩论。大伙除了发言踊跃，而且对自己的说法，都能给出一套理据，展现深厚的人文素养。那段经历，给我很大的震撼，也让我对东西方的治学态度，有更深刻的反省。《蚱蜢：游戏、生命与乌托邦》，是激发游戏想象很好的触媒。

五、直通未来哲学的奥妙

《蚱蜢：游戏、生命与乌托邦》虽然出道甚早，但它的命途多舛，一直没能打开市场，读者群不多，是一本叫好不叫座的书，所以《哲学的未来》（2006年）一书的主编布赖恩·

莱特称它是"20世纪最被低估的哲学书之一"。归咎原因，除了伯纳德·舒兹不是名校教授、出版社名气不大、维特根斯坦的学说影响力甚广、书名看似"不正经"外，也许宣称"游戏不能定义"真的比较省事。然而，进入21世纪后，《蚱蜢：游戏、生命与乌托邦》仿佛通了灵、开了窍，变得越来越风靡一时，其中也许因为"艺术能否被定义"一直是重要议题，《蚱蜢：游戏、生命与乌托邦》成了讨论的关键案例；也许是近年流行的"游戏化"议题，经常奉《蚱蜢：游戏、生命与乌托邦》为鳌头；也许和当代哲学大咖如托马斯·霍尔卡、西蒙·布莱克本、科恩、谢利·卡根、奈杰尔·沃伯顿等人的强力推荐有关；或者也许《蚱蜢：游戏、生命与乌托邦》根本就是一本为21世纪读者写的哲学书。诚如本书"导读"作者托马斯·霍尔卡所言，《蚱蜢：游戏、生命与乌托邦》的游戏之玩，捍卫的是现代价值观，和古典价值观截然不同。如果他所言不虚，这确实是一本直通未来哲学奥妙的书。

本书中译本，来自博文视点2005年出的新版，除了原书外，增加了托马斯·霍尔卡写的导读以及三篇由伯纳德·舒兹撰写的文章作为附录。它们虽然很精彩，但我仍强烈建议读者跳过导读及附录，由书的第一章开始逐章慢慢阅读，享受作者精心安排的趣味，时不时加入对话的行列，体会概念分析的乐趣，论证推理的曲折险峻，以及把话说满、不怕别人挑战的决心。两位译者，对《蚱蜢：游戏、生命与乌托邦》一向情有独钟，是痴迷的玩家，达人中的达人。她俩长期以来，在文哲内涵丰厚、笔意曲折灵俏的英文原著里打转，细心推敲，逐步酝酿出的文字，有一股难以言说的实在感。翻译上，她们坚持不走快捷方式，不为外在诱惑，只为了挑战；而勇敢面对挑战，那股热爱游戏的痴劲，让人敬佩。

  这部书，要慢慢读，逐章读，不要急着找答案，要乐于和书中的人物、昆虫、概念、论证、推理……打交道。互相点个头，说句话，交换想法，作点辩驳，玩一场游戏。

二 后记

人生如戏,戏如人生

许立宏

《蚱蜢:游戏、生命与乌托邦》这本书的中译本终于要出版了!很荣幸接受本书译者胡天玫教授的邀请,为这本书写几个字。本书为世界知名的运动与游戏哲学泰斗伯纳德·舒兹早期对比赛游戏与人生的经典诠释,其采取后设小说的写作手法,运用柏拉图式的对话方式,将"蚱蜢"这只昆虫作为主角所遭遇的故事做一个完整的描绘。

在20世纪中期,西方著名的哲学家维特根斯坦曾主张游戏是无法被定义的,因此他提到一种"家族相似性"的概念,来描绘许多游戏比赛看起来都很类似,但其实并无统一的本质性定义。不过,伯纳德·舒兹却加以反驳,并主张"玩游戏,就是自愿去克服非必要的障碍"。这段可作本质性定义的文字。他也主张参与游戏可以体现出人类的存在理想境界,也就是扮演美好生活与乌托邦世界的一种重要角色。

伯纳德·舒兹的作品深深影响了过去四十余年来全世界研究游戏、比赛与运动哲学的相关研究者，特别是几位著名的欧美学者，如迈耶、摩根、克雷奇弥与施奈德等人过去对玩耍、游戏和运动这三者概念的探讨，皆是从伯纳德·舒兹的相关文献作为学术论战的探讨依据。

在许多书评的描述中，本书大体上可分为两部分。第一部分是提出对游戏的定义并且为此一定义作辩护；第二部分则是处理游戏、生命与乌托邦这三者的关系。两个部分的撰写皆以"蚱蜢"与其信徒的对话方式来呈现。写作方式是比较轻松且诙谐的口吻，这是有别于当代纯哲学式的哲学思路；尤其是在对话当中，有时又带有一些较特别的例子来加以陪衬其主要论点，是极其有趣的写作方式。

本书第二部分所处理的是有关乌托邦这个概念。伯纳德·舒兹所主张的乌托邦概念，在于强调参与游戏是唯一可以被欲求的一种活动。这个论点在于凸显，我们于乌托邦的世界中，所有的情况都是完美的，都是自发性瞬间产出的现象或产物。但这样的论点能否应用在我们现实的人生当中是值得讨论的。就如同我们可能会去质疑柏拉图所强调的"理念论"世界一样，虽然最后所呈现的产物或目的地是一样的，但我们还是会去诘问，究竟一个用计算机程序作曲的作曲家或一个利用直升机登上山顶者，是否真的可以取代真人的艺术作曲家或徒手克服各种地形障碍的登山客。真正呈现出来的意义，应该不只是过程而已，也是从克服困境完成目标后所习得的宝贵经验与知识。后者，恐怕才凸显出人类真正存在的意义与价值。

所谓"人生如戏，戏如人生"，《蚱蜢：游戏、生命与乌托邦》一书内所描述与其信徒的对话写照，何尝不是我们现今大部分人们一生当中，可能会遇到各种人、事、物所产生问题的挣扎过程。我们不断想办法克服各种难关，只为了达到自己所设定的目标，或将来能够过更美好的生活，这些奋斗的过程就是我们渴望达到成功的关键要素，也能体现人生更深刻的意义，天上直接掉下来的礼物反而是违反伯纳德·舒兹所要强调的比赛游戏的精神。

本书原文第一版出版于1978年，全书共15章，以隐喻的手法写作，内容所要呈现的刚好与我们大部分人（尤其是华人社会）所过的生活有着极大反差，这或可让我们深刻地反省思考，我们对人生所应采取的态度与价值观为何。在传统儒家思想的影响下，"勤有益，戏无功"的价值观普遍存在于华人社会，一般人很难尽情、奔放地享受人生，往往受限于生活周遭的环境限制，日复一日、年复一年，过着几乎一成不变的生活。总觉得，人生还很长，现在多努力工作，将来有一天再来好好享受人生。进一步来说，或许本书内容也可颠覆我们习以为常的生活方式，并反转休闲活动（乃至体育运动）对我们生活当中的重要性之理解。

胡天玫教授常年研究伯纳德·舒兹，对其相关文献的掌握非常完整，她对伯纳德·舒兹本人思想了解之透彻，在国内应无人能出其右。本书中文版出版过程历经一段非常漫长的时间，胡教授锲而不舍地翻译，并努力联系伯纳德·舒兹的遗孀，终于完成出版的心愿，也为运动哲学的研究发展历程再添一部新的中文版经典文献。仅在本书付梓前夕，祝贺本书顺利出版成功，并希望能影响更多人投入探索体育运动哲学的领域。

一 译者后记

那些年我们一起追逐的"运动"梦

胡天玫

《蚱蜢：游戏、生命与乌托邦》，我与它的相遇来自运动员的自我挑战性格，首次与它见面是准备博士论文，阅读游戏哲学的文献时，再加上本身也想钻研一本游戏哲学经典；第二次相遇则是撰写教授论文，内心尘封已久的运动情结，因《蚱蜢：游戏、生命与乌托邦》这个阿拉丁神灯，而被重新开启，我在心中偷偷地许下一个愿望："运动"梦的追寻不只是孩子的玩意！第三次相遇则缘于中文译本的翻译与出版，最初翻译只是为了准备上课的教材，课堂里令人惊艳的思想火花与共鸣，使得出版成为一项自我赋予的责任。中文译本初稿在十年前就已完成，苦于种种原因，使得这本游戏经典至今才和中文世界的读者见面。

本书翻译是由周育萍和我共同负责，内文第1章到第7章译文是由我负责,第8章到第15章是由周育萍负责;附录一和附录二是由周育萍负责,威廉·摩根的推荐序、前言则是由我负责。两位译者不约而同地都十分珍爱这本书,各自都熟读本书并有了翻译全书的想法,我想这就是本书的魅力所在。我们在讨论译文的过程中,为了专有名词的中译多次上演活生生的哲学论证攻防。记得有次在咖啡馆坐了四个多钟头,两人针对专有名词"PLAYING GAMES"的翻译各有所见,由于"PLAYING GAMES"是伯纳德·舒兹哲学理论的关键词,"玩赛局游戏""游戏比赛""赛事游戏"和"玩游戏"都可以是中文翻译的候选项,我们虽然明白"游戏""赛局"或"比赛"是常见的译法,但它很容易使读者落入日常用语习惯,而未能觉察到这个复合词的特殊意涵,所以基于下列三个因素,本书将它翻译成"玩游戏":一方面,有鉴于伯纳德·舒兹理论的中间立场,"激进自为目的主义"和"激进工具主义",都是他强烈反对的理论。另一方面,"PLAY"一词是一个高度模糊的词语,我们"玩"一场游戏,只是意味着我们"参与"其中,可以用其他词来替换"玩"一词,而完全不会改变它的意思。此种玩的隐喻用法,并不是伯纳德·舒兹理论的重点。最后,"GAMES"一词常被视为是"PLAY"的下位概念。伯纳德·舒兹并不同意所有"GAMES"都必定是"PLAY"的传统想法,他主张两者在逻辑上是各自独立的。

本书中译本的出版,受到许多人的帮助,两位译者感恩于心。首先,本书作者伯纳德·舒兹无偿地提供他的硕士论文影印本,并耐心地解答我对本书所提出的疑问,大师风范永存于心；作者的遗孀谢丽尔·巴兰坦大方地提供版权的联系窗口和作者美照，让中文读者能一睹作者风貌。其次，《国际运动哲学期刊》前主编威廉·摩根多次协助我们联系并撰写了一篇本书精华的简介（即推荐序二）；研究运动哲学的专家刘一民老师在百忙之中仍破例为本书撰写一篇推荐文，惟妙惟肖地把本书在美国课堂的样貌描绘出来；许立宏教授帮我和许多《蚱蜢：游戏、生命与乌托邦》爱好者牵线，并立即应允为本书写推荐文。最后，感谢出版社负责人的全力支持以及"游戏哲学专题研究"课堂学生的讨论与翻译，带给我许多的心灵力量，谢谢你们。

二 译者后记

走向《蚱蜢：游戏、生命与乌托邦》的理解之途

周育萍

《蚱蜢：游戏、生命与乌托邦》，对我来说不仅是本"书"而已。

"它是迷宫"，我想象着，每一章节是独立又相联结的空室，而空室又或巧设着机关，等待着被触动，以开启另一项通道。企图寻求理解的人，必须通过有趣、迷惘、理性交织成扣人心弦、令人难以挣脱又欲罢不能的寻"宝"之途，才能得到珍贵的生命宝藏；而又或者它像是武林通关，想拜见"答案至尊"者就必须过关斩将，通过层层考验，以取得解答之钥……

初次接触这本书是在博士一年级的时候，当时在"游戏哲学"这门课里，天玫老师向我们介绍这本书，带领我们进入导读前言。我被书里的故事联结、"反转思维"的叙述所吸

引，满心好奇，很想一窥书里所藏的秘密。于是一股脑地投入其中，想成为"游戏挑战者"。

在这期间，有时挣扎在文字脉络里，有时对于作者的论证手法、故事的情景、布局等细节不断琢磨，有时感觉到文化或宗教文化理解的隔阂，有时难免也是一知半解；但想了解故事的我，常沉浸在理解的游戏里，不可自拔。于是，在试图理解的过程中，有时也像是被故事情节追着跑，书中有些情节赫然地形成某股回流，扑打着我，例如，读到"追哥"（Drag）情节的时候，"命定"的思维油然而生，"是否自己一如那位早已被设计安排的'累赘'那般，只是受命运摆弄的棋子？"类似这样生命省思的探问，时不时地随着故事情节被挑起而照应着自身生命经验的种种场景。"原来，它暗藏着开启生命省思的秘密之道，无怪乎书名副标题是'游戏、生命与乌托邦'"我有了这样的想法。

寻求解答的过程煎熬而有趣，有时也极富启发性，穿梭在文意联结处，常愈感困惑，愈加沉迷。"为什么那些成功被说服的人会消失？"还记得自己有一次才刚拖着不得其解、大脑已饱和却无法思虑的身躯躺上床，没过多久就突然醒来，感觉思路清晰。"啊！我知道了！"我有种豁然开朗、难言的喜悦，就立刻跳回书桌前，尝试着从文本中找寻蛛丝马迹，印证我的"顿悟"。原来，理解本身就是这样一场游戏，我有了惊人的发现。这个定论也推使我后来走向伽达默尔，进一步探究所谓的"理解"问题。

而这可说是我对《蚱蜢：游戏、生命与乌托邦》一书理解的第一阶段，一方面在知识理解上受到开导，对于哲学论证的方法、技巧有所认识,另一方面也因感受到故事创作的影响力,启发了自己对生命、创作、理解及游戏的想象。

至于着手翻译这本书则又是后来的事了。话说,博士毕业后,闲来无事,有天想找件事情做做,脑中突然浮现当初去旁听"真理与方法"课程时,洪汉鼎老师所说的一句话:"伽达默尔说,'翻译是另一种理解',你们将来如果有机会一定要尝试看看。"于是我决定从这本影响我深远,感觉自己应该很熟悉的《蚱蜢:游戏、生命与乌托邦》出发。开始着手翻译后,对于语言隔阂,我有了更深层的体会。在第一阶段理解之途中所避开的细节处、某些似懂非懂的文字语意,在翻译时成了不可避的部分,必须直接面对,或许在这个过程中我也才真正体会到伽达默尔对"理解"的理解之意。

从开始翻译,陆续修正,再到联络天玫老师,感谢天玫老师大方同意与我合作,交流彼此翻译,同时又大力奔走,本书翻译完成后才又辗转有了出版机会。

本书共分15章,就结构上来看大致可分为三大部分:第一部分主要为游戏定义的说明,包含1至3章,建构出作者对于玩游戏的立场观点以及全书故事的中枢论据和谜题提问;第二部分4至13章为论证的铺陈,经由各种可能情境故事的假定来检视玩游戏定义的适切性,分别就目标、规则、方法、游戏态度等向度来进行讨论;第三部分则为作者自身对玩游戏定义的直接阐述,也就是谜题解答说明。而就其内容上来看,在第1章中作者通过《伊索寓言》里的故事情节为起点,对比了蚱蜢与蚂蚁、游戏与工作的人生形态和态度,并说出了自己的梦作为谜题。在第2章中则试着把提问明确化:"为什么人们在世都在玩游戏，却不自知？为什么被蚱蜢说服了解自己是游戏者后，就会消失？""为什么真正的典范蚱蜢必须是游戏玩家？"第3章探讨游戏构成要素，提出玩游戏的定义。第4章透过欺诈者、玩弄者、破坏者三种伪游戏者的样态说明，讨论真正的游戏玩家对于目标、规则及制度认同的必要性。第5章指出游戏的设定必须含有某个挑战的目标。第6章提出游戏中规则的设定与制约是必要的，"无规则游戏"无法存在。第7章说明游戏者之间的关系，共同接受游戏限制、享受游戏乐趣却相互竞争的态度并不会让游戏成为一种悖论。第8章提出非竞争性个人游戏通过自我选择达成目标的方法，建构挑战目标，形成另一种形态的游戏。9至12章可以说是针对"假扮游戏"的接力式论述，它似乎也在讨论"是否可以把人生当作一场游戏"的议题，通过角色扮演的方式讨论了游戏者在创作游戏与"游于戏"时的目标、方法及角色定位等问题。在第9章中以撞球的反塞球为例，说明目标的多重性——有时击球所要瞄准的真正目标不是现下所瞄准的球，而是为了要"做球"，是为了创造出某种有利后续发展情境的布局。第10章以超级间谍的生命故事，探讨当游戏者掌控了游戏的创造权力时，该如何调配游戏的乐趣、难度挑战与负荷分配问题，"玩"得过火、过于沉迷，终将使游戏发展超出玩家控制、超出原本所设定的游戏边界。第11章以童子军追哥的生命经历作为第10章的对照说明，不管游戏玩家所扮演的是人生里的真实角色或是演出他者的角色，在角色对应里，是主动营造或是被动对应、是主控者或受控者，游戏必须设定边界，通过角色安排错杂、置乱、反转。

作者似乎企图提醒我们,"玩游戏"与"只为玩"有界限上的差异。第12章针对角色扮演游戏类型提出总论,基本上角色扮演与竞争性游戏只是目标不一样的游戏,它仍然是游戏。第13章指出所谓的游戏态度意指游戏者对于游戏参与的投入态度,与其是业余或职业类别无关,而《人间游戏》[①]一书中所提的社会游戏不是真正的游戏,只是一种工具利用手段、一种骗局,真正的游戏既非激进自为目的主义,亦非激进工具主义,而是介乎两者之间的概念。第14章蚱蜢复活记,通过死而复生的大蚱蜢来说明解答,所谓的"玩"与"工作"的语词指涉的是规定性质,分别意指内在价值与工具价值之活动,而并非一种二分法。第15章进一步说明谜题解答的三个主要元素:玩、玩游戏以及存在之理想(ideal of existence),回应第一、二章对梦境的提问。在存在之理想中,玩游戏就是所有活动的本质原型,但这个理想世界实现的前提是每个人都喜欢玩游戏,所以一旦人们希望为所做之事赋予价值与意义,而不是终其一生只是玩游戏时,将因自我觉知而消逝。

  在企图理解蚱蜢一书的旅途中,有个问题是书中未提,但我却不断自问的:为什么是"梦",借梦之说是否是要对照理想与现实之间的差异,说明理想存在只是形而上学里的一种推论,是一种未待实现的理想?抑或是说,这个游说之梦代表着这段阅读理解的旅程。当游戏者进入文字脉络中时,他正在游戏而不自知;而等到最终其被说服、了解自己正在玩游戏后,他必须从文字脉络中掌握意义,必须相信这场阅

[①] 本书中文译本《人间游戏:人际关系心理学》中国轻工业出版社2014年版。

读之旅是有价值的。他从故事中走出,从文本之梦醒来,回到现实生活世界,于梦中消逝。文本不断地被传读,也意味着大蚱蜢不断地在试图"说服"这些阅读者、游戏者。

这是本有趣又深具启发性的书,希望译本的完成出版能够让更多人投入阅读,虽然在翻译语词的应用上或还有些值得改进的空间,但若能够吸引更多游戏研究同好者共同来讨论书中的相关议题或者进入蚱蜢之梦的解析,则亦不失其问世存在的价值。